Reinhard Reichstein

Das Kaffeehaus

Eine Liebe in Brandenburg

Reinhard Reichstein

Das Kaffeehaus
Eine Liebe in Brandenburg

Roman

Impressum

© 2019 by Anthea Verlag
Hubertusstraße 14, 10365 Berlin
Tel.: (030) 993 93 16
Fax.: (030) 994 01888
eMail: info@anthea-verlag.de
Verlagsleitung: Detlef W. Stein

www.anthea-verlag.de
www.anthea-verlagsgruppe.de

Umschlaggestaltung: Reinhard Reichstein
Technische Umsetzung: Thomas Seidel
Umschlagfoto: Friedhelm Hoffmann
Korrektorat/Satz: Stefanie Adam

ISBN 978-3-89998-281-7

Vorbemerkung

Jede Geschichte beginnt – nein, nicht mit dem ersten Satz, sondern mit einer Vorgeschichte. Vorgeschichten haben aber die Eigenart, erst im Nachhinein klarer zu werden. Daher wird die in den „Gedichten der Wanderdüne" eingefangene Stimmung, die der Erzählung zugrunde liegt, ans Ende gesetzt. Der kürzeste Weg in die Geschichte ist jedoch der erste Satz.

Inhalt

Am Boden

Neu Beginnen

Die große Tour

Entscheidung

Der Angriff

Am Boden

Sylwia

Kein Zweifel, er war versetzt worden. In der oberen rechten Ecke des Displays zerrann seine Hoffnung, während der Ticker von dreißig auf einunddreißig abzählte, und auf zweiunddreißig, auf dreiunddreißig. Er musste zum Tresen hinüberschauen, wo über der unbeschäftigten Kellnerin die Wanduhr ihr Ausbleiben bestätigte. Vor den Fenstern hatten sich schon dreimal Menschengruppen vom nahen S-Bahnhof vorbeigedrückt und zerstreut. Wieder hielt ein Bus und versackte mit aufdringlichem Sinuston. Jede Zeit produziert die Geräusche, die sie verdient, dachte er grämlich. Tief unten in der Magengrube, oder in einem Zwischenreich von Blutgefäßen, Nieren und Milz, sammelten sich Ekel und Ohnmacht. Wie hatte er mit Blicken die Schwingtür durchbohrt, durch die sie nicht gekommen war und nicht mehr kommen würde, welche unsägliche Verteilung von Scheibchen, Rahmen und Bügeln in einem Holz, das für „Wiener Kaffeehaus" einstehen sollte, vielleicht Rüster.

Nein, er würde sie nicht anrufen. Erneut sagte er sich ihre Nummer auf, mehrfach, zwanghaft. Er wusste nicht viel über sie, und aus dieser läppischen Zahlenfolge hatte er seit ihrem Wiedersehen ein Rätsel gemacht, ein Passwort, das er nur im Notfall nutzen wollte, der jetzt da war, wo aus der Abfolge und den Entsprechungen ihr Gesicht auftauchte, so beglückend, dass er oder es gar nicht anders konnte, als es sofort niederzureißen.

Seit der Kindheit hatte er nicht mehr geweint. Er konnte es nicht, nicht einmal im Zorn. Es war nur etwas mehr Feuchtigkeit in den Augen, als er den unzufriedenen Blick der Kellnerin auffing, die sich ja wohl auch ärgerte, wenn auch nur über das Ausbleiben von Gästen oder über diesen steinernen Rücken, der sich der Tür gegenüber gesetzt hatte, wodurch auch sie nur umso vergeblicher dorthin schauen musste. Seine Schwäche oder ihre üble Laune hinderten ihn aufzustehen, durch die Tür zu schreiten, sich Luft zu verschaffen. Er ließ sich einen Rotwein bringen, Mount Hebron, sollte das ein Weingebiet sein? Gar nicht besänftigt, noch verärgerter und entschlossen, kein Wort zu sagen, stellte sie das Glas hin.

Er steckte die kleine, schwarz schimmernde Oberfläche weg, die ihr Bild und ihre Stimme zurückbehalten hatte, und sah sie wieder in den Laden treten, und sah sie im gleichen Augenblick einige Jahre zuvor bei ihrer Hochzeit aus einem Auto steigen. Am Ende der Straße lag irgendeine kirchliche Einrichtung, der die kleine Festgesellschaft zustrebte. Vom Bräutigam hatte er kaum mehr als den Anzug wahrgenommen, während sie in Weiß ein Mädchen an der Hand hielt und so strahlte, dass man ihr und den Eltern nur gratulieren konnte. „Vor der Welt und vor Gott den Bund vollenden, den ihr geschlossen habt", würde der Priester formulieren, auf den sie zuschritten, wobei sie das Kleid raffen musste in dieser letzten noch nicht sanierten Sandstraße der wieder angeschlossenen Vorstadt.

Damals konnte er von Herzen gönnen, zufälliger Mitspieler in dieser Zeremonie unter freiem Himmel, die ihm seine eigene Situation spiegelte. Frau und Tochter waren der Kern, aus dem sein sicheres Gefühl sich unerschöpflich zu nähren schien, auch wenn die Schale schon durch alltägliches Streiten zerfasert war, ja das auch den Kern schon verletzt haben musste. Denn sein Wohlwollen konnte den inneren Zwischenruf nicht schnell genug unterdrücken, dass auch jenen beiden die Illusionen ausgehen würden, denen sie sich jetzt hingaben.

Seit seine Frau ihn vor zwei Jahren verlassen hatte, kämpfte er mit dieser Stimme. Sie trat aus ihm heraus, setzte sich ihm gegenüber, sonor grundiert, wie in eine Toga gehüllt, und verkündete stoische Weisheit. Sie hatte ein gutes Ohr für die Geschichten über scheiternde Beziehungen um ihn herum und wusste auch, dass Sylwia und ihr Mann sich inzwischen getrennt hatten.

Als also Sylwia eintrat und ihr Rezept einlöste, war er gleich mehrfach überrascht und überwältigt. Vom seltenen Zufall, sie überhaupt wiederzusehen. Von ihrer Ausstrahlung. Nichts in ihrem Gesicht und in ihrem Auftreten sprach von Gezänk und Enttäuschungen in ihrer Ehe, von Erschöpfungen und Nächten ohne Schlaf. Die vergangenen Jahre hatten sie nur stärker gemacht, blühender. Sie wirkte nicht gequält oder gezeichnet mit dem drängenden Wunsch, der Welt Erlittenes zurückzuzahlen. Sie bewegte sich noch geschmeidiger als damals, wo doch normalerweise die Erfahrung die jugendliche Schüchternheit wegätzt und das Wesen hart und spröde zurücklässt. Sylwia stand neben dem ec-Gerät, und er fragte sie nach ihrer Tochter, erzählte von der Kirchengemeinde, der er sich angenähert hätte, von den Vorzügen des Ortes, nur um ihre weiche Stimme länger zu hören und ihre Haare und ihre leuchtenden Augen zu bewundern, die ihn so rätselhaft und anziehend trafen.

Die Kellnerin bedeutete ihm, dass sie schließen wollte und er zu zahlen habe. Und weil sie ihm vorwarf, durch sein Starren nach der Tür die anderen Gäste verschreckt zu haben, ließ sie auch das unzureichende Trinkgeld auf dem Tisch liegen.

Gänzlich erfolglos versuchte er in den nächsten Stunden, die Angst vor der Nacht in Alkohol zu ertränken. Nie hätte er geglaubt, durch Selbstauslieferung im Traum den Zuständen so nah zu kommen, die die amerikanischen Folterer in Guantanamo ihren Opfern durch waterboarding zufügten. Er sah sich als ein unförmiges Etwas, ein Häufchen Elend auf einem feuchten, abschüssigen Estrich liegen und verstand nicht, dass er nicht überrollt wurde. Hatte er denn keine Mutter, die das Bündel an sich ziehen konnte? Vor dem Elektrozaun ging im tropischen Licht die Guantanamera spazieren, oder das Mädchen von Ipanema, er sah sie mit brennenden Augen ohne Lider, unerreichbar für seine um den Körper verknoteten Arme.

Gegen morgen rieb er sich die Gelenke, um in seinem dröhnenden Schädel ein Wachgefühl zu erzeugen. Wie sollte er nur den Vormittag in der Apotheke überstehen?

War es selbstquälerisch, dass er die Qual nicht loslassen konnte und am Nachmittag wieder dort erschien, wo sie nicht war? Diesmal füllte eine ausgelassene Gesellschaft den Raum. Die Kellnerin wollte ihn gar nicht hineinlassen, und nur weil er seinen Tisch frei sah, bestand er auf Einlass.

Sie überließ ihn ihrem jungen Kollegen, der ihn irgendwie mitleidig zu betrachten schien. Der Lärm tat ihm wohl, und erst an dem erstaunten Blick des Kellners bemerkte er, dass er in halblauten Sätzen auf ein Phantom aus dem Hin- und Hergewoge der anderen Gäste eingesprochen hatte. So war ihm die Idee gekommen, ihre Anwesenheit zu fingieren und ihr, allerdings stimmlos, die Fragen zu stellen, die er ihr hatte stellen wollen. Er wehrte den Zugriff eines Gastes auf den Stuhl ab, auf dem sie für ihn saß, und stellte seine lederne Tasche darauf. Zunächst ging die Unterhaltung schleppend. In seiner Betäubung konnte er nur mühsam wachrufen, was ihn bewogen hatte, zehn Tage nach ihrem Erscheinen in der Apotheke ihre Nummer zu wählen und dem Band einige kryptische Sätze anzuvertrauen. Als sie zwei Tage darauf doch selbst abnahm, sprang er aufs Drahtseil, um zwischen einer unaufdringlichen Einladung auf einen Kaffee und dem Ausdruck seiner Begeisterung für sie zu balancieren.

„Warum sind Sie dennoch gekommen, obwohl Sie doch skeptisch klangen am Telefon?" fragte er sie jetzt.

„Ich weiß es nicht, vielleicht aus Neugier. Ich möchte erfahren, was Sie an mir interessiert."

Seine Augen leuchteten. Ihre Unterhaltung versprach eine

gute Wendung. Nun hatte er ihr Lob singen wollen. Aber die Bitterkeit kam ihm dazwischen.

„Sie sind gewinnend und können nur gewinnen. Ihre Schönheit ist die der Sonne, der sich alle entgegendrängen, Sie nehmen die Huldigungen wie selbstverständlich hin und ziehen weiter. Und wir Sonnenanbeter sinken in den Schatten zurück oder sind wie die Motten schon verglüht im kalten Licht eines blauen Engels."

„Ich habe Ihnen doch nichts versprochen, als ich sagte, dass ich alleinerziehend sei. Sie haben sich etwas versprochen. Ich kannte Ihre privaten Lebensumstände, abgesehen von Ihrer Tochter, nicht, und ich habe nicht danach gefragt. Das hätte Ihnen auffallen müssen."

„Verzeihen Sie, Sie haben recht, und ich bin Ihnen dankbar, dass Sie jetzt doch noch gekommen sind. Aber können wir uns duzen, wo wir nun keine Fremden mehr füreinander sind?" fragte er sein Gegenüber und fixierte dabei den Beschlag seiner Ledertasche.

„Schön, aber was hängt davon ab?"

„Vielleicht nichts, vielleicht alles, wie in dem bekannten Kürzungsvorschlag zum „Faust" auf „Mein liebes Fräulein, darf ich's wagen?" die unmittelbare Antwort lauten soll:

„Heinrich, mir graut vor dir!" "

„Du wünscht mich in den Kerker."

„Nein, aber beseufze doch, dass so gar nichts zwischen uns gewesen ist."

„Ihr Männer könnt nicht anders."

„Statt „Sie" nun „Ihr", das ist zuviel. Aber ich greife gern die Vorlage auf zu fragen, welche Erfahrungen du mit Männern oder Frauen oder irgendwem gemacht hast?"

„Ein andermal, ich muss jetzt heim."

Er bezahlte und gab Trinkgeld für beide, was die Kellner beim Hinausgehen zur Betrachtung veranlasste, dass der Typ doch nicht so schlimm sei, sogar gelächelt habe er zwischendurch.

Am andern Tag war das Café geschlossen. Nach der gestrigen Selbsttherapie fühlte er sich jedoch besser und entschloss sich kurzerhand, nach dem Stadtwald zu gehen. Eigentlich war es ein Grenzwald mit einem Radweg auf dem ehemaligen Todesstreifen. Noch ältere Kriegsspuren gab es dort: gepflasterte Straßen mit Bordsteinkanten, im Nichts beginnend und endend und lange schon überwuchert, die Erschließung eines Wohngebietes, die im ersten Weltkrieg aufgegeben worden war. Oder die Invalidensiedlung mit den Namen von Schlachten der Schlesischen

Kriege für die einzelnen Häuser und der merkwürdigen Erklärung des dortigen Kneipenwirtes, der Führer habe vorgesorgt und die Invaliden aus der Stadtmitte hier ins Grüne verfrachtet. Es hatte hier mitten im Wald und am Rand der Teilstadt auch eine Außenstation der psychiatrischen Anstalten gegeben, und er erinnerte sich der Verlegenheit, mit der vor der Wende die Spaziergänger in der Nähe der Baracken einander musterten.

Jetzt war alles friedlich. Als er aus der Osramsiedlung heraustrat, wandte er sich nach der anderen Seite, dem nur mit einigen Kusseln bewachsenen Steppenstreifen, der in einer Stunde in breites Abendlicht getaucht sein würde. Indem er den Pfaden der Jogger und Hundeausläufer folgte, befand er sich alsbald vor einem Gelände mit nie gesehenen Erdbauten, einer Mischung aus Termitentürmen, apulischen Trulli und verwitterten Ruinen in der Wüste Taklamakan, über die hinweg drei Jugendliche auf Spezialrädern riskante Kunststücke vollführten. Er hatte sich noch nicht lange in die Bewegungsabläufe vertieft, als ein Mädchen offenbar von seiner Mutter zum Aufbruch gerufen wurde.

Es war Sylwia. Als sie ihn erkannte, wurde ihre Miene finster, fast bösartig. Die Unwahrscheinlichkeit dieses Zusammentreffens überfiel ihn wie ein Tabubruch, bei dem ja auch die bloße Schickung über die Schuld entscheidet, nicht die zurechenbaren Handlungen und Absichten.

„Ich stelle dir nicht nach, ich bin vollkommen bafff!" versuchte er sich zu rechtfertigen.

„Was wollen Sie?" fuhr sie ihn an.

Wenn es Vertrauen gegeben hatte, wurde es durch diese Worte zerschnitten. Eine Birke über ihr flammte noch auf im Sonnenlicht. Auch ihre Haare glaubte er noch leuchten zu sehen, aber die ganze feindselige Gestalt lag schon im Abendschatten.

Im Louvre hatte ihn das Bild Peruginos begeistert. Der Hirte Marsyas sitzt im erdigen Dunkel und verzaubert mit seinem Flötenspiel den vor ihm im Glanz des Lichtes stehenden weiblich anmutigen Apoll. Der Zauber des Flötenspiels wird verklingen, die Nacht wird kommen, aber der Gott des Lichts und der Musik wird sich nicht entthronen lassen. Seine schwarze Eifersucht wird sich auf Marsyas stürzen und ihn bei lebendigem Leibe enthäuten.

„Verzeihen Sie mir, wenn ich Ihnen unangenehme Gefühle bereitet habe. Aber sagen Sie mir, warum Sie nicht gekommen sind, sagen Sie mir die Wahrheit, auch wenn sie wehtut."

Sie ließ ihn stehen. Der Sonnengott wird wieder auffahren. Marsyas hatte mehr gewollt, als ihm zustand. Marsyas wurde in den Orkus geworfen.

Er fand ihr Verhalten unbegreiflich. Was war denn so gefährlich an ihm, dass sie die Flucht ergriff? Was brachte sie so gegen ihn auf? Ein Mensch kann sich doch in den anderen hineinversetzen und den Wunsch nachempfinden, nicht allein zu sein. Er hatte um sie geworben. Wenn sie diese Beziehung nicht wünschte, warum hatte sie ihm das nicht mitgeteilt, ohne ihn für Luft zu erklären oder aber mit Basiliskenaugen zu durchbohren? Musste er seine Menschenkenntnis für so schlecht ansehen? War ihre Schönheit gar kein „starker Glanz von innen", sondern eine selbstständige amoralische Kraft, ein fragmentiertes, nicht einordbares Kalkül der Natur? Hatten die Seelenforscher recht, die sich über die Erfindung des Bildungsromans mokierten und das plurale Ich über die aus Erfahrungen und Brüchen gewachsene Persönlichkeit triumphieren ließen?

Noch war er nicht von ihr losgekommen, ihr mythischer Pfeil steckte noch in ihm. Mehrere Abende googelte er sich durch psychologische Einträge, um ihrer Wirkmacht oder aber ihrer Störung auf die Schliche zu kommen. Es half nichts. Er war zwar ruhiger geworden, aber mehr durch die

Ablösung, das Abziehen von seiner brennenden Frage, als durch ihre Auflösung. Er wollte ja, nach dem Zusammenstoß an der BMX-Bahn, akzeptieren, dass sie Gründe hatte, ihn zu ignorieren oder zu meiden, aber ihr sinnlicher Eindruck ließ ihn nicht los. Wieviel leichter war es Dante gefallen, Beatrice zu lassen, da sie es selber war, die ihm den wahren Himmelsstern zeigte.

Also brauchte er eine Muse, ein Wesen aus Fleisch und Blut, um von dieser Präsenz Sylwias in seinem Innern loszukommen.

Seine Tochter war auf Klassenfahrt, der Termin mit dem Papa fiel aus. Auch sonst wurde ihm freie Hand gelassen, sich mit seiner Affäre, vielmehr der Abwicklung seiner gar nicht stattgefundenen Affäre, zu beschäftigen. Umso wichtiger wurde ihm das „Wiener Kaffeehaus", schon weil es der sicherste Ort dafür war, Sylwia nicht zu begegnen. Er wollte das Verhältnis zur Bedienung verbessern und machte der Kellnerin Andeutungen über die Gründe seines sonderbaren Verhaltens in der vergangenen Woche. Sie verstand ihn sofort und besser, als er sich selbst verstand, und vertrieb sich mit seinem Fall gern die Langeweile. Auch Wirt war also ein Heilberuf, nicht nur Priester und Apotheker, und die Schädigungsrate in den drei Bereichen wird sich wohl gleichen. Als er hörte, dass ihre Einblicke in die menschlichen Verwicklungen sich auch einer vielversprechenden Schauspielausbildung verdankten, die sie leider hatte abbrechen müssen, vertraute er ihr auch seinen Spleen an, mit Sylwia in Form seiner Ledertasche zu reden, und den noch weitergehenden, sie durch eine reale Person ersetzen zu wollen.

„Alle Achtung", spottete sie, „ein Krämer mit Phantasie." Die Anerkennung war jedoch echt, der Typ überraschte sie, und in Gedanken entwarf sie eine Probebühne, auf der sie endlich wieder jemand anderes als das Schokoladenmädchen sein durfte.

So kam er zu seiner zweiten, diesmal absolut gewissen Verabredung im Café, in der wenig frequentierten ersten Stunde nach Öffnung am folgenden Nachmittag, mit Ariane als Sylwia. Umso sicherer das Treffen war, umso geringer selbstverständlich die Erwartung. Nicht dass er Ariane nicht hätte begehren können. Sie war attraktiv, hatte Witz, aber die Umstände, unter denen sie sich kennen gelernt hatten, hatten bereits darüber entschieden, dass er sie nicht anhimmeln würde, dass sie nur Kumpel sein könnten. So ist das Leben, und so sind die Menschen. Sie probierten einige Tage, wobei es immer Heiterkeit erregte, wenn Ariane aus

der einen Rolle fallen und in die andere schlüpfen musste –
Gott sei Dank ohne Kostümwechsel -, um einem ver-
wünschten Gast eine Schokolade zu servieren. „Wohl be-
komm's, je vous en prie."

Der Liebhaber und mitspielende Regisseur war natürlich
„hors de propos", nicht der Rede wert, aber er verhalf ihr
doch zu den glücklichen Erinnerungen an ihre letzten zehn
Tage an der Schauspielschule Ernst Busch, als sie sich endlich durchgerungen hatte, sich von dem vermeintlich größ-
ten kommenden Regisseur zu lösen und ihn für die Erweise
seiner Niedrigkeit zu verachten.

Wenn auch der junge Kellner einige Ungeschicklichkeiten
abzufedern half, wurde doch klar, dass man dem Vor-
stadtpublikum ein avanciertes simultanes Doppelspiel nicht
zumuten konnte. So wurden die Proben auf die Zeit nach
Schließung der Tagesbühne verlegt.

Bevor der junge Kollege hinter sich die Tür schloss, witzelte er noch, dass er alarmbereit sei, falls nun der Liebhaber aus der Rolle falle. Ariane ließ für den nächsten Tag
den Geschirrspüler laufen, zählte die Einnahmen und ordne-
te mit routinieren Handgriffen die Vasen auf den Tischen
und die Utensilien hinterm Tresen. Dergleichen war ihm
allzu vertraut. Als nun das Publikum fehlte, wussten sie

nicht, was agieren. Eine Schauspielerin will auftreten, dachte er, doch darum handelte es sich hier nicht. Während sie die angebrochene Flasche Mount Hebron leerten, unterhielten sie sich ziemlich ungeschminkt, wenn auch mit Sympathie, über einige Vorkommnisse ihres Lebens. Es gab jedoch nichts Zündendes, das sie für einander entflammt hätte. Sie wären sich als Verlierer vorgekommen und verabschiedeten sich.

Aus der Zeit gefallen

Zu Hause wollte er rekapitulieren, was ihm diese Versuche gebracht hätten. Er zog eine CD mit Musik aus westberliner Tagen hervor, über eine Kellnerin, die lange nach Mitternacht das junge verliebte Paar nicht in die Kälte hinausjagen wollte. Dass das Lied ihm noch so vertraut klang, irritierte ihn gleichzeitig. War er allein es, der auf der Stelle trat, oder floss alles im Kreise? Die CD sprang ein paarmal, was aber seiner Rührung keinen Abbruch tat.

Während Maurenbrecher die Endlosschleife „Du warst die Einstiegsdroge" sang, formulierte er sich reichlich machohaft-weinselig, dass er gegen die Strahlung Sylwias ein Abklingbecken gesucht hatte. Ariane war jedoch viel zu aktiv für eine solche Zuweisung und hatte ihn wie in einem Kreuzverhör mehrfach zu dem Geständnis bringen wollen, dass seine Leidenschaft für Sylwia gar nicht stark genug wäre, dass er also für die Tat, die er begangen zu haben wünschte, gar nicht in Frage käme. In gewissem Sinne war Sylwia wirklich hinter Ariane verschwunden. Hatte er vorhin Angst davor gehabt?

Der nächste Tag gab ihm die Gelegenheit zu einer Klärung. Ariane rief an.

Der Abend hatte sie sehr deprimiert. Das könne nicht alles

gewesen sein. Sie wolle nicht ihn aus seinem Loch herausziehen und selber hineinstürzen, er müsse ihrer Freundschaft eine Chance geben.

„Da passt es sich gut, dass ich deine Hilfe brauche. Ich werde zu einer Reise gedrängt, zu einer schwierigen und natürlich geheimen Mission. Du hast Zeit und musst mich unbedingt begleiten. Ansonsten ist es nur ein Wochenendausflug an die Ostsee, wir gehen sozusagen auf Tournee und erweitern unser Repertoire. Lass uns einfach losfahren. Man kommt hier auch ohne uns zurecht."

Vor wenigen Tagen noch hatte er sich die Orte ausgemalt, von denen alle schwärmen, drei Wochen mit Ihr in Istanbul, mit der Kette im Wasser zwischen Europa und Asien, oder, wenn Sie es ruhiger vorzog, im lieblichen Cornwall. Nun also Klütz.

„Es wird dir gefallen. Das Meer ist bei jedem Wetter schön. Uwe Johnson soll dort aufgewachsen sein. Dann ist er abgehauen, nach West-Berlin, nach New York, ins Village, und hat seine Gesine Cresspahl überallhin mitgenommen."

Auf dem Tisch vor ihm lag noch das Vorlesebuch seiner Tochter, ein amerikanisches Kinderbuch mit hübschen Zeichnungen.

Am Hudson-River, wo der mächtige Pfeiler der Washington-Brücke den tiefsten Schatten wirft, duckt sich ein Leuchtturm außer Dienst, wie ein Fliegenpilz neben einem Baumstamm. Er leuchtet nicht mehr, aber die Schleppkähne, wenn sie unter der Brücke durchfahren, tuten ihm zu. Alle Kinder kennen ihn. Doch die Behörde will ihn abreißen lassen. Da duckt er sich noch mehr in den Schatten.

Sie fuhren früh von der Autobahn ab, Ariane übernahm die Reiseleitung.

„Ich mag diese heidnischen Namen: Raguth, Boddin, Perlin, Pokrent und Dragun. Neu-Dragun gibt es auch, wie alt mag das sein? Wir können in Gadebusch fragen."

Das war aber nicht so leicht. Die Stadt lag wie ausgestorben. Man horcht auf ein Pestglöckchen. Oder hielt der Löwe über dem Eingang zum Krug alle Kreatur im Schach?

„Trauen Sie sich nur, der ist schon satt. Wir empfehlen Rippchen, mecklenburgisch, oder Zander und dazu ein hiesiges Bier." Das hätte die Wirtin sagen können, sie sprach aber gar nicht. Es stand ja auch säuberlich mit Kreide auf der Tafel geschrieben. Und der Karte konnten sie sogar entnehmen, dass der Zar im Nordischen Krieg ganz in der Nähe eine wichtige Schlacht geschlagen hatte und englische und russische Offiziere Ende 1945 hier im Krug den Austausch von Dörfern am Schaalsee vereinbart haben. Ein stumm gewordener Schrecken schien über dem Landstädtchen zu liegen.

„Es gibt eine Geschichte über einen alten Mann auf der Insel im Schaalsee", sagte sie. „Er war aus der Gegend von Goldap in Ostpreußen, von der weißrussischen Grenze, vertrieben worden und landete hier kurz vor der Elbe, „mitten im Reich", wie er meinte. Die Ostpreußen hatten ja die Angst vor der Insellage. Er war wohl Landwirt und Fischer, und so wurde er auf Kampenwerder eingewiesen. Da muss er miterlebt haben, wie einige Dörfer die Besatzungszonen wechselten und aus der Demarkationslinie durch den See später der Eiserne Vorhang wurde. War er früher nie nach Königsberg gekommen, weil man arm war, so nun aus weltgeschichtlichen Gründen nicht nach Hamburg. Und das verschärfte Grenzregime am Zonenrand schränkte auch die Fahrten von der Insel und Besuche auf der Insel stark ein. Seine Welt war klein gewesen und blieb es nach der Katastrophe und blieb es auch, als der Eiserne Vorhang weggeräumt wurde".

„Eine traurige Geschichte. Woher hast du sie übrigens, doch nicht aus den Zeitungen im ‚Wiener Kaffeehaus'?"

Nach der Weltgeschichte wurde es idyllisch. Sie fuhren über Land, über die Dörfer, und bekamen den Blick für das Kleinteilige. Ein Kirschbaum schien unter seiner Last zusammenzubrechen, ein Storch, oder Frau Störchin, stolzierte durchs hohe Gras, ein Straßenimbiss warb mit einer „Tasse Kaffee" in Anführungsstrichen und auch eine Ferienwohnung war „belegt" in Anführungsstrichen.

Das Ferienland hatte begonnen und erfasste sie wie eine Welle, die einen über den Alltag hinaushebt. Sie betrachteten alles gelassener. Da war die Kreisstadt Grevesmühlen mit dem quadratischen Rathausplatz der alten Kolonistenstädtchen. Wie konnten die Läden und Lokale über die Runden kommen? Nun, sie taten es doch offenbar, und der Himmel ging über allen auf. Das sollte aber doch nicht so bleiben, wie ein obskurer „Thingplatz", diesmal ohne Anführungsstriche, hinter den Wällen verkündete. Neben der Kirche hatte der dankbare Sohn Fritz Reuter seiner hier gebürtigen lieben Mutter einen Gedenkstein setzen lassen. Ganz ohne Zusammenhang fiel ihm ein Mitstudent ein, der sich auf dem Charlottenburger Ernst-Reuter-Platz ein Mausoleum gewünscht hatte.

Sie wurden albern, das machte die Luftveränderung. Der reife Raps, nachwachsender Treibstoff, betörte mit stumpfer

Süße. Sie näherten sich Klütz und reimten auf ü. Später sollten sie lernen, dass es Klüütz heiße und Schlüssel bedeute, der Schlüssel zur Ostsee. Vom Meer war noch nichts zu sehen, nur behäbiges, breites Bauernland, keine sturmgepeitschte, zerrissene Küste, in die das wütende Meer seine Zähne geschlagen hätte. Sanft gewellt, nicht kabbelig, lief die Landschaft dahin, hier und da strudelnd in buschigen Senken und Kleingehölzen inmitten der großen Weizen- und Rapsschläge. Das waren die Wawrilow-Inseln der Artenvielfalt im Meer der Zweifruchtkultur, die er stolz aus seinem Botanik-Studium herüberholte.

Ariane antwortete mit einem Marien-Hymnus, als sie den roten Helm der Stadtkirche erblickten.

„O roter Helm von Sankt Marien, weithin grüßende Bischofsmütze, Patronin voller Güte, behüte die Häuser der Menschen und gib dem Land Frieden und Fruchtbarkeit in unseren Tagen!"

„Ja, im protestantischen Mecklenburg hat sich die Volksfrömmigkeit dem Kampf gegen den Marienkult widersetzt, und die Kirchen haben überall ihre Weihe unserer lieben Frau beibehalten."

„O weh", seufzte sie, „willst du die konfessionellen Streitigkeiten in unserem Urlaubsland wachrufen, Richelieu aus der Gruft holen und Gustav Adolf wieder aufs Pferd setzen? Ich will das Meer begrüßen, das salzige, steuer du noch bis an den Strand, dann will ich dich führen, deine Nausikaa, vertrau dich mir an."

Einem physikalischen Beobachter, der das gleichmäßig dahingleitende Fahrzeug in den Sucher seines Zeisses genommen hätte, wäre dieser Unterschied der Empfindungslagen gar nicht aufgefallen, aber es gab einen solchen Beobachter nicht, auch – eine Generation nach der Wende – keinen wachsamen Grenzschützer mehr, der ein Westauto bei der Annäherung an den für alle verbotenen Strand, den nassen Todesstreifen des Staates, ausgemacht und dafür eine Auszeichnung erhalten hätte.

„Nördlich von Klütz war die Küste jahrzehntelang abgeriegelt. Erst in Boltenhagen konnten die Badeurlauber zum Meer kommen, und mit ihnen auch die Landleute der DDR, seit sie nicht mehr wasserscheue Bauern, sondern zu Werktätigen mit Jahresurlaub geworden waren. Denen allen wurde sehr viel Einsicht in die Notwendigkeit ihrer Einfriedung abverlangt. Immerhin wohnten sie nun in modernen Mietshäusern."

„Dem schlacksigen Uwe Johnson ist die Einsicht aber nicht gelungen", entgegnete Ariane. „In seinem Roman „Zwei

Ansichten" stellt er einen jungen Fotografen vor, der jenseits der Sektorengrenze, im kapitalistischen Holstein, gutes Geld zu verdienen weiß und sich davon einen Sportwagen kauft. Mit diesem „hochbeinigen, sprungsüchtigen Ding" renommiert er erfolgreich bei den Mädchen. Auch einer flüchtigen Bekanntschaft in Ost-Berlin, der jungen Krankenschwester D., versucht er damit zu imponieren. Der Anschlag wird vereitelt: über Nacht wächst ein Stacheldrahtzaun riesengroß um sie in Ost-Berlin oder um ihn in West-Berlin herum. Auch später kommen sie nicht zusammen, obwohl er sie durch Fluchthelfer über die Ostsee herausholen lässt. Es ist fast grausam, wie Johnson die beiden sich abstrampeln lässt."

„Du steckst die Nase ins Buch und bringst dich um den ersten lebendigen Eindruck von Klütz. Aus den Augenwinkeln sieht alles so aus, wie im Internet versprochen. À propos, wo ist unsere im Internet versprochene Unterkunft?"

„Erst möchte ich das Meer sehen, dreidimensional, riechen kann ich es schon."

Es gab einen einfachen Wegweiser zum Strand, von niemandem gesponsert. Sie wanderten auf einem Betonplattenweg zwischen Feldern eine Anhöhe hinauf und traten

31

auf ein Asphaltband, über das einige Radfahrer an der Küste entlangjagten. Hier hatte der untergegangene Staat seinen Bürgern die automatische Todesstrafe angedroht und auch vollzogen. Der Staat wollte nicht ausbluten, er wollte seine Blutkörperchen nicht verlieren. Er legte seinen Staatskörper schwer auf das Land und verbot den Körperchen, eigene Wege zu gehen. Obwohl sie anfänglich bereit waren mitzumachen, kam er doch nicht auf die Beine, ja er verfiel zusehends.

Sie gingen also über das Asphaltband hinweg und standen nun vor einer fast undurchdringlichen Hecke, übervoll mit leuchtend großen, süßen Brombeeren. Pflückt uns, pflückt uns, summte und brummte es darin. Beim Nähertreten bemerkten sie jedoch, wie die Zweige von dolchartigen Dornen starrten und sogar die Blätter Widerhaken trugen. Es zeigte sich ein Durchschlupf, und sie folgten einem unbestimmten Rauschen ins grüne Dunkel einer Eschenwaldung. Lehmige Stufen führten nach unten, die roten Beeren der Aronstäbe leuchteten im Unterholz. Schlehen und Sanddorn geleiteten aus dem Schattenreich auf eine Rasenkanzel. Vor ihnen im gleißenden Licht lag das Meer, das mit träger Kraft über Sandbänke und Granitbrocken an den Strand rollte, gleichmäßig, halluzinatorisch. Der Strand war übersät mit Kieseln, rundgewälzten Granitsteinen und kleinen Hühnergöttern. Dazwischen suchten sie sich einen sandigen Lagerplatz.

Es gab kaum Besucher an dem wilden Strand und es störte niemanden, dass sie unbekleidet ins Wasser gingen. Er dachte an den eingepelzten Robinson und an den nackten Freitag.

„In voller Rüstung waren die Spanier und Europäer an die Strände der sieben Weltmeere getreten, und schöne nackte Menschen traten ihnen entgegen. Von da an begann den Hellhäutigen das Fell zu jucken. Sie träumten nun davon, es den Wilden gleichzutun. Darin waren die Wilden erfolgreich."

„Und auf Tonga trägt man seither Zylinder", pritschte Ariane ihm Salzwasser zu. „Ich gebe zu, trotz deiner langen Sermone gefällst du mir, falscher Freitag, aber für die Rückkehr an den christlichen Strand bitte ich mir aus, dass du dir einen Algenschurz windest. Hol dir dazu den Stoff aus der grünen Untiefe da."

Sie hatte wie alle damals einen Schnellkurs Selbstverteidigung für Frauen belegt, und bei „da" riss ihn eine leichte Drehung an der Schulter von den Füßen. Zwar ging er unter und schluckte extensiv Salzwasser. Aber er hatte nicht umsonst so viele Shaolin-Filme gesehen. Noch im Fallen drehte er sich auf die Seite, schwang seinen Fischleib herum, griff zielsicher nach ihrem fliehenden Fuß – und traf ihre Kniekehle.

Bis jetzt hatte sie peinlich vermieden, ihre blonden Haare nasswerden zu lassen. Was dann aus den Fluten auftauchte, war kein Mensch im Sinne des achtzehnten Jahrhunderts mehr. Von den dunklen Flechten des herumgeschleuderten Hauptes klatschten ihm Wut und Wasser ins Gesicht. Eine rasende, vielarmige Kali peitschte die Wellen und warf mit Quallen nach ihm. Das Meer schäumte mächtig. Keine Partei hielt sich mehr an irgendeine Konvention. Zum Glück mangelt es in diesen Breiten an widerwärtigen Waffen, es gibt keine Schlangen, keine Tintenfische, keine giftigen Frösche. Aber auch hier ist die Welt sinnvoll durch ein Gleichgewicht des Schreckens eingerichtet. Der Hilferuf „Eine Feuerqualle!" beendete den Unfrieden. Ihre Feuerarme trieben sie ins Paradies auf dem Strand zurück. Sie lagen auf dem Sand und leckten ihre Wunden, sie schmeckten noch lange salzig. Sie waren sich näher gekommen.

„Jetzt kann ich es dir ja sagen. Unsere Unterkunft ist erst ab morgen frei. Die Gegend war doch mal schwedisch, das „allmänsrättet" erlaubt uns, hier zu übernachten. Ich habe heimlich mein kleines Zelt eingepackt."

In der Dämmerung schlichen noch andere Gruppen an ihnen vorbei und besiedelten da und dort den wilden Strand. Sie sprachen hamburgisch und alternativ. Auch lübische Bierkästen wurden vorbeigetragen. Sterben diese Romantiker denn nie aus? Die letzte Fähre begann von Travemünde aus ihre Nachtfahrt nach Riga oder Helsinki.

„Ach, wer da mitfahren und aus einer bequemen Kabine aufs Meer schauen dürfte."

„Wie gut, dass wir hier bleiben und aus dem kleinen Zelt das große Zelt betrachten dürfen", erwiderte sie.

Sie stießen mit freundlich überlassenem lübischen Bier an und rauchten zwei geschenkte Zigaretten. Unterdessen durchlief das Meer alle Abstufungen von graublau bis grauschwarz. Immer war es schon eine Stufe weiter. Sollte man sich darüber ärgern? Sollte man sich darüber ärgern, dass der Mond nicht zu sehen war, der vielbesungene?

„Stiller Begleiter der Nacht, wirst du schnarchen?"

„Nein, werde ich nicht, ich werde wach liegen und träumen."

Die Kühle weckte sie noch vor der Dämmerung, beider Atem troff von der Zeltbahn ab. Das harte Brett, dass er im Rücken spürte, war gar kein Brett, sondern seine Schulter.

„Du bist sofort eingeschlafen und hast dich herumgewälzt. Auch von dem merkwürdigen Tier, das ums Zelt herum raschelte und brummte, hast du nichts mitbekommen."

Sie liefen sich am Strand warm. Bei den Hamburgern glimmte noch die Feuerstelle vor dem Fahrtenzelt. Aus schemenhaften Gestalten wurden Bäume und aus Bäumen wieder Schemen. Einige waren umgestürzt, in dieser Nacht oder in einem Herbststurm? Der Wind blies an den Strand – anlandig - und die Flut wälzte das willenlose Gut aus abgerissenen Wasserpflanzen, leeren Muscheln und Quallen zentimeterweise weiter auf den tausendmal beleckten und tausendmal trockengefallenen Ufersaum. Jedesmal hörte es sich an, als wenn Whisky auf Eis gegossen wird oder heißer Tee auf Kandis. In ihrem Rücken zeigte sich ein Dämmerschein, sie gingen zurück nach Osten.

„In Östersund, in Mittelschweden, habe ich einmal vor Mitternacht an der einen Seite des Himmels das fliehende Abendlicht und an der anderen Seite das eintretende Morgenlicht betrachtet, zur gleichen Zeit. Der eine Tag war noch nicht vergangen und der andere war noch ganz unbestimmt, gerade von der Nacht herbeigerufen, gerade erst geboren. Das Licht floh eigentlich nicht, es strömte."

An der Feuerstelle saß eingehüllt eine junge Frau, der Wind blies in die Glut, sie setzten sich zu ihr. „Oh, Mann, hab ich gefroren." „Nein, hier war ich noch nie, ich kenne nur das richtige Meer, die Nordsee." „Berlin, will ich auch mal hin, soll ja viel los sein."

Berlin kam ihnen sehr weit weg vor. Sie befanden sich nicht mehr in seinem psychischen Einzugsgebiet, Hamburg schien der stärkere Magnet für diesen Landstrich zu sein. Sie beglückwünschten sich, auf einige Tage aus dem Räderwerk der großen Stadt ausgestiegen zu sein. Sie würden nichts produzieren, nichts servieren, nichts ersteigern, keine e-mails schreiben oder erhalten und am Abend würden sie, bis die Spaghetti al dente wären, die Morgenzeitung erholungsmatt überfliegen. Die Agenda lautete knapp: Pflücke den Tag.

„Und denkst du nicht an Sylwia?"

Er wusste es nicht.

„Wenn ich im Wald bin, denke ich an Sylwia, die Waldige, wenn ich am Strand bin, denke ich an Ariadne, die Kreterin."

„Und Ariane, die Arianerin, ist dir egal, nur weil sie kein gottgleiches Waldtier ist, nur gottähnlich, und in deinem Labyrinth herumschnüffelt."

Der Abgrund

Nach der Nacht im Zelt fanden sie den Weg zurück in die Kreisstadt. Am Stehtisch einer Backwarenverkaufsstelle vertrieben sie das flaue Gefühl aus dem Magen und lösten die Einschmelzungen der Müdigkeit aus ihren Gelenken.

„Ich bin gespannt auf unser Quartier, ich liebe Überraschungen."

„Das wird auch nötig sein. Wir fahren nämlich zuerst zum Bahnhof."

Der hatte bessere Tage gesehen und war nur noch ein Busbahnhof, eigentlich nur eine Bushaltestelle. Die Schienen waren nach der Wende herausgerissen und als Alteisen verwertet worden. Nur eine Segmentdrehscheibe blieb museal verschont. Darüber wuchs Gras. Ein Paar stieg aus dem ankommenden Bus und wurde ihm als Eckhardt und Vera vorgestellt. Sie taten überrascht, und die Abneigung war ganz beiderseits.

„Ich habe Gut Brook für uns ausgewählt, sagte Eckhardt im Auto. Durch die neuen Besitzer wurde eine exzellente Küche eingeführt, auf der Grundlage des ökologischen Landbaus. Die Zimmer und Pavillons sind geschmackvoll eingerichtet. Man spaziert zwischen Apfelbäumen zum hauseigenen Strand."

Es stimmte, er war zufrieden, auch damit, dass die Wichtigtuer im Haupthaus wohnten, sie hingegen separat im umgebauten Pferdestall. Ob es sich wirklich nicht anders umbuchen ließ, wie er sagte, oder eine gezielte Herabsetzung war, sollte keine Rolle spielen, als sie im Zimmer der Kategorie gehobener Landhausstil allein waren.

„So wird der glückliche Kurzurlaub à deux nun als Horror zu viert fortgesetzt?"

„Er ist Regisseur, ich kenne ihn von früher, er will mir eine wichtige Rolle in einem Fernsehfilm anbieten. Mir ist es sehr recht, die offenen Fragen so bald wie möglich zu klären, er wird uns nicht viel Zeit rauben. Und außerdem möchte ich seine Frau näher kennenlernen."

„Ein seltsamer „E.V.", für einen Norddeutschen ist er sehr geschwätzig, und sie für eine Italienerin sehr zugeknöpft, sie hat kein Wort gesprochen."

„Mir erzählte sie etwas von Kopfschmerzen, sie habe die gestrige Zwischenstation in Wismar nicht vertragen oder ertragen, sopportato oder tollerato."

„Ovunque, so wird also nicht der einsame Mönch aufs Meer schauen und die Dame durchs Fenster nach den Schiffen im Hafen, sondern oben am Rande der Klippen werden vier sich belauern und drei nach der Unendlichkeit hinübersehen."

„Vier, denn es gibt jetzt sogar Italiener, die sich für das Baltische Meer interessieren."

Das Hotel hielt alles für ein Picknick bereit, das sie gemeinsam am Strand einnahmen. Sie saßen und lagen im Halbkreis um einen flachen Granitblock im Sand herum und blickten über Hähnchenkeulen und frittierte Fische den Wellen zu, die sich um einige Findlinge zerteilten und in immer neuen und immer gleichen Fächern den Strand bestrichen. Vera fühlte sich wohler, sie wagte sogar ein Glas Rotspon.

„Rinoceronte", sie warf Eckhardt eine Honigmelone zu. „Nein, nicht essen, zurückwerfen. Rinoceronte qui passa sotto il ponte. Schneller, immer schneller. Rinoceronte qui passa sotto il ponte, qui salta, qui balla, qui gioca alla palla – he, wem gehört der Hund? Rinoceronte qui passa sotto il ponte, qui sta sull'attenti, qui fa complimenti, gira e regira, la testa mi gira, non ne posso più, cara pallina, fa mi un piacere e caddi giù."

Es dauerte eine Weile, bis der ovale Ball im richtigen Rhythmus und ohne zu fallen ans Ende der Kinderstrophe kam. Alle wollten es versuchen, da hatte sie schon keine

Lust mehr. Sie aßen die weich gewordene Melone und lobten ihre Süße.

„Dann zeige ich dir jetzt, wie Gummitwist geht", sagte Ariane. Zwischen uns sprang sie auf die gedachten Gummibänder, drehte sich vor und zurück und sprang wieder heraus. Vera musste es nachmachen. Ariane schaffte trotz langer Pause aus dem Stand den höchsten Grad, „die siebte Letkiss", und das obwohl Beachgummitwist natürlich schwieriger ist als Straßengummitwist.

Seit einiger Zeit schon flogen Schwalben aus den Löchern der Lehmwand hinter ihnen auf Insektenfang über den Strand.

„Vera, bekommst du Ungarettis Gedicht über die Schwalben noch zusammen?"

„Das aus den Lesebüchern, „Quiete"? Ja, wenn man mir zuvor noch ein Tröpfchen Wein eingießt."

L'uva è matura, il campo arato,

Si stacca il monte dalle nuvole.

Sui polverosi specchi dell'estate

Caduta è l'ombra,

41

Tra le dita incerte

Il loro lume è chiaro,

E lontano.

Colle rondini fugge

L'ultimo strazio.

Ruhe

Die Traube ist reif, das Feld gepflügt,

der Berg löst sich von den Wolken.

Auf die staubigen Spiegel des Sommers

ist der Schatten gefallen.

Zwischen den unsicheren Fingern

ist ihr Licht klar

und fern.

Mit den Schwalben flieht

die letzte Qual.

Die Lehmwand leuchtete im Widerschein, und die Schatten der an- und abfliegenden Vögel huschten über sie. Ariane und Eckhardt wollten noch einen Arbeitsspaziergang machen.

Vera verstummte, sie und er, die beiden Anhängsel, gingen zum Hotel zurück. Sie setzte sich in der Diele in einen Strandkorb und blätterte die Ostsee-Zeitung durch.

„Woher kennt ihr euch?"

Sie antwortete nicht.

„Möchtest du etwas gegen die Müdigkeit, eine Art caffè corretto mit Schlagsahne, einen Pharisäer? Der löst die Zunge, und du kannst eine gute Geschichte erfinden, sie muss ja nicht wahr sein."

„Warum musst du alles wissen, ist es nicht genug, dass wir hier zufällig zusammentreffen und uns weder langweilen noch zerkratzen? Du überschätzt, was man von jemandem wissen kann."

Vielleicht hatte sie recht, sie kannte Gedichte auswendig, hatte sarkastischen Witz, warf sich mit Ariane Bälle zu, aber musste er sich für diese Vera interessieren? Er verabschiedete sich.

Er legte sich diagonal in ein zu kurzes, antikes Kastenbett. Endlich kam Ariane und verlangte sofort, sich ausstrecken zu können.

„Er will einen Film über sich selbst drehen, über einen jungen Regisseur, einen tollen Hecht, der mit den Systemen jongliert, sich aber doch ein paarmal bei einer Art Christa

Wolff, bei mir, ausheulen muss. Dabei hatte ich so gute Ideen für ein Drehbuch über unsere Schauspielschule E. B.. Als die Argumente erschöpft waren, sind wir nur noch gelaufen, es war wie ein Kräftemessen, ich wollte mich nicht unterkriegen lassen. Es gibt noch eine Chance, ich habe ihn dazu gebracht, morgen nach Wismar zu fahren, um gemeinsam einige Schauplätze aufzusuchen. Vielleicht lässt er sich noch auf ein anderes Drehbuch ein."

Nach dem Mittagessen blieben Vera und er allein. In der gestrigen Zeitung waren ihr Aufnahmen von der Lübecker Halbinsel Priwall in die Augen gefallen. Sie liehen sich Fahrräder aus und fuhren los, zunächst über den konvertierten Todesstreifen, bodenwellenauf und bodenwellenab. Dann bogen sie landeinwärts, streckten die Füße in den Katzbach und beobachteten die Mähdrescher auf den Feldern bei Harkensee. Einer winkte sie heran, er schien sich zu langweilen. Sie konnten zur Kabine hinaufsteigen und saßen neben einem kräftigen Burschen, einem Landtechniker in engem blauen Overall, der sich laufend über Funk mit anderen Fahrern und Betriebsleuten austauschte. Zwischendurch fragte er sie aus und erklärte seine Tätigkeit.

„Auf Brook seid ihr untergebracht, die sind sehr stolz auf

ihren ökologischen Landbau, na ja, wenn sie dreschen, staubt's bis Rostock und heraus kommen dreißig Doppelzentner, hier sind es über hundert. Nein, am wenigen Regen liegt es nicht, dass der Weizen so niedrig ist. Der Tau gibt hier die Feuchtigkeit, und gegen Wachstum wird gespritzt, Stroh wird nicht benötigt, hohes Korn drückt der Sturm an den Boden. Bis Mitternacht dreschen wir, wobei die letzten Fuhren durch die Trocknung müssen. Geschlafen wird nicht viel in der Ernte. Früher wirtschafteten über hundert Leute auf dem Gut, jetzt sind wir zu viert."

Die Dörfer stehen umschlossen vom Weizen- und Rapsland, zu jeder Tages- und Nachtzeit rasen die schweren Traktoren durch die Ortschaften, aber beruflich hat kaum noch jemand etwas damit zu tun.

„Das war vor der Wende anders, sagte Vera, es gab eine battaglia del grano, eine Ernteschlacht."

„Woher weißt du das?"

„Ich war als Erntehelferin hier, unsere internationale Brigade wurde dritte."

Sie fuhren durch ruhige, verschlafene Dörfer in ein Landschaftsschutzgebiet.

Einige grau verputzte Gebäude standen nun leer, sie hatten wohl die Grenztruppen beherbergt. Reetdachhäuser und

Schafställe verfielen neben renovierten Häusern mit schmucken Blumenrabatten. Die Gegend wurde immer einsamer und abgelegener. Bäche schlängelten sich durch Waldwiesen und Erlenbrüche. Straße und Radweg verengten sich noch einmal und hinter einer Biegung verwies ein Schild auf den früheren Verlauf der innerdeutschen Grenze. Unmittelbar anschließend tat sich eine randstädtische westdeutsche Idylle auf. Noch immer reihten sich mit dem Rücken zur nicht mehr vorhandenen Mauer und Stacheldraht dicht gedrängt die Grundstücke mit Gebäuden, die eine selbstgefällige Immobilienspekulation hervorgebracht hatte: durch Aufstockung verschandelte Altbauten, die Vorgartenwohnparks vom Glück im Grünen und dazwischen die Kioske der sechziger Jahre und die Alterswohnsitze von Schiffskapitänen.

Sie wichen in Querstraßen aus und gerieten nun in das Naturstück Priwall, dessen Fotos Vera zu ihrer Tour verlockt hatten. Zwar gab es Gehölze, Wiesen und Waldwege, aber die Natur vermittelte doch den Eindruck von renaturierten Altlasten und noch nicht erfolgter Bebauung.

„Aber siehst du dort hinter den Wiesen die Segelmaste vorbeiziehen? Da müssen wir hin."

Der Blick vom Fähranleger auf das gegenüberliegende Ufer

mit der Altstadt von Travemünde ließ sie aufatmen. Die Stadtkirche überragte eine Uferpromenade aus Staffelgiebeln und ansehnlichen Neubauten. Verschwitzt und mit hängenden Mägen erreichten sie eine Restaurant-Terrasse. Drinnen wurde eine Hochzeit gefeiert.

„Mein Vater war kommunistischer Parteisekretär in Bologna. Er wollte unbedingt, dass ich einen Sprachkurs im besseren Teil Deutschlands absolvierte. So kam ich noch vor der Wende nach Wismar. Alles war fremd für mich, die Atmosphäre wirkte bedrückend. Nicht lange zuvor war an der Zonengrenze ein italienischer LKW-Fahrer erschossen worden, noch dazu ein Kommunist. Nun wollte man etwas gutmachen, wir sollten besonders freundlich aufgenommen werden. Es klappte natürlich nicht. Aber der studentische Betreuer unserer Gruppe war tatsächlich ein sympathischer Junge. Er machte sich zu unserem Komplizen, wenn wir die Hausordnung umgehen wollten, um mit deutschen Schülern zu feiern, oder wenn wir, statt einen langweiligen Staats- und Gesellschaftskundevortrag zu hören, lieber zum Strand gehen wollten. Dafür haben wir beim Ernteeinsatz unser Bestes gegeben. Meine spanische Zimmerkollegin war unsterblich in ihn verliebt."

„Das war Eckhardt?"

„Ja, er war damals Werkstudent auf der Mathias-Thesen-Werft. Von Wismar aus gingen ja die Frachtschiffe der DDR auch ins Mittelmeer. Er selbst hat von uns Spanisch und Italienisch gelernt."

Ein junger Mann der Hochzeitsgesellschaft trat an ihren Tisch und lud sie zum Tanzen ein. Durch die Glasscheibe sah er, wie geschickt sie sich zu den Klängen einer Samba wiegte. Dann fiel ein nächtlicher Riesenschatten auf die Hotelfront, ein Luftzug sträubte seine Nackenhaare. Als er sich umwandte, sah er die hohe Wand eines Skandinavien-Liners fast auf Armlänge vorbeiziehen.

Bei den ersten Tönen eines Tangos ging er hinein und klatschte ab. Seine ungelenken Schritte störten sie zunächst, oder war es die Zackigkeit des Tangos, gegen die sie die Melodie der Bewegung aufbot? Ihr Lächeln sagte, dass sie nun bereit sei, sich der männlichen Führung zu überlassen.

Die letzte Priwall-Fähre legte ab. Sie standen nebeneinander am Geländer, mit Blick auf Wasser und Lichter und auf einander. Den zweiten Kuss lehnte sie ab.

„Es ist nicht aus Verlangen, nur aus Neugier."

Nun würden sie zurückfahren durch die beleuchteten Zonenrandstraßen, über die offene Grenze und weiter auf dem Küstenstreifen und weit nach Mitternacht erst ankommen.

Eine glimmende Zigarette bewegte sich von der Einfahrt zum Gutshotel auf sie zu.

„Warte drinnen auf mich."

Arianes Stimme klang gepresst. Sie zog Vera zur Seite.

Ärgerlich stapfte er durchs Zimmer. Wenn er Ariane im Café benutzt haben sollte, so sie ihn jetzt hier in einer Geschichte, die ihn überhaupt nichts anging. Sie wären quitt, er würde nach dem Frühstück abreisen. Er wartete. Im Flur stand der übliche Bücherschrank mit Doubletten und Krimis. Durch ein Fenster drang ein Dämmerschein. Er blätterte in etwas, ohne eine Zeile wahrzunehmen. Endlich kam Ariane.

„Nein, es gibt keinen Grund, außer dem, dass du dich eifersüchtig hättest zeigen können. Er hat durchaus Charme, und ich wäre die erste nicht, darauf anzuspringen."

„Auf dem Schiff war er nur maulig, klagte über die kabbeligen Wellen, dann beim Anlegen wie ausgewechselt, der perfekte Stadtführer. Habe ich gesagt, wie sehr ich die düsteren alten Speicherhäuser mag? Keine Ahnung, wie er uns dort Zutritt verschaffen konnte. Wir stiegen über Balken und Eisenträger, die Dielen zum Teil morsch. Die Fensterhöhlen sind ja mit Holzplatten verschlossen. Nur durch

Ritzen dringt Licht ein und der gedämpfte Lärm von den Touristen auf dem Kai. Überall raschelt es natürlich, Vögel fliegen auf. Der Geruch war überwältigend, nach Dreck und Exkrementen, Teer, schimmelndem Getreide und nassen Tauen, man denkt an Skelette, die in der Seeluft vergehen. Wir waren schon ziemlich lange gestiegen, als er neben mir durchbrach. Ich konnte ihn retten – oder wollte er es mich glauben machen? Vor uns gähnte ein Loch von mehreren Stockwerken. Aus einer Dachluke, durch die Reste eines Flaschenzuges schauten wir über den Hafen, die Insel Walfisch, Kirchdorf auf Poel. Wieder unten zitterten mir die Knie. Wir stiegen nochmals auf, diesmal in den Vierungstürmen von St. Georgen. Nach Jahrzehnten hat man der Ruine das Dach wieder aufgesetzt. Wir blickten in den riesigen ausgeleerten Kirchenraum, gesäubert wie nach einer Sturmflut. In einem Café am Marktplatz schob Eckhardt mir einige Kopien hin.

Was sind das für Berichte? Wer hat das geschrieben?

Er setzte alles auf eine Karte: „Das ist der Stoff für ein Drehbuch. Ich liefere ihn, und du musst es schreiben. Du hast dabei freie Hand. Zu binden und zu lösen, wie mein Großvater, der Pastor an St. Marien war, wohl gesagt hätte."

Du warst Stasi-Informant bis in die letzten Wochen des Regimes?

„Es war ein Doppelspiel, Vera wird es dir bestätigen, jugendliche Wichtigtuerei, eine Dummheit, die ich bedauere."

Ich las: „Man legt La Bandiera rossa auf. Die Italienerinnen verdrehen die Augen. Von der Partei wollen sie nichts hören. Papa und Mama haben sie geschickt. Sie sind nicht freiwillig hier. Nur die kleine Spanierin klatscht mit."

Eklig. Ist das überhaupt echt? Ein neues Doppelspiel?

„Es ist leider echt. Aber schau, ich war auch nicht freiwillig da. Ich war depressiv und nahm Tabletten."

Noch ein Opfer.

Du warst der einzige, der mir beigestanden hat bei meinem Schauprozess an der Schauspielschule. Ich habe dir vertraut.

Ich musste mich bewegen. Wir liefen durch die Gassen. Stelltafeln vor dem Heilig-Geist-Spital, mittelalterliches Rätsel, 504 mal DEO GRACIAS, Weihnachten im Kessel, die Madonna von Stalingrad 1942. Der Slote-Kerker im Heilig-Geist-Hof.

„Weißt du, dass Murnau hier Nosferatu gedreht hat? Du hast freie Hand. Du kannst mich auch fertigmachen. Ich muss öffentlich dafür einstehen, nur so kann ich davon loskommen. Auch Vera ist dazu bereit."

Ich machte mich von ihm los. Einige Passanten blieben stehen. Sie mussten ihn doch kennen. An der Nikolai-Kirche hing ein Plakat: Am siebten Tag sollt ihr ruhen, aber an sechs Tagen sollt ihr Arbeit haben. Ging es denn immer nur um Arbeitsplätze, nie um die gemeinsame Sache? Ich lief vorbei an dem riesigen Sarg der Wadan-Werft, darin die Arbeit ruhte. Auch hier hatte der Werkstudent sein Spiel gespielt. Ein Eulenspiegel, der die Macht verspottete?

Ich war jung, Gott, erst sechzehn Jahre, du kamst von Burma herauf, du sagtest, ich solle mit dir gehen, du kämest für alles auf.

Ein Bus brachte mich bis Boltenhagen. Von dort lief ich mutterseelenallein. Das Handy lag im Handschuhfach. Vom Großhöved rief ich übers Meer: Die Lebenden haben recht, die Toten haben unrecht. Das Meer rief zurück: Der Lebenden sind wenige, der Toten sind viele.

Aber die Lebenden wollen sich regen, wie kann das Neue kommen, wenn nicht durch die Jugend. Er wollte sich nicht kleinmachen lassen. Er war kein guter Schwimmer, der in einer Neumondnacht hier in die freie Ostsee hinausschwimmen konnte.

Hat er Flüchtende verraten? Wem hat sein Doppelspiel geholfen? Der kleinen Spanierin, die er in seinen Schutz nahm? Man muss Vera warnen.

Ich lief noch schneller, kam irgendwann an. Ich war froh, dass sie mit dir unterwegs war und Eckhardt noch nicht zurück. Vorhin sagte sie mir, dass sie vor zwei Tagen alles erfahren hat, daher ihre Migräne. Dass sie befreundet waren, als er nach der Wende zu ihr nach Bologna kam.

Mit ihrer Hilfe verlegte er italienische Bücher. Das Geschäft stockt, jetzt möchte er einen Film drehen. Damals hat er die Umstände für sich genutzt, immer sind ihm die Umstände recht. Er kann halt nicht anders. Aber ohne unsere Naivität wären er und seinesgleichen verloren. Unsere Glaubensbereitschaft ist der Kredit, den sie brauchen. Und ich bin eine Hoffnung ärmer."

Sie schliefen bis zum Mittag. Eckhardt und Vera waren abgereist.

„Ich habe sie gewarnt, sie ist nicht naiv", sagte Ariane.

Am Nachmittag gingen sie zum Strand und warfen Steine ins Meer. Sie blieben noch zwei Tage, besichtigten Schloß Bothmer, besuchten ein Konzert in Grevesmühlen. War die Kartenabreißerin Informantin? War der Saxophonist Informant? Sie erlaubte uns noch einen Blick in den Festsaal, obwohl wir schon über die Zeit waren. Er entlockte seinem Instrument so fremdartige Töne. Nein, sie waren keine Informanten. Sie fuhren zurück über Neustrelitz, quer durchs Land. Hinweisschilder und seit der Wende neu herausgeputzte Denkmäler erinnerten daran, dass hier der Leichenzug von Königin Luise aus Hohenzieritz nach Berlin seinen Weg genommen hatte. Ab und zu passierten sie die Gedenktafeln des anderen Leichenzuges, in entgegengesetzter Richtung, den Todesmarsch der KZ-Häftlinge. Es dämmerte schon, als sie in Lindow ankamen, das er ihr unbedingt zeigen wollte. Sie liefen an der Klosterruine vorbei. Hier hatte Fontane, im zweiten Kapitel des „Stechlin", seinen unglücklichen Helden Woldemar bei Tante Adelheid, der Domina von Kloster Wutz, Station machen lassen, nach strammem Ritt von Berlin her.

„Der See hat ein schönes Hochufer, es gibt eine Elefantenbucht und einen Hexentanzplatz. Der Wanderweg führt auf und ab mit immer neuen Ausblicken. Dorothea und ich sind ihn oft gegangen."

„Zu wie vielen Wiedergängern willst du mich denn noch machen? Mir wird schon ganz schwindelig."

Der Steg schwankte. Sie schauten über den See.

„Sind wir jetzt ein Paar?"

„Ja und nein. Wenn wir zurück sind, gehöre ich erst mal wieder dem Café."

„Fritz? Er hat feine Manieren, aber er ist doch noch fast ein Kind."

„Drum, sagte die Buche."

Der Rivale

Er konnte sich einige Tage in die Arbeit stürzen und den Kolleginnen die Überstunden ausgleichen. Er sah seine Tochter, die ihm alles über Kronach und ihre neue Schulklasse erzählte. Von Ariane hörte er nichts. Erst nach einer Woche ging er wieder ins Kaffeehaus. Ariane grüßte nur kurz und wies mit dem Kopf zur Seite. Dort saß Sylwia, in Begleitung. Sie winkte ihn herüber, sie lächelte.

„Nun haben Sie mich warten lassen. Wir sind quitt. Sei nicht böse, ich bin gekommen, mich zu entschuldigen. Das ist Hendryk."

Überrumpelt wie er war, konnte er nur unvorteilhaft erscheinen neben diesem Hendryk, der aber gar nicht der junge Rivale war, mit dem ihn seine Phantasie gequält hatte.

Hendryk verbarg nicht seine Verlegenheit und zischte ihm etwas zu.

„Das heißt „Cześć" und bedeutet „Hallo" ", erklärte Sylwia. Er war aus Danzig, sie hatte ihn vor gut einem Monat bei der Hochzeit einer Cousine kennengelernt.

„Normalerweise bin ich farblos und langweilig. Nun kam mir vieles lustig vor, und ich habe zurückgestrahlt, vielleicht auch in der Apotheke, entschuldige. Auch gegenüber Thomas, als ich ihm für drei Tage außer der Reihe unsere beiden Kinder bringen wollte. Er bedrängte mich, wir sollten nochmal einen Anfang wagen. Wir stritten uns nur erneut, und er war nicht bereit, mir entgegenzukommen. Dann hörte ich, dass er mehrfach bei dir in der Apotheke war."

Er erinnerte sich an zwei Auftritte von Thomas, den er nur flüchtig kannte, mit Verlegenheitskäufen – Kügelchen oder Baldrian – und Verlegenheitsgesprächen. Gegenüber den Angestellten würde er nochmals anmahnen, dass die Schweigepflicht sich auch auf die Unterhaltungen erstreckt, die der Chef mit attraktiven Kundinnen und mit Kunden am ec-Gerät führt.

„Ich glaubte an ein Komplott und habe überreagiert, besonders als ich Jan von der BMX-Bahn abholte."

Wieder sah er die Wütende, diesmal aber nicht als Apoll und Marsyas, sondern als Diana, die ihre Hunde, Hendryk und Thomas, auf ihn hetzt. Dazu passte auch, dass Sylwia zwischendurch abgerissen ins Polnische übersetzte, in eine zischende Geheimsprache. Gleich würde sie die Hundepfeife an den Mund legen, und der muskulöse, lauernde Hendryk ihn anspringen. Stattdessen bemühte der sich um ein Lächeln und ein erstaunlich fehlerfreies Deutsch:

„Will ich gar nicht bestreiten das Pikante der Situation. Aber ich bin Lateinlehrer, und der Spruch hat mir immer gefallen: Nichts Menschliches ist mir fremd. Hoffe ich doch, unter Menschen zu sein."

So, ein Humanist mit grauen Schläfen, antik möbliert in der Breiten Gasse in Gdańsk, Beischläge vor der Tür. Aber die Muskeln waren echt, und womöglich fuhr er auch Motorrad.

Er musste etwas sagen.

„Um es gleich zu sagen, ich habe nichts gegen Polen. Ich wohne in der Friedensallee, die nach dem Eintreffen der polnischen Armee im April 1945 in unserem Ort so heißt. Und ich war auch schon in unserer Partnerstadt Janów Podlaski. Aber wenn jetzt die Polen kommen und unsere Frauen entführen - "

Sylwia und Ariane verdrehten die Augen, und Sylwia hörte auf zu übersetzen.

„Sagen wir besser zurückholen", erwiderte Hendryk, „denn Thomas war der Räuber. Haben wir schon keinen Dank davon gehabt, dass wir euch Maria Sklodowska und Rosa Luxemburg überlassen haben."

Er suchte nach Gegenbeispielen, wusste aber nicht, ob er die heilige Hedwig von Andechs-Meran nennen sollte, und darüber verfranste er sich und musste lachen.

„Die Geschichte wird von den Siegern geschrieben. Nun

gut. Aber ich möchte zu Protokoll geben, dass ich für meine Bewunderung für Sylwia sehr gelitten habe."

„Ty biedny, du Armer", schaute Sylwia ihn mitfühlend an.

„Ich verstehe", sagte Hendryk, „darf ich uns zur Erleichterung Wein bestellen?"

Er schien bereits erleichtert zu sein, dass es keine irrationale Szene gegeben hatte.

Sylwia wollte unbedingt den Trinkspruch ausbringen.

„Ariane, setz dich bitte zu uns. Liebe Freunde, ich war lange ziemlich unglücklich und jetzt fühle ich mich ziemlich glücklich. Damals habe ich in meiner schwärmerischen Verliebtheit geglaubt, es würde sich alles fügen, und nicht nach rechts und links geschaut. Jetzt bin ich anders, schon weil ich für zwei andere Menschen Verantwortung habe. Hendryk und ich werden nicht allein auf der Welt sein. Glück und Gesundheit für alle Anwesenden!"

So war Eintracht hergestellt worden, auch wenn ihm der Wein süß-sauer schmeckte. Sylwia und Ariane, die offenbar schon vertraut miteinander waren, zogen sich hinter den Tresen zurück, während sich Hendryk und er über seine Reise nach Janów unterhielten.

„Es ist eine sehr sportliche Gemeinde mit einem berühmten Gestüt. Ich reite zwar nicht, aber wir ruderten auf dem Bug und schauten nach Weißrussland hinüber. Ein paar polnische Wörter habe ich dort gelernt: rowerem na grzyby, łódką na ryby – mit dem Rad in die Pilze, mit dem Boot zum Fischen. Der Apotheker zeigte mir seine aufgesetzten Tinkturen aus seltenen heimischen Kräutern zur äußeren und inneren Anwendung."

Hendryk hatte Warschauer Kollegen, die von ihrer Datsche in Janów schwärmten. Das habe ihn seinerseits bewogen, das Plattenbauleben durch eine dauerhafte Sommerfrische in Pommern zu erweitern, und nun sei er halbansässig in einem Dörfchen Wytowno, das wohl früher Weitenhagen hieß, drei Kilometer vom unverzichtbaren Meer entfernt.

Der Name ließ bei ihm eine Erinnerung anklingen.

„Ein Bauerndorf mit einem Gutshaus und gelegentlich Fischverkauf nach Stolp? In unserem Haus wohnte eine Flüchtlingsfrau, Frau Vandersee, die auf uns Kinder aufpasste. Während sie Strümpfe stopfte, erzählte sie uns in ihrem sonderbaren Plattdeutsch über ihre Brille hinweg vom „Fischer un sine Fru". Die Eltern wussten, dass sie Magd in Weitenhagen an der pommerschen Küste gewesen und nach dem Tod der Herrin selber Gutsfrau geworden war. Morgens in aller Frühe holten sie Fische vom Meer und brachten sie in die Kreisstadt. Eigene Kinder hatte sie nicht, aber eine Stieftochter besuchte sie ab und zu."

„Es gibt eine moderne Landkooperative und ein romantisch verfallendes Gutshaus, sagte Hendryk. Du kannst es dir ja einmal anschauen, und mein Tusculum dazu."

Wytowno / Weitenhagen

Hendryk fuhr anderntags zurück. Sylwia erschien nun aber regelmäßig im Café, vornehmlich um sich mit Ariane zu treffen. Auch wenn sie ihn nicht ausschlossen, beschlich ihn das Gefühl, das fünfte Rad am Wagen zu sein. Jeder verfolgte seinen Roman, aber die beiden Frauen taten es jetzt gemeinsam, und der seine war gerade recht ereignislos. Andererseits vermochte er sich auch nicht loszureißen. Die er nicht gewinnen konnte, lernte er immer mehr zu schätzen, und die ihm das entgangene Glück hätte ersetzen können, hatte zur gegnerischen Partei „gegenschert", wie man im Doppelkopf den Seitenwechsel nennt.

Ohne das Spiel ganz zu verlassen, suchte er einen Abstand und ging tatsächlich auf Hendryks Angebot ein. Drei Tage wollte er dort zu Ende August auf verschwiegenen Flüsschen rudern und ihn dann in Wytowno besuchen.

Er kam früh in Słupsk an und hatte noch ausreichend Zeit, durch die Stadt zu laufen und sich im Museum über den genius loci und den Stand der polnisch-deutschen Annäherung zu informieren. Die örtlichen Künstler hatten etwas plumpe Madonnen und Apostel, wetterfeste Fischer, geschnitzt und die barocken Gestalten einer aus Holland stammenden Familie von Kroy ins Bild gesetzt, die ihm in

Bergengruens „Tod in Reval" schon einmal begegnet war. Überraschend war eine große Sammlung mit Bildern des polnischen Surrealisten Witkacy. Dieser hatte in den 20er und 30er Jahren des vergangenen Jahrhunderts Porträts unter jeweils unterschiedlicher Drogenwirkung gemalt. Im Ersten Weltkrieg kämpfte er als russischer Offizier und war begeistert von den Experimenten der Suprematisten. Nun erklärte er die Seele zum Medium, zur physisch-chemischen Apparatur, die unter der Modifikation von Meskalin oder Heroin albtraumartige Bildverzerrungen und Bildschöpfungen produzierte. Kein Wunder, dass dieser radikale Künstler sich im September 1939 das Leben genommen hatte.

Die Gegenwart der pommerschen Kreisstadt wirkte dagegen friedlich und beschaulich. In Bukowa lieh er sich ein Fahrrad aus und folgte von der Czarny Młyń, der alten Buchsteiner Mühle, aus dem Sedske-Bach bis zur Einmündung in die Łupawa. Einige Pferde standen im Schatten und verscheuchten sich die Bremsen, Libellen schwirrten und zwei Kraniche flogen von ihrer Ringelnatternmahlzeit auf. An der Łupawa konnte er ein Paddelboot besteigen und flussaufwärts in Richtung Schwerinshöhe losrudern. Das Wasser zog nur träge dahin, wegen der Äste im engen

Flussbett kam er aber nur langsam voran.

Nach einigen Stunden hatte ihn die Einsamkeit so erfüllt, wie die Droge den Maler Witkacy, dass er zu Humboldtschen genauen Naturbeobachtungen nicht mehr in der Lage war. Viele Male hatte sich der Einbaum im Ufergesträuch verheddert und den Mückenschwärmen leichte Beute verschafft. Zitteraale schossen über den Grund. Ein Rindenstück, oder der Kopf eines Krokodils, trieb auf ihn zu – keine Gefahr, es bog zum Ufer ab auf der Suche nach Wasserschweinen. Das Sonnenlicht blinkte durchs Blätterdach wie Jaguaraugen. Während er sich nicht entscheiden konnte, das Wasser der Łupawa als weiß oder schwarz zu deklarieren, weitete sich der Fluss zu einer Aufstauung am Fuß einer Bergwand.

Es waren nicht die Gebirge von Encaramada, mit einem „Wald über dem Walde", sondern die Gutsmerower Berge, die als immerhin siebzig Meter hoher bewaldeter Riegel die Łupawa nach Westen abdrängten. Er zog das Boot auf den schmalen Ufersaum und genoss das Abendlicht. Dann ließ er sich flussabwärts zurücktreiben. Die Strömung war so schwach, dass er sich wirklich auf dem Casiquiare glaubte, der in beide Richtungen fließenden Wasserbrücke zwischen dem Orinoco und dem Rio Negro. Das Dämmerlicht formte einen Weidenstamm zur Piedra della madre, zum Erinnerungsfelsen für die Indianermutter, die immer wieder aus der Gefangenschaft ausgebrochen war, allein und schutzlos durch wilde Sümpfe und undurchdringliche Wälder, um nach ihren entführten Kindern zu suchen.

Beim Schein einer Taschenlampe manövrierte er nun das Boot und konnte so auch erkennen, dass es nicht Wasserschweine, sondern Wildschweine waren, die zur Tränke kamen. Verwundert grinsend schauten sie zu dem vorbeigleitenden Boot hinüber. Beinahe hätte er den Sedske-Bach verpasst. Sein Rad stand noch da. Nach Mitternacht legte er sich in Bukowa schlafen.

Am nächsten Tag befuhr er die Łupawa in der anderen Richtung, zum Gardner See und zum Meer hin. Auch hier wurde der Fluss durch eiszeitliche Berge abgedrängt und staute und knäuelte sich in unzähligen Schleifen. Er musste sich hier seinen Weg um den über einhundert Meter hohen Rewekol, den heiligen Berg der Słowinzen, herum suchen und floss dann durch den flachen Gardner See ins Meer. Unterwegs mahnten ihn Kranichforscher, die auf der Lauer lagen, zur Stille. Lange musste er dann Ausschau halten, um aus dem Sumpfmäander nah genug an den Fuß des Rewekol zu kommen. Schließlich konnte er das Boot vertäuen und mithilfe einer Sprungstange über einige Erlenrasen ans Ufer gelangen. Er stieg die weglose Böschung hinauf, bis er einer Serpentine zum Gipfel folgen konnte. Oben war ein hölzerner Aussichtsturm errichtet. Nach zwei Tagen im Olmenschatten und grünen Tunnel der Łupawa war das Rundpanorama von hier oben überwältigend. Er sah die bewaldeten und die noch wandernden hohen Dünen vor dem bis zum Horizont glitzernden Meer und nach den anderen Seiten die abwechselnden Bänder von Wäldern und abgeernteten Heuwiesen. Dort drüben im Westen musste Wytowno liegen, das er morgen über die Stolpe erreichen wollte.

Im Fischerdorf Schmolzin, das lange im „Poligon", dem militärischen Sperrgebiet der Roten Armee, gelegen hatte, suchter er sich etwas zu essen. Für heute verzichtete er auf das Meer und begnügte sich mit einem Bad im schilfbewehrten Gardner See. Am nächsten Morgen fuhr er zu einer Bootsausleihe bei Bydlino am nördlichen Rand der Flinkower Berge und ruderte die Stolpe hinunter. Die Stolpe war viel flinker und konnte sich einen richtigen Fluss nennen, der die gleichnamige Stadt mit ihrem Hafenort Ustka, Stolpmünde, verbindet. Rechts und links liegt viel Ackerland mit den großen pommerschen Gütern.

Am späten Nachmittag erreichte er Wintershagen, von wo er noch nach Wytowno hinüberradeln musste. Da sein Handy keinen Empfang hatte, blieb es spannend, ob er Hendryk wie verabredet antreffen würde. Als er sich in der Ortsmitte an der schmucken Fachwerkkirche noch zu orientieren versuchte, kam Hendryk, der schon dreimal nach ihm Ausschau gehalten hatte, auf ihn zu.

„Das Warten war nicht schlimm. Ich kenne ja die Strömung der Słupia und den Weg bis hierher. Außerdem habe ich uns Bigos aufgesetzt, und der kocht gern eine Stunde länger. Die letzten Zutaten gebe ich immer im Viertelstundentakt hinzu, nach dem Hackfleisch, nach den Pilzen und nach dem Wacholder bin ich dann jeweils hier zum Kirchplatz spaziert, konnte mir mehrfach einen Segen zum Gelingen abholen und eine Zigarette rauchen. Lass uns nun hinübergehen, das zweite Haus neben der alten Pfarrei."

Es war ein hübsches, beige angemaltes Büdnerhaus. Beim Hineingehen musste man den Kopf einziehen. Es duftete vielversprechend. Im Wohnzimmer standen sich an den Wänden ein Tisch und eine Kommode gegenüber, über denen Hendryk einen Plan des antiken Roms und eine Plakatkollage zur Dreistadt Gdańsk, Gdynia und Sopot aus den dreißiger Jahren angebracht hatte.

„Meine Eltern stammen aus Mariampol, aber ich bin Bürger der Heldenstadt Danzig, habe auch noch einige Abschnitte der Rekonstruktion miterlebt. Aus meinem Plattenbaufenster schaue ich auf das Gewimmel auf der Mottlau. Lange konnte ich dem Landleben nichts abgewinnen. Es tut sich ja nichts zwischen dem Kirschbaum und dem alten Ziegenstall dort im Garten. Aber meine Mutter hat mir so in den Ohren gelegen mit ihrem Sommerhäuschen in Mariampol, dass ich es doch ausprobieren wollte. Ich habe gern Gäste hier, und Ovid-Aufsätze kann ich hier sehr gut korrigieren und mich wie in der Verbannung in Tomis fühlen."

Eine Elster und ein Eichhörnchen machten draußen Gezänk.

Sie mussten lachen.

„Wahrscheinlich ein verwandeltes Liebespaar, das sich inzwischen hasst und nicht voneinander loskommt."

Hendryk fand, dass der Bigos noch nicht den mythischen Reifegrad erreicht hätte.

„Die polnische Geschichte ist so unstet, umso wichtiger ist für uns, dass die Weichsel ruhig dahinfließt und der Bigos Zeit zum Schmoren hat. Wenn es dir recht ist, begnügen wir uns heute mit Eingelegtem."

Sie stießen mit Goldwasser an und probierten einige Gläser

Pilze, Bohnen und Gurken, dazu Kanapki und Wurst-scheiben.

„Es schmeckt köstlich, und ich kann meinen mittelalter-lichen Landsleuten nicht verdenken, dass sie auf ihrer Wan-derschaft hier geblieben sind, wo man sie so gut bewirtet hat."

„So weit die Backöfen und die Hochzeitsglocken reichten, haben sich die Leute aus polska wieś und Deutschendorf bestimmt vertragen", erwiderte Hendryk nicht ohne eine maliziöse Anspielung. „Aber erzähl doch noch von deinen Entdeckungsfahrten an der Łupawa. Ich bin ja im Hafen groß geworden, wäre aber nie auf die Idee gekommen, in solche dunkelgrünen Finsternisse im Landesinnern einzu-tauchen. Weißt du übrigens, dass sich Witkiewicz, der sich polnisch-latinisierend Witkacy, also etwa Witkatius, nannte, und der Südseeforscher Malinowski in Krakau eine Studen-tenbude teilten?" Es freute ihn, dass er mit seinen am-phibischen Ausflügen solchen Eindruck schinden konnte. Die Unterhaltung wandte sich dann dem Maler zu.

„Sein trauriges Schicksal ist vielleicht bezeichnend für den modernen Künstler. Auf Vorgegebenes kann er sich nicht stützen, alles muss er aus sich selbst, der nur ihm zu-gänglichen Quelle schöpfen. Sein Vater, dessen Namen er deshalb nicht weiterführen konnte, war ein akademisch ausgebildeter Maler, der den Sohn selbst und umfassend, herrisch und autodidaktisch, formen wollte. Witkacys ganzes Leben war ein Ausbrechen aus dieser Prägeanstalt, erst als Bohemien in Krakau, dann vor allem im Pawlowschen Garderegiment in Sankt Petersburg. Seine Faszination für den dortigen hochfahrenden und wegwerfenden Geist des „après nous le déluge", nach uns die Sintflut, ist ein noch nicht ausgeschöpftes Kapitel der polnisch-russischen Beziehungen. Sie schickten ihre Hemden zum Bügeln nach London, und das Morphium und alle sonstigen Ausschweifungen hat er dort kennen gelernt. Sein Gretchen hieß übrigens Jadwiga Janczewska und hatte sich schon 1914 das Leben genommen. Erst eine Reise mit Malinowski nach Ceylon und Australien riss ihn aus seinen Selbstvorwürfen und Depressionen heraus."

„Ach, dass die Menschen so unglücklich sind", zitierte er Gretchen etwas selbstmitleidig. „Dabei wollte ich hier doch in ein grünes Seitental meiner Kindheit kommen."

„Das darfst du morgen auch, und darum legen wir uns jetzt schlafen".

Bevor das Licht ausgeknipst wurde, fiel sein Blick in der Schlafkammer noch auf ein Foto von Sylwia. Mit einem letzten Seufzer dachte er an die Schauspielerin der Grete und schlief ein.

Spät wurde er unter dem Foto wach, das Nachbarbett war leer. Hendryk habe einen Ortstermin, entnahm er einem Zettel auf dem Wohnzimmertisch, er möge sich alles zum Frühstück nehmen und den Rundgang durch den Ort schon beginnen. Der Bürgermeister, der sołtys, würde ihn um ein Uhr vor dem Gutshof erwarten.

Das Dorf machte einen freundlichen Eindruck, es gab eine Grundschule und zwei Lebensmittelläden. Eine Reihe von Gebäuden war noch poniemiecki, also Hinterlassenschaft aus der deutschen Zeit. Im Pfarrhaus aus rotem Ziegelstein hatten die Bauern ihre Gans abliefern müssen und vielleicht taten sie es jetzt noch, auch wenn der ksiądz nun aus Ustka anreiste. Durch die Fenster der renovierten Fachwerkkirche schaute er in einen weiß getünchten Innenraum, der mit einigen Bildern und Statuen katholisiert worden war. Rechts vom Altar hing ein großes altes Schiffsmodell, eine Dankesgabe für die Errettung aus Seenot oder ein Sühneopfer? Hinter der Kirche mit dem trutzigen Steinturm verlief unten an der Böschung ein Bach, alles machte den Eindruck einer sehr alten Burganlage.

Am Kirchplatz kam ein Mann auf ihn zu, der sich in gebrochenem Deutsch als der sołtys vorstellte. Er zeigte auf ein mit einem eingedrückten Metallzaun umgebenes Gebüsch, offenbar die Anlage des Gutshofes, dwór. Auf dem Weg zu einem seitlichen Eingang verwies er auf einige alte Scheunen und neue Lagerhallen, die Kooperative. Eine Art Wächterhäuschen, das direkt auf einem Stück der Umfassungsmauer aufsetzte, schien noch oder noch vor kurzem bewohnt gewesen zu sein, jedenfalls hatte man sich einen Balkon mit etwas skurrilen Gartenmöbeln hergerichtet.

Um das Gutshaus lief in einem Dreiviertelbogen eine Gräfte, mit schillerndem, in der Spätsommerluft vor sich hin stinkendem Wasser. An den noch vorhandenen Scheiben der Gartenfront erkannte er aufgeklebte Kinderzeichnungen, offenbar hatte das Haus zuletzt als Kindergarten gedient. Die Stufen und seitlichen Wangen zum Hauptportal waren noch vorhanden, der repräsentative Eingang war jedoch halb zugemauert und durch eine graue Metalltür ersetzt worden, durch die sie nicht schritten sondern vorsichtig schlichen, auf der Suche nach dem Lichtschalter.

Es roch feucht und muffig, alles machte einen so deprimierenden Eindruck, dass er keine Lust verspürte, nach geschichtlichen Zeugnissen zu suchen. Vandersee, ja das sei der Name der früheren Herrschaft, bestätigte der Bürgermeister mit Kopfnicken und Zeichen. Und die Frau Vandersee seiner Kindheit, das Paradebeispiel einer pommerschen Magd, hatte mit ihren Helferinnen ein so großes Haus blitzblank, wie er nicht zweifelte, in Ordnung gehalten und als einen lebendigen Organismus geführt. Es schien ihm, als müsse er mit ihren entsetzten Augen auf die Vernichtung eines Lebenswerkes schauen. Das hier war doch noch viel weniger als der Pisspott, in den die Fischersfrau nach ihrem Größenwahn wieder zurückgeworfen wurde! versuchte er sich zynisch Luft zu machen. Auch dem Bürgermeister war der Zustand unangenehm, er schien etwas von Verkauf und Renovierung sagen zu wollen. Sie verabschiedeten sich unfroh. Hendryk, der zurückgekehrt war, überfiel er sofort mit Klagen.

„Ja, antwortete er, der Hof ist schrecklich heruntergekommen, aber das Dach wurde notdürftig abgedeckt und die obere Etage leidlich aufgeräumt. Schade, dass du die Räume mit den alten Tapeten nicht angeschaut hast. Mein heutiger Termin hat auch in Verbindung mit der einzigen Hoffnung gestanden, die es für das Gutshaus gibt.

Ich bemühe mich mit einem Danziger Investor, eine Feriensiedlung zu errichten, für die der Gutshof als Dorfzentrum und Kulturhaus hergerichtet werden soll. Ich werde dir das Baugebiet und die Pläne später zeigen. Aber jetzt sollten wir erst einmal zum Strand fahren."

Sie folgten mit ihren Rädern dem Bach, bis er sich in den Kuhwiesen verlor und sie den Weg in den Wald einschlugen. Der Kiefernhochwald wurde allmählich schütterer, von Birken und offenen Sandflächen durchsetzt. Schließlich zeigten die Windflüchter und die von der Salzluft gebleichten Stämme umgeworfener Bäume das nahe Meer an, noch bevor sie es hinter einer letzten Dünenreihe rauschen hörten. Mit ihnen strebten andere Urlauber zum Strand. Es gab keine Einzäunungen, keine Schwellen, keine Warteschlangen, keine Belehrungen über den Schaden, den man anrichtet, stattdessen einen aufgelockerten Pilgerzug ohne Anfang, Mitte und Ende, mit dem Ziel, auf ganz individuelle oder familiäre Art zum Wasser zu kommen und den ewigen Taufbund zu erneuern.

Hendryk machte tatsächlich eine gute Figur, er war ein kräftiger Schwimmer, der durch die Wellen durchtauchte und mit wenigen Zügen die erste Sandbank erreichte.

„Wir Hafenkinder waren immer tollkühn, bei mir endete der Übermut erst weit nach der Armeezeit, mit Ende Zwanzig, dann wurde ich Rettungsschwimmer und begann den Kopf zu schütteln über die Angeber und die Unerfahrenen, die keinen Respekt vor dem Meer haben."

Gemächlich ließen sie sich an den Strand wiegen und genossen schaukelnd das Breitbild der Küste.

„Wenn sich die Gästezahl verdreifacht, wird es natürlich einen Parkplatz, ein Büdchen und einen bewachten Strand geben, aber mit Rowy oder Kolberg will hier niemand konkurrieren. Es wird immer noch beschaulich bleiben. Jetzt lass uns Blaubeeren pflücken."

Die lichten Wälder hinter dem Strand waren mit Blaubeerteppichen ausgelegt, deren Flor sie mit ihren Händen auskämmten, um den würzigsten Geschmack des Sommers zu genießen. Sie streckten sich ihre Chow-Chow-Zungen heraus.

„Hier wird deine Kinderfrau schon geerntet haben für die Blaubeermilch oder den Sonntagskuchen oder für die Konditoreien in Stolp."

Er summte ein Liedchen, das er ihm auch übersetzte:

W lesie co jest blisko sadu

Nazbierałam słodkych jagód,

Nazbierałam pełny dzbanek,

Ale się pojawił Janek.

Im Walde nahe dem Gärtchen

Sammelte ich süße Beeren,

Sammelte mir einen Krug voll,

Als mitmal auftauchte Janek.

Von einer anderen Seite kamen sie aus dem Wald zum Dorf zurück. Hier waren auf einer großen Wiese viele Parzellen abgesteckt und bereits Straßen geschottert. Eine Riesentafel warb um Interessenten.

„Wie soll der Ort diese Massen verkraften?" fragte er ängstlich.

„Es wird nicht so schlimm werden. Hauptsächlich kommen betuchte Städter, die die Ruhe und die Natur suchen."

Die Ausgehungerten trafen auf einen vorzüglichen Bigos, der alle Komponenten in sich verbunden hatte. Hendryk erzählte von den verschiedenen Traditionen der Kochkunst, mit denen er aufgewachsen war.

„Eine Kunst war das Kochen besonders in der Mangelzeit, als man annähernd Ersatz beschaffen musste, um die Bestandteile der litauischen cepelini, der placki węgierskie oder des weißrussischen Borschtschs nachzuahmen. Für Danziger Fischsuppe reichte es aber immer. Über die Portionen vom großen radioaktiven Kuchen, die wir hier in der unaufgeklärten sozialistischen Völkergemeinschaft verzehrt haben, will ich nicht nachdenken".

„Immer baden wir irgendein Schicksal aus."

Die Unterhaltung kreiste weiter um die Erfahrungen der ersten bis dritten Generation.

„Meine Eltern waren und sind eigentlich bis heute aufrechte Parteigänger der PNP, des polnischen Nationalkommunismus. Kaschubische Folklore oder heilige Berge der Słowinzen finden sie suspekt, geradezu diversiv. Man muss sie verstehen, die Familien hatten alles aufgeben müssen. Aber zuhause wurden meine Schwestern und ich mit dem „Pan Tadeusz" und Kindheitserinnerungen an die Sommer in Litauen traktiert."

„Kurz nach der Wende sind Dorothea und ich nach Warschau gefahren. Natürlich waren wir überzeugte Anhänger der Ostpolitik Willy Brandts, aber das war doch eher eine intellektuelle Entscheidung, eine Parteinahme im großen Meinungsstreit, als eine bis zu den Einzelschicksalen reichende Auseinandersetzung. Die Erzählungen der Flüchtlingsfrauen blieben ausgesperrt. Und von den unzähligen konkreten Erfahrungen der Polen wusste ich nahezu nichts, ich kannte nur die abstrakte Millionenzahl der Opfer. Trotzdem oder gerade deshalb war es so erschütternd, in der großen Stadt Warszawa auf ein einziges Wort in unserer Mutter- und Vatersprache zu stoßen: „Umschlagplatz"."

Sie sprachen noch weiter über dies und das, ihr Geschmack und ihre Urteile waren aber nicht immer die gleichen. So konnte Hendryk seine Aufregung über die Auflösung der Dorfidylle von Wytowno nicht verstehen. Das tat aber ihrem Zuspruch zum Wodka keinen Abbruch.

Er hatte zunächst betäubt ins Bett gefunden. In der Nacht suchten ihn Albträume heim. Die aufgerissenen Augen über der Brille der Frau Vandersee, der sołtys, der die Möbel zerschlug, ein undurchschaubarer Hendryk drangen auf ihn ein. Irgendwann wachte er auf. Im fahlen Nachtlicht sah er neben sich die Wodkaflasche, hatte er sie mit ans Bett genommen? Ohne Bewusstsein nahm er einen Schluck. Dann fühlte er sich von der himmlisch lächelnden Sylwia angeschaut. Sofort fiel sein Blick auf Hendryk. Er schlief auf dem Rücken und atmete ruhig. Seine Gedanken verfinsterten sich. Der war der Drahtzieher. Sie werden das Gutshaus abreißen, durch eine lärmende Hölle ersetzen. Sylwia wird einsehen, dass sie sich geirrt hat.

Er hatte die Flasche zum Schlag erhoben, sie um den Hals gegriffen. War da ein Zucken in dem Schlafenden? Jedenfalls schoss ihm eine Stimme ins Gehirn, die Flasche herunterzunehmen. Völlig verwirrt stolperte er nach draußen und sank am Kirschbaum nieder.

Während er hemmungslos weinte, stand Hendryk neben ihm.

„Als ich wach wurde, sah ich über mir den Arm mit der Flasche. Ich war zunächst erstarrt, ich konnte mich nicht rühren. Dann jagte das Adrenalin durch meinen Körper und spannte alle Muskeln an. Du ließest die Flasche fallen und gingst hinaus."

„Ein Nichts hat gefehlt, und ich wäre zum Mörder geworden", schluchzte er. „Wie ist das möglich, ich bin doch kein jähzorniger Mensch? Kannst du mir die alte Decke überwerfen, ich will versuchen, zu mir zu kommen."

Gegen morgen schlief er ein wenig ein. Der Alkohol wich von ihm.

Hendryk und er verabschiedeten sich kurz. Er versuchte etwas zu stammeln. Hendryk machte eine abbiegende Handbewegung.

Allein verließ er die Wohnung, radelte zurück, erreichte in Słupsk einen Zug nach Berlin.

Gdańsk – Berlin

Anfangs schlief er immer wieder ein. Dann zogen Bilder durch seinen Kopf, wie schwarzer Rauch stoßweise durch die weißen Schwaden einer Dampflok zieht. Er las „Sycewice" und musste kurz auflachen, weil er sich an die Zitzewitz-Witze seines Schwiegervaters erinnerte. Der Zug schepperte über die Wieprza-Brücke und ließ einige Krümel tanzen.

Wie Kain über Abel war er bereit gewesen, über Hendryk herzufallen, weil er nicht ertragen konnte, dass seine Gaben ihr lieblicher dufteten. Und wie konnte er sich nur vormachen, dass sie ihn dann wählen würde? Hatte er in dem Moment seiner Umnachtung nur den Hirnstamm eines Beta- oder Alpha-Männchens?

In Köslin blieb sein Blick am wuchtigen Turm des Marien-Doms hängen.

Sometimes I feel like a motherless child,

Sometimes I feel like I'm always down.

Er sah, wie einige Bauern Stroh verbrannten. Sogar die Kartoffeln wurden schon geerntet.

Summer's almost gone.

Where will I be when the summer's gone?

Da war er wieder, der große Mantel der Melancholie, in dem die traurigen Lieder so schön klangen. Gab es denn keinen Ausweg, keine Hoffnung?

In Belgard hatte der Zug eine halbe Stunde Aufenthalt. Man konnte durch den hübschen Fachwerksbau auf den Bahnhofsvorplatz gehen und sich die Beine vertreten. In seiner Tasche fand er ein paar Groszy, was sollte er damit, er warf sie in die Persante.

Du Armer, hatte Sylwia gesagt, war das echt? Sie schuldete ihm ja nichts.

Etwas in seinem Innern oder von außen kommend hatte ihn davor bewahrt, ein Verbrechen zu begehen. Er musste es demütig anerkennen.

Wieder hielt der Zug. Świdwin, Schivelbein, hieß der Ort, die Leute auf dem Bahnsteig bewegten sich aber ganz normal, sie hatten keine Schivelbeine.

Als der Zug rollte, fielen ihm die Worte des Priesters ein, über die er sich damals geärgert hatte, von der Liebe, die unteilbar sei. Der Prediger hatte selbst Vorbehalte gegen den leibfeindlichen, manichäischen Paulus geäußert, aber seinen berühmten Liebeshymnus aus dem Korintherbrief als göttliche Verkündigung bezeichnet. Die Liebe lässt sich nicht gegeneinander ausspielen, nicht als besitzenwollende, als Hingabe, als Menschenfreundlichkeit, sie ist in allen, auch in ihren Teilen ist sie nicht teilbar. Daher ist sie göttlich.

Stargard zog vorbei, er hatte den Halt gar nicht bemerkt.

Dann wäre der Hass nicht aus der Liebe entsprungen? Das schwarze Schaf hätte sich verirrt, es müsse zurückfinden zur Liebe. Da hätten die Engel ja viel zu tun, all die Verirrten ständig zurückzuführen.

Er hatte kein Leben genommen. Das Leben war ihm geschenkt worden. Gebe ein Gott oder gebe die Erde, dass es uns immer wieder geschenkt werde. Mehr war da nicht zu begreifen, ein für allemal festzuhalten. Er glaubte, etwas zu ahnen, etwas zu berühren.

Er wollte Sylwia und Hendryk schreiben und ihnen Glück wünschen. Er fühlte es ganz stark.

Der Zug schepperte über die Oderbrücke und ließ einige Krümel tanzen.

Neu Beginnen

Der Revisor

In der Apotheke war vieles liegengeblieben. Die Ärzte und die meisten Kunden waren zwar ebenfalls verreist, der Monatsabschluss sorgte aber auch diesmal für einen eigenen menstruellen Stresszyklus. Das Tagesgeschäft war ohnehin durch einen Kleinkrieg mit den Krankenkassen vergiftet. Sie sahen sich in der Not, immer teurere Behandlungen bezahlen zu müssen, und waren daher auf die perfide Idee verfallen, sachfremde Kontrollfirmen mit dem Nachweis von formalen Fehlern zu beauftragen, um die Begleichung der Apothekenrechnungen zu verweigern. Hier hieß es, Abgabedatum um einen Tag überschritten, da fehlte der Vorname oder die Telefonnummer im Arztstempel, dort war zwar dem Patienten mit einem Antibiotikum geholfen worden, aber nicht von der Firma oder Unterfirma X, sondern mit dem identischen Mittel von der Firma oder der Unterfirma U. So erlebte manche Infektion noch nach anderthalb Jahren ein formales Erwachen in Gestalt eines Rückforderungsschreibens der Krankenkasse wegen Verstoßes gegen ihre geheimen Rabattverträge.

Jedesmal, wenn er einen solchen Brief öffnete und verärgert

in die Passiva-Mappe legte, dachte er an den armen Händler in Jan Nerudas Prager Kleinseitner Geschichten. Oder an die Mafia, die ihre Schutzgeldeintreiber in seiner Stammpizzeria in Charlottenburg doch wenigstens einen Espresso mit den Wirten trinken ließ.

Die Rezepte waren zum zweiten Mal kontrolliert, das Bündel an den Steuerberater versiegelt. Endlich konnte er die Briefe an Sylwia und Hendryk schreiben, die er sich vorgenommen hatte.

Am andern Tag empfing man ihn in der Apotheke jedoch mit einer wirklichen Hiobsnachricht. Der Pharmazierat hatte sich für den übernächsten Tag angekündigt. Von der Wucht dieser Nachricht kann sich ein Berufsfremder keinen Begriff machen. Der typische Apotheker, der sich beim Schall der Posaune des Jüngsten Gerichts nochmal im Kissen umdreht, fühlt sich jetzt existentiell erschüttert und mit Schließungsanordnung bedroht. Die Selbstironie, dass dann ja das Laufen im Hamsterrad auch ein Ende finden würde, ist nun unmöglich, es brechen unmittelbar Panik und Angstschweiß aus.

Protokolle werden hektisch nachgeschrieben, Gerätschaften gezählt und geputzt, ein nie gebrauchtes Blausäure-Antidot gesucht, das überlagerte Natrium chloratum wandert in den

Kochsalzstreuer der Privatküche hinüber. Hunderte von Details und eingebildete Vergehen beherrschen den Tag und die Nacht, bis der Revisor endlich eintritt und in der zweiten Reihe einen Augenblick so tut, als sei er noch nicht erkannt worden. Vielleicht spielt er ja selber mit dem Gedanken, gar nicht der echte Revisor zu sein.

Nun, das Verhängnis blieb aus. Herr Sartorius zeigte sich kollegial verständnisvoll und fair. Die Liste der Monita war überschaubar. Der Pharmazierat wurde mit großer Erleichterung verabschiedet, und der Chef und seine erste Apothekerin nahmen sich frei, um den Ausgang im „Wiener Kaffeehaus" zu feiern. Jetzt konnte man wieder lachen und die Horrorgeschichten genießen.

Das 66-Seen-Theater

Im Café schien sich jedoch einiges geändert zu haben. An zwei zusammengeschobenen Tischen wurde lebhaft diskutiert. Fritz hatte schon lange die Sektbestellung aufgenommen, als Ariane endlich von der unbekannten Gruppe herüberkam.

„Servus, du bist zurück, Sylwia hat mir berichtet. Die Aspiranten von der Ernst-Busch-Schule sind hier, es ist sehr spannend." Er erfuhr, dass Ariane ein großes Projekt verfolgte. „Du weißt ja, wie schlecht das Café zuletzt lief. Da haben wir überlegt, was man tun könne. Und plötzlich war die Idee geboren: neu beginnen! Ich werde wieder spielen. Du kennst meinen Wunsch, die 66-Seen-Wanderung um die Stadt, von Manfred Reschke beschrieben, in Angriff zu nehmen. Nun kamen Sylwia und ich auf die Idee, dies als reisende Schauspieltruppe, als Theatertournee zu gestalten. Und wir haben das Kulturministerium in Potsdam dafür gewinnen können. Wir wollen im nächsten Jahr ca. 60mal rund um Berlin in der freien Natur auftreten, als 66-Seen-Theater. Sylwia, die ja im Kulturreferat des Bezirks Reinickendorf arbeitet, hat sich schon zur Verbindungsfrau für die Beziehungen zum brandenburger Umland wählen lassen. Und sechs Schauspielschüler von der E. B. absolvieren ihr Praktikum auf unserem Theaterkarren. Wie findest du das?"

„Ich bin sprachlos und voller Bewunderung. Aber was wird aus dem Café?"

„Es bleibt Café und wird unser Standquartier. Der Hauswirt erlaubt uns, den Dachboden zu nutzen, wenn wir die Treppe mit einem Läufer belegen. Hier über uns wohnt eine alte Frau, Frau Griebsch, die hat ihn umgestimmt. Sie war im Krieg und anschließend in Ost-Berlin Junglehrerin und besitzt Unmengen an Büchern und Reiseführern über die Mark Brandenburg, eine wahre Fundgrube und ein wandelndes Lexikon durchs Fontane-Land. Du musst sie kennenlernen."

„Und was wollt ihr spielen?"

„Szenen aus der vaterländischen Geschichte. Das Ministerium möchte mit unserer Hilfe das kulturelle Gedächtnis der ansässigen und der zugezogenen Bevölkerung im Speckgürtel heben."

„Und wer spielt die Gloria in Preußens Gloria, du?"

„Und wer speist die Leute hier mit einer seelenlosen, wenn auch effizienten Medizin aus aller Welt ab? Du."

„Die Seele des schönen „Wiener Kaffeehauses" mit Schlagobers und ohne Musik ist aber doch ebenfalls halbgeborgt."

„Na klar, keiner von uns will sich dem Fremden verschließen. Berlin hatte zu seinem Vorteil immer einen großen Magen. Früher kamen aus dem Süden schon Aschinger und Patzenhofer, und neben der Kaiser-Wilhelm-Gedächtniskirche gab es ein Romanisches Café. Ich habe auch prinzipiell nichts gegen Togo-Coffee, empfehle aus naheliegendem Grund aber den Sitin-Coffee. Aber Scherz beiseite. Du musst doch zugeben, dass die Leute hier an einem folkloristischen Mangel leiden, der sich nur mit der Feuerwehr oder mit Fernreisesouvenirs nicht kompensieren läßt. Das Bündnis von Thron und Altar hat in die Katastrophe geführt und musste von den Alliierten abgewickelt werden. Aber nachdem auch der Ersatz in SED-Rot und FDJ-Blau weggefallen ist, ist den Menschen für ihren seelischen Ausdruck gar nichts mehr geblieben."

„Nun ja, es war wohl nicht alles schlecht am eisernen Gustav und an dem dichtenden Pastor Schmidt von Werneuchen."

„Spotte jetzt nur, es wird dir schon vergehen, wenn du, wie beschlossen, als Dramaturg für uns die Stoffe liefern musst."

„Aha, der Kritiker wird eingebunden. Aber er möchte doch noch wissen, wie ihr das Schönreden oder den Geschichtskitsch vermeiden wollt? Einen naiven amor di campanile wie in Italien, einen nicht verletzenden Heimatstolz hat es in Deutschland nie gegeben. Es ging immer nur auftrumpfend oder gar nicht."

„Nein, naiv geht es nicht. Aber es kann doch nützen, wenn wir den in Brandenburg wohnenden Menschen in ausgewählten und wohlgefälligen Szenen vorspielen, was es hier Bedeutsames gegeben hat. Bei der Unterhaltung wollen wir das Furchtbare aber nicht verschweigen. Nach der Pause soll immer ein Gedicht oder sonstiges Zeugnis eines Opfers der Nazidiktatur aus den verschiedenen Nationen vorgetragen werden."

„Das ist ein guter Einfall. Mich hat es nie überzeugt, wie der frühere Berliner Bürgermeister und Bundespräsident die Reichshauptstadt als Hauptstadt des Widerstandes in ein besseres Licht rücken wollte. Von Berlin war doch mehr zu erwarten als von Lippe-Detmold. Die Erinnerung an Plötzensee, die Prinz-Albrecht-Straße, an Ravensbrück, Oranienburg-Sachsenhausen und Buchenwald, an den Horror, der hier vor einem Lebensalter staatlich betrieben wurde und der in der jetzigen Idylle unvorstellbar ist, darf man den Nachfahren der damaligen Täter und Mitläufer nicht ersparen, keinem Menschen."

„Hier ist eine Broschüre mit Gedichten von gefangenen Frauen aus Ravensbrück. Die Gedichte fand man 1975 in einem Glasbehälter an der Bahnstrecke Burg Stargard – Neubrandenburg, zusammen mit Erschießungslisten."

„Darf man aber mit diesen Gedichten die hiesigen Orte und Landschaften im Rahmen einer Identitätspolitik aufladen? Grazyna Chrostowska, Marta Rutkowska, Teresa Bromowicz und Vera Hozáková waren doch gegen ihren Willen hierher verschleppt worden."

„Du machst es uns mit so prinzipiellen Einwänden sehr schwer. Ein „Richtig" gibt es in diesem Zusammenhang wohl gar nicht. Nein, diese malträtierten Menschen gehören nicht dieser Landschaft, aber ihr Schicksal hat sich hier vollzogen und schwebt sozusagen über dem Boden. Sie wurden auf grausamste Weise ihres Glücks beraubt und haben hier zum Himmel aufgeschaut. Sie wollten, dass die Welt von ihnen und ihrem Schicksal erfährt, zum Beispiel durch ihre Gedichte, und wir erfüllen diese Verpflichtung für unsere Zeit."

„Du hast recht, Ariane, ich mache mit."

Die junge Apothekerin war unterdessen zu den Schauspielern hinübergewechselt und wurde zu Mitteln gegen

Lampenfieber und zur Konzentrationssteigerung beim Auswendiglernen ausgefragt. Auch mit Drogenerfahrungen wurde renommiert. Sie hielt tapfer dagegen, was das angeberische Spiel umso mehr befeuerte. Ein Rotschopf wollte Crystal Meth zusammen mit Hallo-Wach konsumiert haben.

„Ich war daraufhin so angepiekst, dass ich auf der Bühne die Souffleuse zur Weißglut getrieben habe. Sie warf die Rollenzettel aus der Muschel, es gab Szenenapplaus und der Streit wurde ins Stück eingebaut, aber leider ohne Crystal Meth."

Alle waren euphorisiert. Fritz erzählte von seinem Armeedienst bei den Pionieren in Lehnitz. Der in die Bundeswehr übernommene Ausbilder hatte ihnen mehrfach unter Tränen vorgeführt, wie 1990 in Strausberg die Fahne der NVA in einer eigenen Zermonie eingerollt und in einem Futteral geborgen worden war. Er wisse über diesen Offizier auch, dass die Pontons und Schwimmkörper auf einem LPG-Gelände eingemottet wurden. Bestimmt könne man sie ausleihen und für eine schwimmende Bühne verwenden.

„Und den letzten Fahnenappell mit „Rollt ein!" zum Abschied dazu", entschied Ariane. „Kinder, ich kann den 1. Februar gar nicht erwarten, wollen wir Weihnachten und

Neujahr diesmal nicht streichen?"

„Wenn ihr jemanden zum Plakatemalen braucht, bin ich gern dabei", erbot sich die junge Kollegin.

„Ich wusste gar nicht, dass Sie malen können, Kathrin."

„Sie haben mich auch nie danach gefragt, Chef. Mehrere Kurse habe ich nach Feierabend bei Müller-Fabian belegt. Nach einer Weltumseglung und seiner Zeit an der Kunsthochschule ist er hier in Vehlefanz vor Anker gegangen."

In den nächsten Wochen gab es noch immens viel zu tun. Ariane hatte endlich einen passenden Kostümfundus, vom Hoftheater in Rheinsberg, das für ein Jahr wegen Rekonstruktion geschlossen war, ausfindig gemacht und sich dort mehrfach umgeschaut. Auch die Näherinnen würden behilflich sein.

Die Pontons wurden tatsächlich bei einem Althändler aufgetrieben, der froh war, einiges von dem vergessenen Zeug loszuwerden. Die Gitterplatten mussten mit Brettern belegt werden, die Schwimmbälge waren noch dicht. Auch der TÜV ließ sich auf die Abnahme nach einem militärischen Handbuch eines untergegangenen Staates ein. Der sei ja wegen anderer Konstruktionsfehler untergegangen. Eine erneute Pionierübung auf dem Lehnitzsee, diesmal mit einer tanzenden Theatertruppe, bewies die Seetauglichkeit.

Der Winterkönig

Was sollte im neuen Jahr auf diesem Tablett Woche für Woche serviert werden? Man wollte daheim im Norden beginnen, schon um auf die Eventualität „Eis oder Nichteis" reagieren zu können. Jedenfalls musste es eine Winterszene sein. Also lasen sie gemeinsam im Café die beiden Schlittenfahrten aus Fontanes „Vor dem Sturm", mit dem unentschlossenen Lewin und der wilden Kathinka. Aber so anmutig dieses als Erzählung war, so mussten sie sich doch eingestehen, dass es auf offener Bühne leicht scheitern konnte und daher für eine Premiere nicht empfehlenswert wäre. Das Eis würde bestimmt nicht stark genug sein, um einen Schlitten von Pferden darauf ziehen zu lassen. Und weder sollte der dann von Komparsen gezogen werden, noch mochten sie zu Effi Briests und Crampas' gefährlicher Fahrt über den Schloon an der Ostsee überwechseln.

Da half es nun nichts, von allzu strenger topographischer Genauigkeit mussten sie sich verabschieden. Und Spaß sollte das Amateurtheater ja auch noch machen.

Das November- und Dezemberwetter war außergewöhnlich milde gewesen, so dass man bequem die Spielorte des ersten Viertelkreises in Anschauung nehmen und die nötigen Kontakte knüpfen konnte. Sie waren überall auf begeisterte

Zustimmung, zumindest auf aufmunternde Skepsis getroffen. Eine kräftige Handwerkertruppe würde jeweils am Vortag die Pontonbühne zu Wasser bringen und fest verankern. Die Spielortgemeinde hatte die Aufgabe, mit Pferden oder Traktor den hergerichteten und bemalten Requisitenwagen aus dem abgespielten Ort abzuholen und dreimal zur Werbung durch ihre Stadt zu fahren.

Für die Premiere auf dem heimischen Boddensee war alles vorbereitet. Pünktlich Ende Januar war starker Frost eingetreten, so dass sich alle auf den Plan A konzentrieren konnten. Erleichtert hatten sie in den Probenpausen auf dem Dachboden über dem „Wiener Kaffeehaus" deutsche Winter- und mit Sylwias und Hendryks Hilfe polnische und sibirische Mroz- und Moros-Lieder gesungen. Hendryk unternahm viele Nachtfahrten, um wenn immer möglich dabeizusein. Er war klüger und auf jeden Fall verliebter als Instetten.

Der Theaterwagen mit den prächtigen Bemalungen war zweimal am Vortag durch den Ort gerollt, nun stand er mit acht aufgeregten Schauspielern in seinem Bauch am Rande des dick zugefrorenen Sees, auf dem mit Fähnchen ein Areal abgezirkt war. Sie waren überrascht, wie viele Menschen die Sonne und der Anlass herausgelockt hatten. Auch drehten schon seit Tagen die Schlittschuhläufer hier ihre Bahnen.

Es zeigte zwei Uhr, das Spiel, oder bescheidener das Präsentationsstück, konnte beginnen. Aus dem Lautsprecher erklang eine Landsknechtsmusik mit schrillen Flöten und dumpfen Trommeln. Der Rotschopf, der sich zu einer bunten Kugel ausstaffiert hatte, stieg aus dem Wagen und machte einige grazile Sprünge in die Mitte der Bühne, wo er seinen mitgeführten goldenen Stab dreimal auf eine bereitliegende Metallscheibe aufstieß. Er begrüßte in wohlgesetzten Worten das eigentliche und das zufällige, in beiden Fällen aber zahlende Publikum und kündigte als Herold einige Szenen aus der Anfangszeit des Dreißigjährigen Krieges an. Nach einer Spielpause von fünf Minuten würden dann zwei Gedichte von Gefangenen aus dem Konzentrationslager Ravensbrück vorgetragen. Und dann werde man mit einem Hut herumgehen.

Das Spiel könne beginnen, schlug er nun dreimal gegen den Wagen.

Zuerst purzelten zwei Spieler heraus und rollten und sprangen nach Commedia-dell'arte-Manier zur Spielfläche.

Es folgten zwei Hofdamen in festlichem Putz, die gemessenen Schritts huldvoll grüßend dorthin sich begaben und auf der Bühne zur einsetzenden Musik einige spanische Tänze ausführten. Die Hanswurste stifteten das umstehende Publikum zu erstem wärmenden Applaus an. Nun wurden auf einem Karren von zwei als wilden Männern verkleideten Gestalten große Eisstücke herangeschafft, aus denen unter verwundertem Gaffen, störenden und helfenden Eingriffen der Hanswurste ein hoher Eisthron errichtet wurde. Die Riesen gingen erneut fort und trugen auf einem Holzgestell einen Herrscher herbei, dem seine prachtvollen Gewänder ersichtlich zu groß waren. Unter einigen Verwicklungen wurde er auf dem Eisthron inthronisiert.

Der Herold kündigte an:

Hört, jetzt der Winterkönig spricht!

Der Wicht in seinem Hermelin erhob sich umständlich und Ariane sprach:

Ich bin der Kurfürst von der Pfalz.
Das heißt sehr viel. Doch Haupt und Hals
nach höhrer Würde tu ich recken,
will auch den Kaiser nicht mehr lecken.
Drum nahm ich Böhmens Krone an.
Mal sehn, was daraus werden kann.

Nach einigen speichelleckerischen Verbeugungen und Huldbezeugungen und weiteren Schreittänzen, die der sichtlich erschöpfte König sich unwillig gefallen ließ, erklärte der Herold eine hinzugetretene feiste Person, die vor Wonne und Gesundheit sich nicht halten konnte:

Max von Bayern reibt die Hände!

Wir Bayern sind doch gar schön raus.
Das Volk katholisch, frei mein Haus.
Man braucht uns, Länder sind der Lohn,
von Habsburg bis Napoleon.
Jetzt gehen wir den Pfälzer schlachten,
Ambergs und Neuburgs uns bemachten.

Seine Eroberungsversuche der höfischen Damen, denen er doch zu derb daherkam, scheiterten.
Die wilden Männer hatten sich inzwischen umgezogen und wurden vom Herold neu begrüßt:

Hört die Prager Insurgenten!

Aus den Fenstern fünfzehn Meter
stürzten wir sie in den Äther –

Hexerei hielt sie im Leben!

Unsers jetzt dem Friedrich geben?

Am Weißen Berg droht tabla rasa,

wir fliehn beherzt zu Gustav Wasa.

Nun setzte eine wilde Schneeschlacht ein, alle wurden ge-
zaust, am meisten aber Friedrich von der Pfalz. Der Herold
hatte größte Mühe, die Streitenden auseinanderzubringen.
Friedrichs Thron war niedergerissen und zu einer erhöhten
Eisscholle zusammengestellt. Sein Hermelin war auf links
gewendet zu einer ärmlichen Kutte.

Herold:

Seht Friedrich ohne Land Pfalz-Böhmen!

Vor Wilhelm Zwo wird Holland mir Exil,

vermochte wenig, aber wollte viel.

Verdienst, vorherbestimmt, zu mehren,

gelobt' ich Gott Calvin zu Ehren.

Englands Königstochter, meine Buhl',

fiel aus hohem Traum mit mir vom Stuhl.

Die eine der beiden Hofdamen war tatsächlich arg heruntergekommen und klatschte dem Ex-König ihren Fächer um
die Ohren und fluchte englisch. Die andere hatte nun doch
Gefallen an Max gefunden.

Die Hanswurste wurden jetzt als Landsleute vorgestellt.

Herold:

Märkische Bauern, die noch gaffen:

Bäuerin:

Die Böhmen ziehn und betteln Geld.

Bauer:

Es ist viel Unheil in der Welt.

Bäuerin:

Lass uns geben, soll ihnen nützen.

Bauer:

Der Kurfürst wird sie alle schützen.

Herold:

Ein junger Tscheche mit schlohweißem Haar:

Wo ich herkomm, herrscht öde Weite.

Der Krieg wächst in die Läng' und Breite.

Ein Kuckuck stieß uns aus dem Nest.

Am Boden lauerte die Pest.

Jetzt laufen wir dem Schwed' entgegen.

Neu-Böhmen sei am Meer gelegen!

Er stand und schaute verklärt der untergehenden Sonne nach, so taten auch die anderen Spieler in einem gefrorenen Schlussbild. Dann gab es herzlichen, hier und da ratlosen Applaus. Ariane trat jedoch nun hervor.

„Bevor sich die Aufmerksamkeit verflüchtigt, möchten wir um einige Minuten Gehör für zwei Gedichte bitten, die in einem Glasbehälter aus dem KZ Ravensbrück herausgeschmuggelt wurden."

Die beiden Schauspielerinnen der Hofdamen traten vor und rezitierten.

Im Bunker

am 8. April 1945 von einer unbekannten Gefangenen in Ravensbrück geschrieben:

Fünf Schritte her

fünf Schritte hin

fünf Schritte hin

fünf Schritte her

Wieviel Tausende von Schritten ich hier in diesem Raum

wohl schon zurückgelegt habe.

Es gab eine Zeit, da war man bemüht,

die Schritte zu zählen

und wenn die Zahlen zu lang wurden

und man sie zu vergessen fürchtete

dann zählte man immer bis hundert

und legte Merkzahlen ein

zuerst bei den Hunderten und dann

zwischen die Tausender

und vergaß am Ende doch, wieviele es waren!

Dann kam wieder

die große Verzweiflung -

der tote Punkt -

und das Herz schreit immer nur das eine:

„Warum?!"

Dann geht auch das vorüber -

man weint und fragt nicht mehr,

alles ist still,

nur sterben möchte man!

Der Mensch hält viel aus -

ein Herz ohne Narben -

ist doch kein Herz!

Es muß wohl immer ein wenig bluten,

ein wenig traurig sein

und Sehnsucht haben nach einem Du.

„Vom folgenden Gedicht", sagte die zweite Schauspielerin,

„ist die Autorin bekannt, sie hat das Grauen überlebt."

Vera Hozáková (1943)

Frühling

Meine müden Hände zittern vor Kälte.

Ich schlittere über die zugefrorene Pfütze,

hinter den Baracken, wohin die bösen Augen nicht sahen.

Die Sonne kam heraus -

Ich wandte ihr das Gesicht zu,

auf der grauen Mauer hinter dem Stacheldraht

saß ein Vogel

er sang ...

Ich holte tief Atem,

fühlte im Mund den Frühling

- wir schauten in die Sonne -

wir sangen beide.

Nach einem Schweigen gab es ergriffenen Beifall für die Gedichte, Zeugnisse der Menschlichkeit, die vor einem Lebensalter den Entmenschern entgangen waren. Mögen sie in der Hölle schmoren!

Einige Helfer hatten den Wirt am Boddensee für die Zubereitung einer heißen Gulaschsuppe gewinnen können. Alle Teilnehmer wandten sich nun dorthin, stärkten und wärmten sich mit der Suppe oder einem Glühwein und tauschten sich in der Abenddämmerung über ihre Eindrücke aus.

Ariane war glücklich, die große Anstrengung war belohnt worden.

„Nun, willst du deine Schwarzseherei nicht ablegen?"

„Jetzt unbedingt, wo ich dich so leuchtend sehe, ich gratuliere zum Erfolg!"

Am Montag gab es wohlwollende Berichte in den beiden Lokalzeitungen. So beschlossen sie guten Gewissens, am folgenden Sonntag in Oranienburg dasselbe Programm noch einmal darzubieten. Die Premierenvorbereitung hatte sehr viel Kraft gekostet. Ein plötzlicher Wetterumschwung brachte eine zusätzliche Erleichterung. Der Eisschicht auf der Stadtseite des Lehnitzsees, neben dem winterlich eingemotteten Café Dietrich, war nicht zu trauen, offenbar gab es verborgene Einleitungen, so dass der Spielort sicherheitshalber und auch angemessenerweise vor die Kulisse des Barockschlosses verlegt wurde.

Hat man das Schloss im Rücken, kann man sich auf dem Vorplatz mit einiger historischer Phantasie wie in Rom fühlen, wenn man von der Via Flaminia durch die Porta del Popolo die ewige Stadt betreten hat. Wie dort der Straßenstrahl sich bricht und dann fächerartig die prächtigen Kirchen der Piazza del Popolo flankiert, so oder fast so hatte auch der erste preußische König, nach der Stadtneugründung durch die Frau des Großen Kurfürsten Louise Henriette, die barocke Ausstrahlung des Schlosses in die Stadt Oranienburg hinein ausführen lassen. Hier, wo jetzt statt der Rom-Überblendungen ein provisorischer Parkplatz gähnte und ein Fahrdamm den Schlossplatz überschnitt, würden die Schauspieler am Sonntag mit ihren Szenen an die Verwüstungen des Dreißigjährigen Krieges und alle späteren Verwüstungen erinnern. Danach gab es zwei Wochen Pause.

Auch das „Wiener Kaffeehaus" war für vier Winterwochen geschlossen. Fritz hatte also Gelegenheit, die Aufführung zu verfolgen. Danach wollten Ariane und er zu ihren wohl einzigen Ferien in diesem Jahr nach Piemont reisen.

„Wir werden zuerst Vera bei ihrer Schwester, die in Alessandria ein Restaurant betreibt, besuchen und dann mit ihr zum Skilaufen in die Berge fahren. Du kannst uns begleiten."

„Ich wusste gar nicht, dass ihr nach der Ostsee-Fahrt noch in Verbindung geblieben seid."

„Sie hat sich von Eckhardt getrennt. Schon das verbindet uns."

Was sollte er hier allein, das Café geschlossen, in der theaterfreien Zeit? Also sagte er gern für eine Woche zu, die er sich trotz der Erkältungswelle frei nehmen konnte. Montagfrüh würden sie von Tegel aus nach Mailand fliegen.

Das Spiel in Oranienburg klappte wie am Schnürchen. Als Referenz an Louise Henriette, die gunstvoll von ihrem hohen Sockel herabschaute, stellten die Schauspieler nach der Pause die von Willem van Honthorst gemalte Stadtgründungsszene nach. Wie Vergil erzählt, durfte die an die nordafrikanische Küste verschlagene Königin Dido dort soviel Land erwerben, wie sie mit einer zerschnittenen Ochsenhaut abstecken konnte. In den allegorischen Rollen auf dem Bild weist das Kurfürstenpaar den Vertrauten Otto von Schwerin an, die Haut zu zerschneiden für das Neubauterrain der Oranienburg in Bötzow an der Havel.

Bei der Aufführung schleppten die männlichen Schauspieler einen schweren Wäschekorb herbei. Die Samtdecke wurde zurückgeschlagen, und statt der Ochsenhautstreifen zerschnitten die Schaupieler nun eine Endlosbratwurst, die auf dem angeschürten Grillfeuer für das Volk von Oranienburg gebrutzelt wurde. Der Boden des Wäschekorbs, den man anschließend durch die Reihen trug, wurde ansehnlich mit Münzen und Scheinen bedeckt, die fast alle echt waren.

„In Kroatien ist 'Pelze' das Wort für Geld", sagte Fritz. „So ist die Kuhhaut wieder zusammengestückt worden, und wir können sans souci in die Ferien fliegen."

Die große Tour

Milano

In ganz Mitteleuropa herrschte trübes Winterwetter. Weder sahen sie beim Abheben in der Morgendämmerung Reflexe von den 66 Seen, noch beim Landeanflug auf Mailand die großen Alpenseen. Schon um zehn Uhr bestellten sie ein zweites Frühstück in der Galleria und versuchten sich beim Blick in die gläserne Kuppel den schnellen Ortswechsel zu erklären. „Protoplasma ist ein viel zu träger Baustoff des Lebens. Das wird in der digitalen Zukunft besser gelöst werden. Aber wenn wir uns alle erst durch www-vernetzte Körper aus Nanoschaltern ersetzt haben, werden die Orts-veränderungen auch überflüssig. À propos, Ariane, du hast also weiter mit Vera Kontakt gehalten?"

„Wie es sich für das sozialkompetente Geschlecht gehört."

„Aus Angst vor dieser Tuschelei und Mauschelei hat das schwache männliche Geschlecht die Frauen immer im Haus einschließen wollen. Aber die weibliche Übermacht war ja zuvor in den Höhlen schon ausgebildet worden, und wenn Fritz und ich und die anderen von unseren Jagden zu-rückkamen, strich man uns Honig um den Mund von wegen Ehre, Rang und Bedeutung und spann hinter unseren Rücken die Intrigen munter weiter."

„Wer sagt dir denn, dass wir Frauen nicht gejagt hätten? Als ich in meiner klassischen Periode einmal die Amazonenkönigin Pethesilea spielte, habe ich gelernt, dass wir uns einst Männer für das Rosenfest erbeuteten. Und die Schoschonen-Frauen machten Jagd auf Bisons."

„So freut sich Vera also auf mich?"

„Sie weiß gar nicht, dass du mitkommst."

„O weh, eine typisch Arianische Intrige für ein Überraschungsgeschenk, wie von Spinnen mit ihrem Faden hübsch eingewickelt und dem Untier ausgeliefert! Ich muss aus dem Labyrinth hinaus ins Freie."

Sie folgten ihm auf den Platz vor dem Dom, dessen Fassade wie der Prospekt einer Riesenorgel anmutete. Die Museen waren geschlossen, so liefen sie durch das elegante, geschäftige Mailand, aber auch durch unerwartet beschauliche Straßen, und akkulturierten sich in San Lorenzo, Sant' Ambrogio und Santa Maria delle Grazie. Man war überrascht, dass sich hier in dieser boomenden Stadt, die halb Italien antrieb, ein solcher Pilgerweg zu den altehrwürdigen Basiliken auftat. Diese behaupteten sich wie Schmuckstücke, zu denen die modernen Bauten üppig wuchernde, aber doch auch respektvolle Fassungen beisteuerten.

Am Spätnachmittag, als die Stadt im düsteren Nebel versank, bestiegen sie einen Expresszug nach Alessandria. Hier war es dem Blick unmöglich, an irgendetwas haften zu bleiben, und sie verdächtigten den Taxifahrer, sie mehrfach im Kreise herumzufahren. Das Lokal, vor dem er sie schließlich absetzte, lag offenbar in einer gesichtslosen Vorstadt und strahlte so etwas ab von einem Edward Hopper auf Italienisch.

Vera und Fina

Sie wurden von einer jungen, etwas angestrengt wirkenden Frau in Kellnerinnenschürze freundlich begrüßt. Die letzten zwei Gäste verdrückten sich, als die Fremden mit ihren Koffern und Taschen in den kleinen Raum eindrangen. Gerade als das Reisetreibgut sich abgesetzt hatte, und die Wirtin mit einem Tablett mit Wasserkaraffe und Gläsern zurückkam, begann Vera ihren Auftritt von einer in das obere Stockwerk führenden Treppe her. Sie begrüßte Ariane herzlich und ließ sich Fritz wohlgefällig vorstellen.

Als sich ihr Blick nun auf ihn richtete, zogen sich ihre Augenbrauen zusammen, und statt etwas zu sagen presste sie die Lippen aufeinander. Ariane versuchte die Situation zu retten, er drängte aber vor und wollte lieber in holprigem Italienisch kämpfen, als die Verhandlung über ihn in vollendetem Deutsch zu ertragen.

„Entschuldige, Vera, glaub mir, ich wusste nicht, dass Donna Arianna ihren zweiten Kammerherrn oder Cicisbeo nicht angekündigt hat, vielleicht ist es auf den hinteren Rängen auch nicht üblich. Comecchessia, da ich nun wie ein Esel dastehe, möchte ich für diese vorgerückte Nacht um ein Bund Stroh und etwas Gerste für den Stall der Herberge bitten."

Sie musste lachen.

„Da wir nicht in Thessalien und ich keine Hexe bin, lieber Lucius, darfst du dir in der Nacht mit Fritz die Klappcouch teilen. Morgen wird das Gericht über dein weiteres Schicksal entscheiden. Niemand soll unterstellen, dass ich aus persönlichen Motiven meinem Hassgefühl freien Lauf lasse! Mit Giuseppina habt ihr euch schon bekannt gemacht? Fina, meine kleine Schwester."

„Immer behauptet sie, dass ich klein sei", sagte diese auf Italienisch. „Aber wer führt denn das größte Lokal hier im Borgo? Wenn du mal Lehrerin bist, dann kannst du mitreden."

Vera absolvierte in Turin ein pädagogisches Aufbaustudium. Der Verlag in Bologna war pleite gegangen. Zwischendurch half sie in Alessandria im Restaurant. Vera wollte alles über das Theaterprojekt erfahren und übersetzte ihrer Schwester, die hin und wieder in die Küche verschwand.

„Noch in meiner Schulzeit gab es viele kleine Theater, auch in der Emilia. Dann kam die Seuche der Telenovelas. Eine Zeitlang verlangte das abnehmende Publikum, dass die Theater sie nachspielten. Dann war es ganz aus. Es ist ein richtiger Kulturbruch, jeder weiß doch, wie gern die Italiener sich dargestellt und die Schauspieler bewundert haben."

111

„Wir haben Glück gehabt", sagte Ariane, „der Winter hat uns die Bühne gezaubert. Zum Erfolg reichte es schon, dass wir das Vergnügen auf dem Eis nicht störten. Und seine verkopften Texte haben den Rest besorgt. Sie fielen so kalt ins Herz, dass sich die Zuschauer unwillkürlich durch Klatschen aufwärmen mussten."

„Ariane, was ist los? Ich sage es nicht auf Deutsch, um Fritz nicht zu quälen: an der Ostsee wirktet ihr so einträchtig und verschworen?"

„Wir necken uns. Aber Fritz weiß, dass ich mir immer treu bin."

Dieser folgte Fina neugierig und verschwörerisch in die Küche.

„Worüber habt ihr denn korrespondiert", fragte er, „es scheint, dass ihr in den Bergen vieles nachzuholen habt. Da bleibe ich lieber hier und suche mir einen Elfenbeinturm, um für Arianes nächsten Auftritt einen richtig giftigen Monolog zu mischen."

Bevor der Streit eskalieren konnte, servierten die Jüngsten das Abendessen: Pasta, knuspriges Geflügel, Fagioli. Vera fand, dass es normal schmeckte, die Gäste hingegen waren begeistert. Zum Abschluss brachte Fina die Überraschung: Zabaione alla tedesca. Über das Lob war Fritz gerührt wie

Apfelmus, was sich wiederum schlecht übersetzen ließ.

„Mosso für bewegt geht ja noch", überlegte Vera, „aber bei der Vorstellung von Apfelmus dreht sich uns Italienern der Magen um – ci rivolta lo stomaco. Und wie man von einem solchen politischen Begriff zur Obstverarbeitung kommt, mögen sich die Deutschen überlegen. Stellt euch vor, Eva hätte Adam mit Apfelmus verführen müssen!"

Endlich hatte die Unterhaltung das weite Feld der Stereotypen erreicht.

„Lacht ihr nur wie die Wiese und die Hesperidengärten, die das ganze Jahr über frisches Obst spenden. Wir müssen grimmige Miene dazu machen und uns an langen Winterabenden an Backpflaumen und Apfelmus erfreuen."

„Jetzt bin ich auch gerührt", entgegnete Vera versöhnlich, „gerührt wie das Kompott, das ich damals in Wismar geliebt habe, ich glaube es waren Weichselkirschen."

„Siehst du, dieser Aufenthalt zwischen Thule und dem Ural war doch offenbar die prägendste Zeit deines Lebens?"

Mit dieser Bemerkung hatte er Vera aber tief verstimmt, sie beteiligte sich kaum noch an der Unterhaltung. Man beschloss, sich schlafen zu legen. Als Fritz und er die Klappcouch inspizierten, ließen sie das Los entscheiden, wer auf zusammengesuchten Polstern auf dem Boden nächtigen sollte. Fritz sicherte sich die Couch.

Sanft gerädert erwachte er vor Sonnenaufgang und beschloss, für alle Brötchen zu holen, weil das für ihn zu einem richtigen Urlaub dazugehörte. Viele Leute fuhren zur Arbeit, einige Bars hatten schon geöffnet, aber einen Panificio fand er lange nicht. Alle Straßenzüge sahen gleichartig aus, die üblichen kubischen Häuser mit umlaufenden Balkonen im ersten Stock und den abgespreizten mattgrünen Blenden, die als Sonnenschutz jetzt im Februar noch völlig überflüssig waren. Offenbar gab es bei den lebhaften Italienern das Bedürfnis nach einigen völlig abgedunkelten Nachtstunden.

In einer Bar trank er einen Espresso und staunte, dass es die Unitá und die Nazionali-Zigaretten noch gab. Pasolini hatte nostalgisch das Verschwinden der Fünfziger Jahre, der anni cinquanta, beklagt, und er trauerte nun den verblichenen Siebzigern und Achtzigern hinterher. Nein, von der buddhistischen Nichtanhaftung war er noch einige Weltzeitalter entfernt. Zumindest den Brötchengedanken ließ er fallen und kehrte stattdessen mit ein paar Hefeteilchen aus der Bar zurück. Das Haus schlief noch, während einige Lieferanten nach einem unbekannten System Kisten im Eingang abstellten.

Endlich traf man sich an der Frühstückstafel, wo er seine ersten Eindrücke von Alessandria allzu freimütig ausposaunte.

„Euch Deutschen ist auch nichts recht an uns", entgegnete Vera genervt. „Erst weist uns Goethe nach dem Süden, wo die Zitronen üppiger blühen und wir die Magna Graeca mit der Seele suchen sollen, dann tauchen die Nazarener alles in Dunst und sentimentales Sfumato. Und schließlich erscheint mit Burckhardt ein schweizerischer Kunstbuchhalter als Kunstrichter. Die teutonische Italienliebe bekommt dem Liebesobjekt nicht."

Ihre Stimmung hatte sich über Nacht nicht gebessert. Er würde nicht mit in die Berge fahren, sondern verabredete mit Fina, dass er ihr im Ristorante zur Hand gehen würde. Die drei brachen nach Mittag auf, und er wünschte, dass Ariane auf die unausgeglichene Vera einen beruhigenden Einfluss ausüben möchte.

Also putzte er Gemüse, marinierte Geflügelfilets und schlug Zabaione alla tedesca. Gegen Abend hin bemerkte er, dass Fina ab und zu verschwand und nach einiger Zeit mit einem süßlichen Geruch zurückkehrte. Dass er inzwischen die Gäste bedienen sollte, nahm sie ganz gelassen an. Schnell wurde der deutsche Aushilfskellner zum Lokalgespräch. Auf sein umständliches Nachfragen reagierten sie schmunzelnd. Als er jedoch die Saltimbocca alla romana mit „saliva" anbot, zuckte der Gast erst zusammen, um dann mit allen anderen in ein schallendes Gelächter auszubrechen. Saltimbocca mit saliva, Speichel, das war ja auch etwas anderes als die ausgelutschte salvia, Salbei, die er als Pharmazeut eigentlich nicht hätte verwechseln dürfen. Mehrfach wurde nun Spring-in-den-Mund mit Speichel bestellt, auch als man mangels Zutaten gar nicht mehr nachkommen konnte. Aus dem Gespräch des Lokals wurde nun bestimmt ein Stadtteilgespräch, immerhin ein kurzzeitiger Erfolg über die Telenovelas.

Nach Schließung des Restaurants saßen sie in der Küche zusammen und belustigten sich nun selber über den Versprecher und seine Wirkungen, wobei Fina ein süßliches Kraut rauchte.

„Fina, Sie wirken überanstrengt und durch das Haschisch schwächen Sie sich noch mehr."

„Sie sprechen so vernünftig wie meine große Schwester."

„Hat sie nicht recht?"

„Sie hat immer recht, das ist es ja."

„Sie verstehen sich schlecht?"

„Kann man so sagen, und schon seit langem. Unser Vater hat immer nur auf Vera geschaut, mich gab es gar nicht, für Giuseppina war nur die Mama zuständig."

„Was machen ihre Eltern, leben sie noch?"

„Mein Vater hat sich ein Jahr nach der Auflösung des Partito Comunista das Leben genommen und er hat meine Mutter mit ins Grab gezogen, immer hat sie sich die Schuld gegeben, zwei Jahre später ist sie im Gram gestorben. Da tanzte Vera mit diesem Deutschen auf anderen Hochzeiten!"

„Eckhardt?"

„Ja."

„Gibt es ihn noch?"

„Einmal hat sie auf mich gehört und ihm endlich den Laufpass gegeben."

„Sie sind sehr verbittert, Fina, und es ist kein Wunder, wenn Sie das alles hautnah miterlebt haben. Aber Vera ist doch kein schlechter Mensch?"

„Nein, immer bin ich es, die nicht genügt."

„Sie quälen sich offenbar beide."

„Als sie weg war, war ich glücklich. Es ist schon sehr spät, ich gucke noch einen Film und schlafe dann."

Am andern Morgen war Behördentag.

„Ich muss zur Quästur, zur Stadtkasse, nichts besonderes. Sie können mich begleiten, ich zeige Ihnen Alessandria."

Fina wusste nicht viel über die Stadt. Irgendwann hatte es in der Nähe, bei Marengo, eine große Schlacht gegeben, wohl mit Napoleon, der viel Platz für seine Armee brauchte und deshalb den Dom und die Altstadt abreißen ließ. Offenbar gab es einmal eine berühmte Fußballmannschaft, wie er aus den vielen Pokalen und Plakaten in der Bar am Rathausplatz schloss, wo er auf Fina warten sollte.

„Wir waren lange Garnison", erzählte der Wirt, „hier kreuzen sich wichtige Straßen, aber die meisten fahren nur vorbei nach Turin, Genua, Mailand. Nur die Soldaten mussten bleiben und vor Langeweile spielten sie eben Fußball."

„Aber was habt Ihr denn mit Alexandria gemeinsam?"

„Gar nichts, die Stadt heißt so nach einem mittelalterlichen Papst. Und unsere Partnerstadt ist Rjasan. Das liegt an der Oka, nicht weit von der Wolga, und wir eben nicht weit vom Po."

Später sah er, dass Napoleon ihnen einen neuen Dom hatte errichten lassen, so wie man einen Empire-Schrank an die Straße stellt, für die seelische Weißwäsche. Die Kriegszüge des Korsen waren also das Schicksal von Alessandria gewesen, bis hin zu der geebneten Städtepartnerschaft mit Rjasan hinter Moskau.

Fina machte noch schnell einige Besorgungen, dann eilten sie zurück, um das Lokal zu öffnen.

Als er am Abend zwei große Pfannen mit Schnitzeln vom Herd nahm, hörte er gedämpften Streit aus der Gaststube, an dem auch Fina beteiligt war. Gerade noch sah er, wie ein unfreundlicher Typ einen Umschlag in seiner Lederjacke verschwinden ließ. Er solle sich hier nicht mehr blicken lassen, zischte sie ihm zu. Als der Typ aufsprang, stellte er sich demonstrativ neben Fina. Sie musterten sich ohne großes Wohlwollen.

Es erstaunte ihn, dass die anderen Gäste dem Vorfall keine Beachtung zu schenken schienen. Als der letzte Gast endlich gegangen war, stellte er Fina zur Rede.

„Lasst mich doch alle in Ruhe, heute Morgen die Polizei, dann dieses Arschloch und jetzt auch du!"

Sie zog ein neues Briefchen hervor, krümelte etwas daraus auf den Tabak und nahm einige gierige Züge. Sie zitterte.

„Wer ist Bruno?"

„Du lauschst? Was geht dich das an? Bruno gehört das Lokal."

„Und wo ist Bruno, und was wollte der Typ von dir?"

„Ich habe in Turin gekellnert, im „Fenice". Da kam dieser Bruno und sagte, er suche für sein Lokal in Alessandria eine Geschäftsführerin. Vor anderthalb Jahren ist er verduftet, wohl nach Libyen, ich war nicht betrübt darüber. Aber ab und zu kommen diese zwielichtigen Typen zum Kassieren."

„Ich dachte, die Mafia gäbe es nur außerhalb Italiens."

„Mir ist nicht zum Scherzen zumute."

„Und er bringt dir regelmäßig Stoff?"

„Lasst mich doch alle in Ruhe!"

„Kann ich dir helfen?"

„Wie helfen? Bist du ein Idiot? Hattest du keine eifersüchtigen Geschwister, keine selbstbezogenen Eltern, die ihre Kinder verderben? Ich kenne nur solche kranken Familien. Diese Blutsauger hier oder diese Ameisen, die den Blattläusen den Saft abzapfen, sie sind doch alle sozial gestört. Hier sind alle so, zumindest wenn sie keine staatliche Rente beziehen. Ich konnte nicht einmal meiner Mutter helfen."

„Du tust doch niemandem etwas Böses. Du kannst deinen Peinigern doch nicht recht geben und ihnen verzeihen."

„Dieses Lokal ist so wichtig für mich, und das machen sie mir kaputt. Wo sollte ich denn hingehen?"

Er versuchte die Schluchzende zu trösten.

„Ich weiß nicht, was deine Eltern Schlimmes erlebt haben, aber es ist besser, wenn Eltern ihren Kindern nicht zu viel aufbürden. Schuldgefühle sind ein verhängnisvoller Kitt."

„Du bist ein sonderbarer Mensch. Bist du ein Samariter, ein Heiliger? Du willst mir helfen, aber morgen kennst du mich schon nicht mehr."

„Natürlich bin ich kein Heiliger."

„Rauche eine Zigarette mit mir, dann fühle ich mich nicht so allein."

„Ich weiß nicht."

„Wäre es Apfelmus, würdest du dich leichter verführen lassen."

Er griff nach der Zigarette.

"Voglio sentire la tua saliva." Sie küsste ihn, sie suchte seine Zunge, sie schwamm in seinem Mund. Sie streiften sich die Kleider vom Leibe.

Noch einmal hatten sie geraucht. Sie schliefen bis zum Mittag. Sie wussten nicht, wie sie auf die Klappcouch gekommen waren.

Der erste Gast, der klingelte, war kein Gast, sondern Vera. Sie musterte die Schwester strafend und ihn giftig.

„Hat unser Esel ausgeschlagen, und meine Fina lebt wieder in den Wolken?"

Fina verkroch sich mit Migräne ins Bett. Vera blieb eisig und entzog sich bis zum Abend seinen Gesprächsversuchen. Es gab auch viel zu tun, zwei kleinere Gesellschaften beehrten nacheinander das Lokal. Endlich konnten sie abschließen.

„Das sind also meine Ferien. Ich schufte für die alessandrini, und man spricht nicht einmal mit mir."

„Du machst es dir sehr leicht. Bietest großmütig deine Hilfe an und fällst bei der ersten Gelegenheit über Fina her. Du musst doch bemerkt haben, dass sie toxikoman ist. Meinen erneuten Anlauf, die Bemühungen von mehreren Wochen, hast du über den Haufen geworfen. Ich ahnte es, aber ich bin zu spät gekommen."

„Schon bei unserer Ankunft klang der Ton zwischen euch nicht sehr schwesterlich."

„Was verstehst du davon. Die Süchtigen brauchen eine feste Führung. Fina ist haltlos."

„Vielleicht sehnt sie sich nach Liebe und Anerkennung, die du ihr verweigerst."

„Die hast du ihr nun ja edel und großzügig gespendet, und sie wieder ins Fegefeuer gestoßen. Ihr Deutschen habt den

Bogen raus, wie man anderen schadet und sich dabei noch besser fühlt."

"Vera!"

"Was Vera, vai via! Non ti sopporto più."

Er sprang auf zur Tür, hinter sich hörte er sie losheulen. Ohne Jacke stand er auf der Straße. Er wollte sich in einer Bar Zigaretten kaufen, die starken Nazionali. Ein Kellner wunderte sich über seine leichte Bekleidung - „un po' freddino, n'è vero?" - und darüber, dass er mit losen Scheinen bezahlte. Er lief aufgebracht durch die Straßen und bemerkte nicht, dass sich ein Fiat Cinquecento von hinten näherte. „Il tedesco di Fina", Finas Deutscher, hörte er den einen sagen, der ihm bekannt vorkam. Zu viert fielen sie über ihn her. Zwar konnte er einen guten Schlag landen, dann aber nahmen sie ihn in den Schwitzkasten, und der Getroffene, der wütend aufgeschrien hatte, schlug wie wild auf ihn ein. Als ein Auto hupte, ließen sie ihn fallen, traten noch einmal gegen seinen Kopf und verschwanden.

Als er aus seiner Ohnmacht erwachte, bestand er nur aus einem Durcheinander von heftigen Schmerzempfindungen. Es gab kein inneres Zentrum mehr, kein Wohnen in einem geordneten Körper. Man sprach auf ihn ein, es hämmerte in seinem Kopf. Jede Bewegung schmerzte und jedes Nichtbewegen. Man kümmerte sich um ihn. Irgendwann war wohl ein Arzt da. „Roba del altro mondo", Zeug von jenseits, das musste die Diagnose sein, die er verstand.

Dann kam er wieder zu sich, und einige Schläuche auf seinem Handrücken zappelten von einem Lampenständer herunter. Durch seine verschwollenen Augen ahnte er, dass eine Frau, Vera, aus dem Schein eines Kerzenlichts auf ihn zukam. Es war das bekannte Zimmer, sie kniete sich neben die Couch.

„Bist du wach? Hast du Schmerzen?"

„Leidlich. Mi sento assai bene. Wie spät ist es?"

„Gleich morgen. Vor zwei Stunden war der Arzt noch einmal da und hat dir Morphium gespritzt."

„Erst Haschisch, jetzt Morphium, eine schnelle Karriere, ich kann mich nicht beklagen. Was sagt er?"

„Du hast etwas Blut verloren, und dein Nasenbein ist gebrochen. Er hofft, dass du keine inneren Verletzungen hast. Wir sollen dein Gesicht kühlen und dir Puls und Blutdruck messen. Willst du weiterschlafen?"

„Gleich. Ich danke euch. Der Deutsche macht euch einige Scherereien."

„Bitte, quäle mich nicht noch mehr."

Die Schläuche auf der Hand behinderten ihn dabei, der Weinenden über das Haar zu streichen.

„Was macht Fina?"

„Wir haben uns abgewechselt. Wir haben sogar hier gesessen und gemeinsam gebetet."

„Ihr seid lieb. Jetzt schlafe ich noch ein bisschen."

Es dämmerte schon fast wieder, als er wach wurde. Er hatte gestöhnt und sich herumgeworfen, aber das Fieber war nicht gestiegen. Fina kam auf Zehenspitzen ins Zimmer.

„Ich soll dir einen Apfel reiben. Der Dottore sagt, es sei fast so gut wie Apfelmus."

„Ich mache euch viel Arbeit."

„Ja, du bringst hier alles durcheinander, besonders Vera und mich. Aber der ganze Borgo spricht davon. Sie kommen auf einen Espresso und eine Tomatensuppe, nur weil sie Neuigkeiten erfahren wollen."

„So sind die Italiener, erst schlagen sie einen zu Brei, dann beweinen sie einen."

„Es gibt solche und solche."

„Und Vera und du, ihr seid solche und habt mir wahrscheinlich das Leben gerettet."

„Ich habe mich egoistisch bekifft, und Vera hat dich aus dem Haus gejagt. Aber dann haben wir tatsächlich die Stumpfheit und die Bosheit abgelegt. Vera hat dich mit einem Nachbarn gesucht und im Auto hierher transportiert. Und ich habe dein Boxergesicht abgewaschen."

„Ach ja, kann ich jetzt den Quasimodo spielen?"

„Wenn die Maske nachhilft, vielleicht."

„Ein tiefer Fall."

„Aber aus großer Höhe, mein Lieber."

Sie gab ihm einen Kuss auf den ungeschwollenen Winkel seines Mundes.

Eine Stunde später, nachdem er ein wenig auf gewesen war und den Gesichtsverband im Spiegel betrachtet hatte, ließ er sich in einem Morgenmantel von Vera in die Gaststube führen. Es waren immer noch einige Neugierige da. Er dankte allen, die sich so liebevoll um ihn bemüht und an ihn gedacht hätten, sagte er etwas schwerzüngig. Die vier Burschen, die ihn zusammengeschlagen hätten, verurteilte er zu je dreißig Sozialstunden im Ospedale Santi Antonio e Biagio, bei Uneinsichtigkeit zur Verbannung nach Rjasan. Darüber hinaus hege er keinen Groll, gegen niemanden.

Am Morgen kamen zwei höhere Polizisten ins Krankenzimmer. Fina brachte biscotti und besonders aromatischen caffè corretto.

„Sie wollen also wirklich keine Anzeige stellen? Nun ja, dottore Alfieri hat bekräftigt, dass Sie auf dem besten Wege sind, und es stimmt, wir haben schon viel Schlimmeres gesehen, und wenn mein Kollege hier morgens vor der Rasur in den Spiegel schaut - "

„Nein, wirklich nicht. Ich bin etwas verwirrt herumgelaufen und habe ihnen wohl falsche, wie sagt man: victimogene Signale gesendet. Ich bin beim nächsten Mal vorsichtiger."

„Na ja, für die Sicherheit sind wir ja zuständig, und wir haben unsere Augen und Ohren überall, das dürfen Sie uns glauben. Es kann in der Stadt eigentlich nichts passieren, ohne dass wir davon wüssten. In meiner Funktion als Polizeijustitiar muss ich allerdings feststellen, dass Sie nicht als Richter in eigener Sache auftreten dürfen, wie nobel das Urteil auch ausfällt. Und für die Aufrechterhaltung der Ordnung ist es unverzichtbar, dass hinter jeder Maßnahme die Staatsgewalt, also wir, sichtbar werden. Aber das sind Aspekte, die wir durch Mediation mit Ihnen lösen können."

„Ich danke Ihnen, meine Herren."

„Übrigens, Signora Giuseppina, eine gewisse Person einer diskreten Gesellschaft hat uns zugesichert, dass man Ihr Ristorante – von Bruno war nicht mehr die Rede – vorerst nicht mehr besuchen werde. Angriffe auf Ausländer, zumal Nordeuropäer, werden dort auch nicht gern gesehen, dazu sind ihnen die Geschäfte in Deutschland viel zu wichtig."

Bei dieser Erklärung zog er mit dem gestreckten Zeigefinger das Unterlid etwas herunter. Fina nickte kurz und schenkte noch einmal ein. Dann verabschiedete man sich mit großem Respekt, und die Polizisten gingen betont auffällig zu ihrem Fahrzeug zurück.

„Mamma mia, che gonfioni, wie aufgeblasen, und das am Bett eines Kranken!" kommentierte Fina den Besuch.

„Aber für Laienschauspieler war es keine schlechte Schmierenkomödie, jetzt merke ich erst, dass ich mir auch die Rippen geprellt habe. Schade, dass Ariane es nicht mitbekommen hat. Ob man sich davon für Brandenburg etwas abschauen kann?"

„Ariane und Fritz lassen dich sehr herzlich grüßen. Sie wären viel lieber hier bei deinen Nasen- und Rippenbrüchen als dort unter den winter breakern. Aber sie fürchten nicht ganz zu Unrecht, dass sie hier in der kleinen Wohnung eine zusätzliche Belastung sein könnten. Wollt ihr nicht miteinander skypen?"

„Du bist wirklich grausam, Fina."

Epoche

Endlich hatte dott. Alfieri ihn für reisefähig erklärt und auf dem Krankenschein verschleiernd und ausdeutbar von den bösen Folgen eines Sturzes geschrieben.

Wie oft hatte er sich nicht über Angestellte geärgert, die unbedingt meinten, sie müssten unvorbereitet Risikosportarten treiben, und dann krankgeschrieben aus dem Erholungsurlaub zurückkamen. Jetzt war er es, der seinen Angestellten so etwas vorspielen musste, damit sie nicht über die Mehrarbeit murrten und es im Ort kein unnötiges Geschwätz gab. Er hatte allerdings nicht bedacht, dass Kathrin ja malerisch und also auch anatomisch interessiert war und Schwierigkeiten hatte, sein Aussehen mit seiner Beschreibung eines Skiunfalls zusammenzureimen. Also wollte er schnell von den Details seiner Entstellung auf ein anderes Erlebnis ablenken, wodurch er aber mehr von dem wahren Vorfall preisgab, als er beabsichtigt hatte.

„Wir Kinder hatten nur eine ganz unzureichende Skiausrüstung, aber eine recht steile Kuhwiese hinter dem Dorf. Im Winter stürzten wir uns dort bänglich, aber mit gespielter Todesverachtung den Winzenberg hinunter. Jeder wollte der Toni Sailer des Dorfes sein. Natürlich überschlug ich mich und blieb mit verdrehtem Knie im hohen Neuschnee liegen und konnte vor Schmerzen auch nicht aufstehen. Da standen nun die Kameraden um mich herum und lachten aus Leibeskräften und ließen mich zum ersten Mal an der Menschheit zweifeln."

„Ja, die Schadenfreude ist phylogenetisch wohl so alt wie der Beißreflex", bemerkte eine andere Kollegin.

„Nun, das Beißen fällt mir nach dem Sturz schon wieder leichter als das Lachen."

Dieser unbedachte Hinweis auf Kiefer und Rippen gab aber nun Kathrin wieder unnötige Anlässe zum Zweifeln. Glücklicherweise trieb die letzte Erkältungswelle des Winters gerade in diesem Augenblick besonders viele Kunden in die Offizin.

Die zufällige Reise nach Alessandria, in eine an sich ganz unbedeutende Stadt, hatte für ihn völlig unverhofft Epoche gemacht, über deren Bedeutung er sich noch gar nicht klar zu werden vermochte. Es beunruhigte und tröstete ihn zugleich, dass das zu Epochen wohl dazugehört. Er sah Fina vor sich, wie sie gierig und resigniert an einem Joint sog und wie sie tapfer dagegen ankämpfte, und spürte, wie sie beide sich umschlangen. Und er sah Vera, die klügere und wohl auch tragischere, die so hart gegen andere, aber auch gegen sich selbst sein konnte – und so überströmend, wenn ihr ideologisches Gehäuse schließlich zusammenbrach.

Ach, besäße er doch ein so einfaches Naturell wie Paris, dem es reichte, nach der Schönheit zu urteilen, rief er bei sich. Und bemerkte sofort, dass er auch dann keinen Schritt weiter wäre, denn schön waren sie beide, und er zu wenig Ästhet, um wegen eines Grübchens hier oder einer Strähne da einer von ihnen den Vorzug zu geben.

Also wäre Polygamie die beste Lösung, fühlte er begeistert, ohne indes irgendeine Garantie zu haben, dass ihn überhaupt eine von den beiden oder gar beide heiraten wollten.

Unter solchen beständigen Gedanken, die außer dem Geist ja auch den Leib bis in die Gesichtsmimik beschäftigen, heilten seine Verletzungen erstaunlich gut. In einer Fachzeitung hatte er einmal gelesen, dass die sowjetischen Sportärzte ihre Patienten auf Vibrationsbetten legten, da so die Wunden und sogar Brüche besser granulieren und heilen. Sie hatten dies den Katzen abgeschaut, bei denen das Schnurren denselben Zweck erfüllt. In dem Artikel stand nicht, dass die sowjetischen Sportärzte durch massives Doping bei ihren Patienten unzählige Brüche verursachten.

Er ging wieder ins Kaffeehaus.

„Hier können wir uns unterhalten", Ariane platzierte ihn mit dem Gesicht zur Wand, „und ich habe dabei die Tür im Blick."

„Eigentlich wollte ich testen, wie abschreckend ich noch wirke."

„Wenn sie dich hier finden, werden wir auch Schutzgeld zahlen müssen. Es war schrecklich, dort im Skigebiet herumzuhängen. Immerzu haben wir auf das Handy gestarrt, ob es ein neues Bulletin gibt. Schon der Beginn war alles andere als erholsam. Vera steckte uns mit ihrer unerklärlichen Unruhe an. Dann war sie plötzlich verschwunden, als wir in die Hütte zurückkamen und stolz von unserer Südpolentdeckung berichten wollten. Als klar war, dass du nicht fallen, aber doch vorerst ausfallen würdest, haben Fritz und ich uns dort aus dem Stegreif, ohne Apparat, einige Theaterszenen ausgedacht."

„Erzähl, wie ist es in Wandlitz gelaufen?"

„Ziemlich katastrophal. Wir hätten uns lieber für den unpolitischen Rahmer See oder des Berliners liebsten Liepnitzsee entscheiden sollen. So mussten wir natürlich Honeckers Waldsiedlung aufspießen. Das kam bei den Wandlitzern nicht gut an. Sie fühlen sich als Opfer, sie wollen nicht ewig auf die DDR angesprochen werden, aber ganz möchten sie die alte zweifelhafte Prominenz auch nicht missen. Wir traten also in FDJ-Hemdchen auf, sprachen von der ökologischen Reform des Sozialismus, nahmen unter der Anleitung unseres Fähnleinführers Rudolf Bahro Proben des kristallklaren Wassers, prüften die Glasnost und füllten dann die Krüge für das Teewasser in der Waldsiedlung. Die Choreographie war durchaus anmutig, klassizistisch, so etwa zwischen Poussin und Peter Hacks. Aber der Applaus war spärlich. Nach der Pause und dem Gedicht trat der Rotschopf als Reporter des Neuen Deutschlands auf: Komplott gegen die Staatsführung aufgedeckt, stalinistischer Schauprozess wegen Brunnenvergiftung, etc. Rudolf Bahro wurde zur Todesstrafe ins kalte Wasser geworfen. Da gab es dann höhnischen Beifall. Unser schönes Schlussbild ging im Lärm unter: wir zogen ihn wie einen Hanns Guck-in-die-Luft aus dem Wasser, rieben ihn ab, legten ihm neue Kleider an, das safrangelbe Gewand der Bhagwan-Jünger, und verabschiedeten ihn mit Hare-Krischna-Gesängen und Gebetsmühlendrehen nach Oregon. Alles vergebens und umsonst, Einnahmen hatten wir auch keine."

„Und am Sonntag gastiert ihr in Lanke, nicht wahr?"

„Ja, ehemaliges Gut des erzreaktionären Großgrundbesitzers Graf von Redern, der aber auch ein Freund der Musen war, Generalintendant der königlichen Bühnen in Berlin und befreundet mit Mendelssohn und Meyerbeer. Schinkel baute ihm ein Palais am Pariser Platz nach florentinischem Vorbild, später abgerissen und als Adlon neu errichtet. Wir müssen allerhöchste Kunst bieten. Wirst du dabei sein?"

„Als was, als Dämon in Meyerbeers Oper „Robert der Teufel"? Mal schaun, wie dämonisch ich am Sonntag noch aussehe."

Diesmal traute er sich nicht, Ariane sein Herz auszuschütten. Er wusste nicht genau, wie ihr Verhältnis zu den beiden Schwestern war, und fürchtete, irgendeine Einmischung abwehren zu müssen. Überhaupt hatte Ariane jetzt auch zu viel mit den 66 Seen zu tun.

Da kam ihm ein neuer Gedanke. Er würde am Sonntag nicht mitfahren, sondern die Schauspieltruppe im Café erwarten, dort Fritz Gesellschaft leisten und ihn auf Vera und Fina ansprechen. Er war ja sonst der einzige hier, der sie beide kannte. Fritz hatte sich ihm gegenüber immer wohlwollend, zuvorkommend, vielleicht eine Spur zu förmlich gezeigt. Ariane stand nicht mehr zwischen ihnen, warum sollte ihre Bekanntschaft nicht persönlicher werden? Als er am späten Nachmittag eintrat, deckte Fritz bereits den Tisch für die 66er, wie er sie nannte. Zwei weitere Flaschen Sekt stellte er kalt, nachdem Ariane ihm gesimst hatte, dass Lanke ein

Erfolg würde. Gäste gab es keine mehr, Fritz und er waren in freudiger Erwartung verbunden, so konnte er ihn also leicht auf die beiden Italienerinnen ansprechen.

„Ich finde sie beide sehr sympathisch", begann er diplomatisch, „wobei ich über die Sprachbarriere hinweg mit Fina quasi berufshalber mehr zu tun hatte. Vera ist eine halbe Deutsche, aber sie habe ich gerade Ariane überlassen. Im Übrigen bin ich vielleicht nicht der richtige Ansprechpartner für deine Frage. Du darfst wissen und könntest bereits bemerkt haben, dass ich gegenüber Frauen nicht unempfindlich bin, aber doch eindeutig zum eigenen Geschlecht hinneige."

Erstmalig schaute er ihn länger und direkt an. Der Gesichtsausdruck, den der zu sehen bekam, war sicher nicht der klügste.

„Aber du bist doch mit Ariane zusammen?" stammelte er.

„Ja, auch. Obwohl sie gar nicht viel älter ist, kommt sie mir wie eine mütterliche Freundin vor. Ariane ist sehr speziell."

„Entschuldige meine Tumbheit, ich gehe wohl nicht mit offenen Sinnen durch die Welt."

„Ich will euch nicht zu nahe treten, aber oft habe ich festgestellt, dass die Sinne meiner Freunde tatsächlich geschärfter sind."

„Dann drücke dich bitte nicht um eine Einschätzung Veras herum."

„Na ja, mit Fina teile ich die Ablehnung des Typs der großen Schwester. Sie glaubt offenbar nicht, dass man komplex und unverstellt sein kann. Fina ist freier, auch wenn sie in Gefahr ist, an der Nadel zu hängen. Vera möchte alles richtig machen, aber darin ist viel Fremdes. Sie schwächt sich dadurch. Sucht sie nach Macht? Agiert sie aus Angst? Ich kenne sie zu wenig."

„Du sprichst sehr klar, Fritz, bist du dir selbst denn so transparent?"

„Alle Menschen sind opak, aber ich habe vielleicht früher als die meisten begonnen, fremde Anforderungen zu überprüfen."

Entscheidung

Lanke

Bevor sie nun philosophisch werden konnten, drängte Arianes Schar lärmend herein. Waren sie schon betrunken oder berauschte sie der geistvolle Blödsinn?

„Lang lebe Lanke! - Danke, Lanke!
Der Kunst gilt keine Schranke!
Dir müssen's Bretter sein?
Mir reicht schon eine Planke.
Ich schwimm in Seligkeit
Auf Rederns Gut in Lanke.“

„Fritz, zwei Gedecke mehr für unsere Virtuosinnen, sie waren der Knaller. Hier sind die Fräulein Clarinett und Violin.“

„Läuft's Publikum davon,
So spielen wir va banque.
Thalia Mut belohnt
Auf Rederns Gut in Lanke!“

„Hier ist der Sekt, nun lasst uns anstoßen und dann erfahren, worauf denn überhaupt! Nehmt euch auch Suppe, und Ariane, du musst uns berichten!“

Alle hatten sich mit Getränken und Speisen versorgt und im Kreis um Ariane versammelt, um nun erzählt zu hören, was sie gerade erlebt hatten.

„Im Obersee schwamm unsere Bühne. Auf einem Tragestuhl wurde der Graf von Redern auf die Szene getragen und stellte sich dünkelselig vor.

Wir von Redern sind uraltes Geschlecht, etc. Wir gaben hier schon den Ton an, als die Hohenzollern noch Nachtwächter auf der Nürnberger Burg waren. Redern, Rittern, ehern - alles ein Wortstamm. Drei Hohenzollern waren unter mir Könige in Preußen und ich habe über ihnen den Olymp der Kunst erstrahlen lassen. Nun baut man mir hier in Lanke ein Schlösschen, ein modestes Repos. Wo bleiben denn die Künstler, mir's zu verschönern?

Nun hetzten zwei Hoflieferanten herbei, der erste mit ostindischen Tapeten. Das soll Seide sein? Damit ließe ich meinen Kutscher nicht über die Pferderücken fahren. Pack er sich und seine Ware. Und was bringt er, eine Porzellanterrine soll das sein? Die kann er auf dem Schmachtenhagener Bauernmarkt als Nachttopf verkaufen, nicht mir!

Er warf die Terrine in weitem Bogen hinter sich ins Wasser, und wir fischten sie an dem Nylonfaden wieder heraus. Auch das Porträtsitzen beim Maler Menzel wurde abgesagt.

Er möge stattdessen das Zaumzeug der Pferde und den Hofhund malen. Die Lakaien immer um ihn.

Ach, wie schwer und undankbar es ist, etwas Kultur hier in die Steppe zu bringen. Ich werde noch schwermütig. Und am Pariser Platz reibt man sich die Hände, wenn der Redern da draußen scheitert.

Mendelssohn, sind Sie's? Sie schickt der Himmel. Haben Sie etwas Apartes für meine Schlosseinweihung?

Was halten Seine Exzellenz von der „Schönen Melusine", eine Wassermusik? Meine erste Geigerin und Klarinettistin dürfen Ihnen einige Motive anspielen? Man kann auch gefällig dazu tanzen.

Mendelssohn machte nun den Seelenarzt und Tanzlehrer. Und unsere tollen Musikerinnen hier intonierten etwas zwischen Zirkus und hoher Kunst, das wirklich lustig war und den garstigen Redern in einen Menschen verwandelte. Nur dass er noch auf einem Militärmarsch bestand. Heiterer Abgang. Nach der Pause, ach, da seid ihr ja" - Sylwia und Hendryk traten als letzte ein -, „nach der Pause hörten wir ein tief trauriges und wunderschönes Gedicht von Jan Brzechwa. Es geht um die Tiere, die außerhalb des Wassers in der Welt etwas Besseres finden wollen, aber nur Pech haben, so ähnlich wie die Bremer Stadtmusikanten, aber viel trauriger."

Die Instrumente wurden noch einmal hervorgeholt, Sylwia und Hendryk hatten angestoßen und sich gesammelt und sangen, besser rapten nun auf Polnisch und Deutsch Brzechwas Gedicht:

Ryby, żaby i raki

Ryby, żaby i raki

Raz wpadły na pomysł taki,

Żeby opuścić staw, siąść pod drzewem

I zacząć zarabiać śpiewem.

No, ale cóż, kiedy ryby

Śpiewały tylko na niby,

Żaby

Na aby-aby,

A rak

Byle jak.

Karp wydął żałośnie skrzele:

„Słuchajcie mnie przyjaciele,

Mam sposób zupełnie prosty -

Zacznijmy budować mosty!"

No, ale cóż, kiedy ryby

Budowały tylko na niby,
Żaby
Na aby-aby,
A rak
Byle jak.

Rak tedy rzecze: „Rodacy,
Musimy się wziąć do pracy,
Mam pomysł zupełnie nowy -
Zacznijmy kuć podkowy!"
No, ale cóż, kiedy ryby
Kuły tylko na niby,
Żaby
Na aby-aby,
A rak
Byle jak.

Odezwie się więc ropucha:
„Straszna u nas posucha,
Coś zróbmy, coś zaróbmy,
Trochę żywności kupmy!
Jest sposób, ja wam mówię,
Zacznijmy szyć obuwie!"

141

No, ale cóż, kiedy ryby
Szyły tylko na niby,
Żaby
Na aby-aby,
A rak
Byle jak.

Lin wreszcie tak powiada:
„Czeka nas tu zagłada,
Opuściliśmy staw przeciw prawu -
Musimy wrócić do stawu".
I poszły. Lecz na ich szkodę
Ludzie spuścili wodę.
Ryby w płacz, reszta też, lecz czy łzami
Zapełni się staw? Zważcie sami,
Zwłaszcza że przecież ryby
Płakały tylko na niby,
Żaby
Na aby-aby,
A rak
Byle jak.

Die Fische, Frösche und Krebse

Die Fische, Frösche und Krebse
fielen einst auf die Ideepse,
den Teich zu lassen, unterm Baum Platz zu fassen
und singend an Geld zu kommen.
Nun aber, was soll es frommen,
die Fische sangen nur stumm,
die Frösche wie immer dumm
und der Krebs
krebste rum.

Der Karpfen blies jammernd die Kiemen.
„Wenn's so steht, hört mich an, ihr Lieben.
Mein Vorschlag ohn alle Tücke -
auf geht's, wir baun eine Brücke.
Nun aber, was soll es frommen,
Die Fische bauten beklommen,
die Frösche wie immer dumm
und der Krebs
krebste rum.

Nun aber sprach er: „Landsleute,

zur Arbeit folgt mir noch heute.

Wir starten in neuen Gleisen

und schmieden erst mal Hufeisen.

Nun aber, was soll es frommen,

die Eisen der Fische nur glommen,

die Frösche wie immer dumm

und der Krebs

krebste rum.

Das Wort ergriff also die Kröte:

„Die Trockenheit bringt uns in Nöte.

Alles muss drauf hinauslaufen,

uns Lebensmittel zu kaufen.

Wenn wir es bei Lichte besehen,

so sollten wir Schuhe mal nähen.

Nun aber, was soll es frommen,

Die Fische stichelten krumm,

die Frösche wie immer dumm

und der Krebs

krebste rum.

Die Schleie traf endlich auf Bill'gung,

sie warnte vor aller Austilgung.

„Wie konnten den Teich wir verlassen?

Ich predige Umkehr zum Nassen."

So kam's. Doch wie musst' sie's verdrießen,

längst Leute das Wasser ausließen.

Die Fische weinten, auch der Rest. Doch ob mit Tränen

der Teich sich füllt, wer wollte wähnen?

Besonders da doch die Fische

nur so taten, als ob man plische.

Die Frösche wie immer dumm

und der Krebs

krebste rum.

„Schwarzer Humor, schön vorgetragen. So habt ihr das Nazi-Thema aufgegeben?"

„Nein, sagte Sylwia, es geht ja um Vernichtung, aber verpackt in einem Kindergedicht".

„Im zweiten Teil haben unsere Musikerinnen zusammen mit den sangesstarken Schauspielern ein Liederpotpourri von Mendelssohn dargeboten. Es klang wunderbar über den

See, trotz der Stettiner Autobahn in Sicht- und Hörweite, erst zwei Lieder ohne Worte, „Spinnerlied", Frühlingslied", dann gesungen: die „Melusine", „Meeresstille", „O Täler weit, o Höhen" und Heines „Leise zieht durch mein Gemüte liebliches Geläute". Einige haben mitgesungen, es gab warmen Applaus."

„Wo man singt, da lass dich ruhig nieder, böse Menschen haben keine Lieder?"

„Na doch, böse Menschen haben böse Lieder, oder sie singen herzinnige Weisen und bringen danach Leute um oder umgekehrt. Die Romantiker haben für sich die Sehnsucht, die Einbildung und die Selbstsuggestion entdeckt, mit allen Gefahren des Wahnsinns und der Verführung. Aber die innere Welt gibt es doch so gut wie die äußere. Man ist ja auch nicht aus dem Schneider, wenn man nicht singt und sein Gemüt verdorren lässt."

„Das stimmt, aber Heine war es ja auch schon zu viel mit dem Rosenrot, der Tulpenwange und dem Frühlingswehen, all den Chiffren für eine Welt irgendwo, in der sich alles rundet."

„Und er endete sein Frühlingslied doch mit den Versen:

„Mein Herz ist so klug und witzig und verblutet in meiner Brust." "

„Du hast recht, Ariane. Ich gebe jeden Widerstand auf gegen den Frühling und die Liebe, aber sie mögen auch kommen!"

Der Frühling

Der Frühling kam wie ein Löwe. Er brauste gewaltig, zauste die trockenen Gräser und trieb die welken Stengel durch die Luft. Was zu früh hervorspross, wurde zertreten. Der Frühling war ein launischer Herr. Er ließ den Winter noch am Leben, sofern er die neue Macht anerkannte und sich niederwerfend an den Boden krallte, besonders in den Nächten. Dann aber, ohne Ankündigung, jagte er den Winter mit warmen Wogen davon, als sei nichts gewesen, und lachte wiehernd. Unberechenbar war er, und nur die Lebewesen fühlten sich wohl, die aufs Rechnen verzichteten, die Ahörner und Löwenzähne, die Millionen von Samen auf den Boden streuen, ohne Rücksicht auf Verluste. Auch die Kaninchen vermehrten sich in doppelten Trachten und waren glücklich. Aber schon die Vogelmütter fragten sich bänglich, ob es denn ratsam sei, bereits mit dem Brüten zu beginnen.

Er schaute regelmäßig auch nach den Temperaturen in Norditalien, die schon über 20 Grad kletterten. Zwei-, dreimal hatte er Doppelbriefe an die Schwestern geschickt. Sie zu schreiben ging über seine Kraft, denn er wollte keine durch eine Unaufmerksamkeit verstimmen oder verletzen. Dann ließ er es. Auch der Gott der Bibel hatte sich ja nicht in gleicher Weise um seine Söhne gekümmert, den Abel bevorzugte er, den Kain ließ er fallen.

Vera und Fina antworteten auf ihre je eigene Weise. Von Fina erhielt er einen einzigen, aber langen Brief über ihre gemeinsame Fahrt nach Bologna.

„Wir gingen auf den städtischen Friedhof, zum Grab der Eltern, und hielten Zwiesprache mit ihnen. Der Vater schaute aus dem bekannten Foto auf uns herab, stolz und trotzig, mit dem Parteiabzeichen am Revers. So fest hat er im Moment seines Todes bestimmt nicht ausgeschaut. Die Mutter wie immer mit ihrem besorgten Blick, ein wenig vorwurfsvoll, warum sie gerade an diesen unerbittlichen Mann geraten musste, und ängstlich nach links und rechts blinzelnd, was die anderen Leute wohl denken würden. Jetzt war das nicht mehr nötig, uns zumindest sagten die Namen und Fotos auf den Platten der Nachbartomben nichts. Hatten sich die Eltern geliebt? Eine gewisse Zeit wohl schon, zu Beginn und bis zu Veras Geburt. Als ich kam, war es schon zuende. Vera umarmte mich und sagte, eigentlich hätte ich dir von dieser Liebe, von dieser Flamme abgeben müssen, aber ich habe nur an mich gedacht. Ach, Schwesterchen, dafür haben sich später die Mama und ich zusammengeschlossen, mach dir keine Vorwürfe, es hat wohl so kommen müssen.

Beim Friedhofswärter haben wir die Grabstätte auf weitere zehn Jahre verlängert. Wozu das, fragte er uns verbittert. Ich habe euren Vater, den compagno Giuseppe, gut gekannt, wie viele Entbehrungen, wie viele Kämpfe haben wir gemeinsam durchgestanden, heute ist das, als wäre es nie gewesen, niemandem sagt es mehr etwas, a nessuno. Wir versuchten den Alten zu trösten. Siete brave, sagte er uns zum Abschied. Wir wissen nicht, was die nächsten Menschen anderen bedeuten, wir schauen fast nur auf uns selbst.

Dann besuchten wir Mutters Schwester, Tante Brina. Sie machte uns Vorwürfe, dass wir nicht bei ihr übernachteten, dabei hat sie nur eine winzige Wohnung. Sie lebt allein, ihr Sohn ist auch in Libyen, meldet sich selten. Die italienischen Familien sind auseinandergefallen, und wir haben es gar nicht gemerkt. Ein paar freundliche Nachbarn kochen ab und zu für sie, kaufen ein, kümmern sich um sie. Wir fühlten uns unbehaglich, als wir sie begrüßten. Stell dir vor, Tante Brina erzählte uns, dass die Mama eine Zeitlang ein Verhältnis mit einem Lehrer meiner Schule hatte. Vater habe es gewusst und darüber hinweg geschaut, vielleicht als Wiedergutmachung für die Zumutungen, die er Mutter abverlangte. Vielleicht war er sogar geschmeichelt durch die Verbindung zu einem uomo borghese. Fahre nicht in dein Dorf zurück, frage nicht nach, Du könntest mehr erfahren, als dir lieb ist. Also war Vaters Blick gar nicht so egoman, und die Mutter nicht so passiv. Aber vor uns, den dummen Kindern, haben sie alles verborgen. Jetzt können sie damit weitere zehn Jahre in ihrem Kasten klar kommen.

Du kannst Bologna nicht wiedererkennen, und dabei ist das doch eine konservative, altkommunistische Stadt. Wir sind unsere Schulwege nachgegangen, aber schon die Bordsteine sind anders, so neu und scharfkantig, die Kinder werden jetzt mit dem Auto gefahren, sie treten sie nicht mehr ab. Es gibt sogar Fahrradwege. Vera zeigte mir den Ort ihres ersten Kusses, den Baum im Park gibt es noch. Nicht aber meine Bar mit dem Spielautomaten. Entschuldige meine nostalgischen Anwandlungen. Alles war so bedeutsam für uns, wir wollten so vieles nachholen und verstehen. Wir haben sogar in einem Bett geschlafen, wie richtige Schwestern. Wir haben über vieles gesprochen, auch über Dich, aber davon wird Dir Vera vielleicht berichten. Ich möchte Dir nur schreiben, was für ein Glücksfall es war, dass Du nach Alessandria gekommen bist, und schicke Dir mille baci. Fina."

Wladimir Bereschkow

Die Zwischenprüfung in der Schauspielschule Ernst Busch bescherte der Truppe zwei spielfreie Sonntage. Nun hatte er jedoch einen Anruf seines alten Freundes Johannes bekommen.

„Ich suche für einen Liedermacher kurzfristig einen Auftrittsort. Du hast doch Kontakt zu einem Café bei dir in der Nähe. Wir brauchen circa fünfzig bis achtzig Plätze, sonst lohnt es sich nicht. Klavier ist nicht erforderlich, er bringt seine Gitarre mit."

Johannes hatte in der Sowjetunion Biochemie studiert und seither immer engen Kontakt zu diesem in jeder Hinsicht überwältigenden Land gehalten. So war er auf Umwegen, neben seinen Vorlesungen über die Genetik der Ackerschmalwand, zum Impressario für den „Pierwy Krug", den „Ersten Kreis" Moskauer Sänger und Dichter in der Nachfolge der Dissidenten der Fünfziger und Sechziger Jahre geworden. Die Veranstaltungen waren oft „Küchenkonzerte" mit Getränken und Zubiss und freiwilligen Spenden.

Ariane und Fritz waren einverstanden. Klappstühle wurden organisiert und zwei große Töpfe für eine Suppe. Plakate mussten schnell geschrieben werden, was aber Kopfzerbrechen bereitete. „Ein russischer Liedernachmittag" hätte falsche Erwartungen geweckt. Die Sowjetnostalgie war wegen der einstigen Kasernen und Grenztruppen hier am nördlichen Rand der Hauptstadt immer noch beträchtlich, wovon die regelmäßig gastierenden Don-Kosaken und Armee-Chöre profitierten. Also entschieden sie sich für „Leiden an Russland", was immer noch Spielraum ließ für eine breite Teilnahme.

Wladimir Bereschkow trug die Gitarrentasche auf dem Rücken, so hatte er die Hände frei zum Gestikulieren beim Gehen, um andere Hände zu schütteln, um ein Glas und eine Zigarette halten zu können. Seine Lederjacke war bis oben geschlossen, er wusste, dass man sich schützen musste. Äußere Zeichen seiner Individualität, gar Posen oder Attitüden, gab es nicht. Er bekannte, einer von vielen zu sein, und drückte sich nur in seiner Musik aus.

Für ein Konzert war es an diesem Sonntagnachmittag noch früh. Kein Mond konnte dem Sänger beistehen, er und sein Publikum wurden noch nicht durch die Nacht oder durch Kerzenlicht miteinander vergemeinschaftet. Man wartete noch eine halbe Stunde, bis der Raum gefüllt war. Aber wie sollte man anfangen, wo draußen die Spaziergänger noch ihre Hündchen ausführten?

Johannes war jedoch vorbereitet. Er stellte Bereschkow vor

und begann dann eine kurze Erzählung von Alexander Galich, „Neujahrsphantasmagorie", vorzulesen, in der es um eine ähnliche Situation geht, um die Erwartung, die Weigerung und die Bereitschaft, die Rolle des Künstlers auszufüllen.

In einem reichen Petrograder Haus ist in der Neujahrsnacht der Tisch mit einem Spanferkel gedeckt, getrunken wurde schon viel, aber vor dem Mahl wird ein Künstler verlangt, das Tieropfer durch einen sublimen Beitrag zu segnen. Statt ein Lied vorzutragen, schiebt der bedrängte Künstler jedoch das Spanferkel zur Seite und legt sich selbst an dessen Stelle auf das Tablett mit Gelee und steckt sich die papierne Rose in den Mund. Durch Gelächter wird die Szene zum Spaß erklärt, und die „teufelnochmal nette" Hausherrin küsst ihn und leckt ihm das Gelee von der Wange. Und während draußen im knarrenden Frost der Schatten Christi vorbeigeht, überlegen die Gäste, ob man den Künstler nun anschneiden sollte.

Bereschkow sang nun zur Begrüßung des Publikums und des Frühlings sein Lied nach dem berühmten Gemälde Sawrassows, „Die Krähen sind gekommen".

Die Krähen sind gekommen, doch Trauer liegt über der
Erde,
und an der Kirche, im Himmel schreit der Krähen große
Schar.
Hier breiten sich weglos die Felder im Morast.
Schwächliches Leben schwarz-kranker Sträucher.
Und im zerschlissenen Mantel steh ich im Schnee -
nichts Besseres, das ich zu schauen vermag.

Der Blick befangen und matt, das Jahrhundert geht seinem
Ende zu.
Mag der Herrgott anderen gewähren, machtvollen
Flügelschlag
zu malen statt der Krähen auf dem Feld.
Solche wie ich zieren die Erde nicht,
solche wie ich verlängern nicht ihrer Tage Frist.
Nicht Väter, nicht Ehemänner - gottseidank sind wir allein.

Wortlos bleibt das erschöpfte Motiv -
wie das Handwerk, dem ich mich verschrieben.
Und lästig mir, flüstert der Freund meinen Namen
und sucht des Nachts die Furcht zu vergessen.

Und der Makel des Erbes harrt im Glas auf dem Tisch -
und solche wie ich werden nicht gebraucht auf der Welt.

Die Krähen sind gekommen, doch Trauer liegt über der
Erde,
und an der Kirche, im Himmel schreit der Krähen große
Schar.
Hier breiten sich weglos die Felder im Morast.
Schwächliches Leben schwarz-kranker Sträucher.
Und im zerschlissenen Mantel steh ich im Schnee -
nichts Besseres, das ich zu schauen vermag.

Dass Publikum klatschte befreit. Nach dem makabren Bild
von Galich hatte der Sänger es mit der munteren Melodie
des Mannes im abgerissnen Mantel gewonnen. Die schwarze Gegenwart des Textes ließ es aber fraglich erscheinen,
ob der Mann nochmal an den Frühling glauben könnte.
Dann nahm Bereschkow das Publikum mit auf eine Reise
durch sein Russland und auf eine Zeitreise seines Lebens.
Er begann mit der „Kirche in Kadaschi" bei Moskau, wo er
sich jung und voller Träume mit Freunden unter einer Ar-
kade getroffen und süßen roten Wein getrunken hatte, „wer
ahnte schon, dass alles schlimmer werden würde".

Dann der Blick von der Brücke „an der Bahnstation Tajninka, am Jausa-Fluss": er traut seinen Augen nicht, unter ihm schwimmt eine Schar Wildenten schaukelnd durch den Fluß, der doch nur eine einzige Öllache ist, wo das Strauchwerk kränklich am Wege zittert. Die Enten bleiben gleichgültig, nein, seine Brotkrumen nehmen sie nicht an, „an der Bahnstation Tajninka, am Jausa-Fluss".

Irgendwann fand er sich in einem „Provinzstädtchen" wieder, in seiner gelben Fabrik, in der er sich des Nachts stets auf Neue verirrt. Die Stadt ist jetzt nur ein „Krähwinkel, des hiesigen Landstrichs Kapitale", aber einst war sie die erste unter allen andern. Doch ihren Widersachern „im granitnen Kleid" ist es gelungen, Stein auf Stein ihr fortzunehmen. Melancholisch schaut er auf die gelbe Fabrik und auf die eingerüstete Kirche.

Alle Lieder waren herzzerreißend schön gesungen, in dieser slawischen Nicht-Unterschiedenheit von Dur und Moll, mit einem oft rauhen, ja schartigen Anreißen der Saiten.

Zum Abschluss sang er sein Glaubensbekenntnis: „Solominka, der Strohhalm".

Nichts Einfacheres, nichts Gewöhnlicheres gibt es,

Beginn allen Beginnens – Klang über die Erde hin:

Schmerzensschrei, Atemstoß, verdichtet und vertraut,

doch ohne ihn wär's, als fehlte das Salz auf dem Tisch.

Er ist dem Menschen gegeben, von Gott, mit seinem ersten
Atemzug,
und alles was nicht schmerzt, ist tot, wie du's auch nennst,
Ausatmen, ohne Atem zu holen.
Und was uns bleibt, ist der Strohhalm der Liebe.

Und was haben wir nötiger, was ist uns teurer -
Atemholen, ich kann nicht genug davon bekommen,
Lass mir, Herrgott, diesen Strohhalm,
ich halte mich an ihm schon fest.

Was streifen wir, Antwort heischend,
durchs Dickicht dieser Welt,
lausch doch, und hör: Dieselbe Antwort stets
auf alle Fragen,
denn in jedem ist etwas vom Sonnenlicht,
und jeder sucht doch selbst, wie dieses Licht er finde.

Ich reiche dir die Hand – so sei es!
Alles wird gut... Wie alle anderen auch, so atme ich.
Und wenn etwas wehtut, so heißt das doch, es heilt.
Strohhalm, Saite, die ich greife.

Was auch das Schicksal uns noch bereiten mag -
Atemholen, ich kann nicht genug davon bekommen.
Lass mir, Herrgott, diesen Strohhalm,
ich halte mich an ihm schon fest.

Viele der anwesenden Russen hatten Tränen in den Augen, den anderen half, dass sie die Sprache nicht verstanden und die vorgetragenen Übersetzungen nicht so schnell auffassen konnten. Und doch waren alle ergriffen und spendeten lebhaften Beifall. Natürlich ließ man Bereschkow nicht ohne Zugabe ziehen. Er sang zu Ehren einer befreundeten Dichterin und Sängerin, Wera Matweewa, die bereits 1976 mit nur einunddreißig Jahren verstorben war.

Obwohl es eine ganz andere Person war, trafen ihn die zufällige Namensgleichheit und das dadurch aufgeladene Lied tief.

Wera

Stachlig das Gras und spröde,

durchsichtig die Sonne und fahl,

und jenseits der Hügel schwer die Luft,

Rauch steigt auf überm Wald.

Hier ziehn im Herbst die Wolken übern Himmel,

hier verfehlen wir einander ...

Der Weg verliert sich in der Wintersaat,

und ein später Vogel am Himmel,

fliegt und fliegt, ohne zu verstummen.

Habt mich lieb

solang ich am Leben bin,

solang nicht allein

Stimme und Worte von mir geblieben ...

Russland dehnt sich wie ein Weg -

mögen sich die Wanderer nur nicht verlier'n ...

Der Waldesrain, wie lange noch

gehört er uns, bevor ihn Rauch durchweht?

Mögen euch viele Tage beschieden sein,

vom Allmächtigen euch zugeteilt ...

Näher kommt der Rauch über die Hügel,

der Wind nimmt zu und bläst kälter,

und über uns der Vögel so wenige ...

Habt mich lieb

solang ich am Leben bin,

solang nicht allein

Stimme und Worte von mir geblieben ...

Um ihn herum sprangen alle zum Schlussapplaus für Bereschkow auf.

Er war so ergriffen, dass er sitzen blieb. Ihm war, als habe Bereschkow für ihn und für Vera, seine Vera, gesungen. Im allgemeinen Durcheinander bemerkte niemand, dass er nach draußen eilte, obwohl er doch zu den Mitveranstaltern gehörte und zum Gelingen der anschließenden Feier beitragen musste. Er lief die Straße zur Briese hinunter, er suchte die Einsamkeit in den Sumpfwiesen. „Habt mich lieb, solang ich am Leben bin", klang der Refrain immer und immer wieder in ihm nach, „solang nicht allein Stimme und Worte von mir geblieben, habt mich lieb". Sein Nasenbein schmerzte, vielleicht war die Wunde aufgeplatzt, bestimmt sogar.

Er wollte Vera sofort anrufen, hatte schon ihre Nummer aufgerufen, dann ließ er es. Sie war ja nicht wie er in der Aufwallung, in dem Gefühlsbad dieser Musik untergetaucht. Sie könnte ihn vielleicht gar nicht verstehen, und dies gäbe einen nicht mehr zu kittenden Riss. Schreiben, ja, das würde er ihr.

Er kehrte zum Kaffeehaus zurück. Johannes hatte nach ihm gefragt, sich dann näher mit Ariane unterhalten, wobei er Bereschkow simultan übersetzte. Das 66-Seen-Projekt interessierte beide sehr. Könnte man so etwas nicht auf dem Datschen-Ring rund um Moskau wiederholen, und die Berliner könnten mit ein, zwei Auftritten gastieren, an der Wolokolamsker Chaussee mit dem Stillstand des deutschen Angriffs oder bei Napoleons Scheitern in Borodino?

„Nein, wir wollen nicht immer nur die Verbrechen unserer Väter nachspielen", protestierte der Rotschopf, „gibt es denn keine positiven Geschichten der Deutschen in und um Moskau?"

„Außer Seumes Wanderung von St. Petersburg nach Moskau fällt mir da nichts ein", schaltete er sich jetzt in die Unterhaltung ein.

„Das gibt aber theatralisch wenig her, oder hat er etwas Spannendes erlebt?"

„Soviel ich weiß", antwortete Johannes, „ist er gar nicht gewandert, sondern mit der Kutsche gereist. Das wird die Datschniki nicht von den Stühlen reißen."

„Dann lasst uns eine Geschichte erfinden", rief Ariane. „Also, ein bislang unbekannter Sohn des Stauferkönigs Friedrich, nennen wir ihn Johannes, entgeht dem Gemetzel in Italien und wendet sich, verlockt durch die Erzählungen von der fremdartigen Schönheit der Prinzessin Kubila, Tochter des Großkhans Batu an der Wolga, nach Nordosten."

Bereschkow, dem der Stauferprinz Johannes inzwischen übersetzt hatte, übernahm den Geschichtsfaden: „Am Peipussee traf Johannes auf Alexander Newski, der ihn vor Kubilas Verstellungskünsten warnte: Vor allem musst du dich russifizieren, sonst nimmt sie dich nicht ernst. Von Stund an heißt du Iwan."

Das rief Hendryk auf den Plan: „In Wahrheit wollte Alexander den Staufer ausschalten und in eine Falle locken, denn einem Iwan hätte der Großkhan sofort den Kopf abgeschlagen. Die Geschichte trug sich ganz anders zu. Mein Namenspatron, der Piastenfürst Hendryk III. von Schlesien ist auf der Walstatt bei Liegnitz gar nicht vom Großkhan Batu getötet, sondern gefangengenommen worden. Dieser versprach ihm das Leben und die Herrschaft über Asien, wenn er seine Ehe annulieren und seine Tochter Kubila heirateten würde. In der mongolischen Zeltstadt an der Moskwa trafen sich alle Beteiligten zur Entscheidung."

„Das stimmt", sagte Bereschkow, „das war in Kitaigorod, der „Chinesenstadt" im heutigen Kreml."

„Moment mal", intervenierte Ariane, „ich muss erst mal Ordnung in eure Männerphantasien bringen. Also Alexander Newski, der Staufer Johannes alias Iwan und der gefangene Piast Hendryk rivalisieren in Moskau um die Hand Kubilas, der Tochter des Großkhans Batu? Und wie fällt die Entscheidung? Für die Darstellung wären Fechtkämpfe sehr gut, alternativ Reiten ohne Sattel, sehr schlecht dagegen Ausschaltung durch Giftmord."

„Nein, ich möchte nicht, dass Kubila nur passiv auf ihren Buhlen warten soll", wandte Sylwia ein. „Sie könnte ja in Männerkleidung ihre Bewerber im Turnier herausfordern."

„Einverstanden", sagte Bereschkow, „dann tippe ich auf Alexander Newski. Bei Eisenstein ist er so ein schneidiger, siegesstarker Held."

„Aber er müsste als Sieger meinen Hendryk zu mir nach Schlesien zurückkehren lassen."

„Und mein Johannes-Iwan, was wird aus ihm?" wollte Ariane wissen.

„Der geht in den Wald", erklärte der Angesprochene, „wird Hungerkünstler, schreibt das Iwan-Lied und gründet ein arianisches Höhlenkloster."

Ariane setzte den Schlusspunkt: „Für Mönche und Nonnen, und am Ende gibt es eine Massenhochzeit und der Vorhang fällt!"

Liebe Vera,

es ist kurz vor Mitternacht, aber ich muss Dir heute noch schreiben. Wie sehr habe ich bedauert, dass Du nicht dabeiwarst. Es gab im Kaffeehaus ein Gitarrenkonzert eines russischen Sängers. Ob er Deinem Vater gefallen hätte, kann ich nicht sagen. Er gehörte schon zu den oppositionellen jungen Leuten in der SU der Breschnew-Zeit. Aber ich bin sicher, dass er Dir gefallen hätte. Du weißt, dass ich Francesco Guccini mag und Fabbrizio de Andre, aber Bereschkows Musik ist durch andere Höllen gegangen. Jedes Lied eine Aufbahrung dieser geschundenen und getöteten Seelen. Ich glaube sogar, dass die Apparatschiks, die noch einen Funken Gefühl hinter ihrem Koppelschloss haben, heimlich seine Lieder hören und denken, wir sind so böse, aber wenn wir solche Gegner mit einer solch herzensweiten Musik produzieren, dann gibt es vielleicht einen Gott, der sogar uns noch retten kann. Alle, die gelitten und in Verzweiflung getrieben wurden, leben in den Liedern weiter. Und hinter der Schönheit jedes Birkenzweigs die Klage darüber, dass die Freude daran einem lebenshungrigen Menschen genommen wurde.

Ein Lied hat mich, natürlich, besonders erschüttert. Es heißt „Wera" und ist der befreundeten Sängerin Wera Matweewa gewidmet, die nur einunddreißig Jahre alt in den siebziger Jahren gestorben ist. Ich weiß nichts über sie. War sie im Lager? Litt sie an Asthma oder Tuberkulose? „Jenseits der Hügel schwer die Luft" heißt es im Lied. Liebte sie die Berge, die für sie unerreichbar wurden? Von ihrem Sterbebett aus segnete sie die Freunde: „Mögen euch viele Tage beschieden sein, vom Allmächtigen euch zugeteilt ..."

Einer musste nachher den superklugen Kritiker spielen: Da haben wir sie, die deutsche Russland-Sentimentalität. Sie wollen ihre vertrockneten Seelen, vielleicht auch reine Leere, im archaischen russischen Gefühlsbagno auffrischen. Unreife Kunst, Schnee von vorgestern.

Ich war schon aufgesprungen, und die anderen sagten mir, dass ihnen jetzt erst aufgefallen war, dass das Blut durch meinen Nasenverband gesickert war. Aber statt meiner gab Johannes, ein Freund, ihm die Antwort: Es gibt gar keine reine Kunst, und der Schnee von vorgestern kommt als Schnee von morgen zurück.

Ich weiß, dass dieser Brief eine Woche braucht. Aber ich habe mich nicht getraut, Dir meine Stimmung sofort am Telefon mitzuteilen.

Trotz Schmerzmittel, meine Angestellte würde mich ausschimpfen, habe ich etwas getrunken (vom Morphin bin ich allerdings längst runter), aber mein Gefühl ist jetzt ganz ungetrübt, und ich schreibe Dir den Refrain aus Bereschkows Lied als meine aufrichtigsten Worte:

Hab mich lieb solang ich am Leben bin!

Ti amo.

Strausberg

Jede Woche vergeht, auch die zäheste. Ariane merkte, dass mit ihm etwas nicht stimmte. Wenn sie ursächlich schon nicht helfen konnte, wollte sie ihn wenigstens von sich ablenken und drängte ihn zu Szenentexten für den Strausberger See. Widerwillig fand er sich zu einem Erkundungsausflug bereit. Außer der NVA-Auflösung fiel ihm zu Strausberg rein gar nichts ein, vielleicht gab die Natur vor Ort etwas her.

„Wir steigen am Alexanderplatz in die S-Bahn, schöner ist zwar der Weg über Bernau und Werneuchen, aber die literarisch ergiebigere Verbindung zwischen Berlin und Strausberg verläuft weiter südlich."

Sie war gut vorbereitet. An der Jannowitzbrücke zog sie Fontanes „Vor dem Sturm" hervor.

„Stell dir jetzt bitte einen schön verschneiten, frostklaren Heiligabend unter der napoleonischen Besatzung, so um 1810, vor. Unser Held Lewin von Vitzewitz macht sich abends mit Krist, dem Kutscher seines Vaters, in einem einfachen Schlitten auf den Weg von der Klosterstraße in Berlin zu den Eltern nach Hohen-Vietz im Oderbruch. Am Frankfurter Tor lassen sie die Stadt mit dem wärmenden Kerzenglanz in den Fenstern hinter sich und fahren durch immer einsamere Gegend auf Friedrichsfelde zu. In Bollensdorf südlich Neuenhagen ist Ausspann beim Krüger, für Lewin Zeit zu einem kurzen Gang hinüber zur Dorfkirche, wo er die Verse eines Grabsteines entziffert: „Sie schwingt die Siegesfahne / Auf güldnem Himmelsplane / Und kann auf Sternen gehn". Die Sterne leuchten unterwegs. Hinter der Petershagener Mühle schläft Lewin ein und träumt von der verführerischen Kathinka, die ihn aber mutwillig mit einem Fächer vor den Kopf stößt, so dass er Zuflucht bei den auf eine andere gemünzten Worten sucht: „Und kann auf Sternen gehn". Jetzt kannst du dir den ganzen Roman zusammenreimen. Als er aufwacht, sind sie schon im Oderbruch. Irgendwo in der Amnesie dazwischen liegt unser Ziel- und Spielort Strausberg. Nun mach etwas daraus. Ach, Frau Griebsch hat mir noch etwas in Prittwitz' „Wanderbuch" angestrichen, das kann ich dir noch vorlesen, bis wir da sind: „Als das Oderbruch im 18. Jahrhundert trockengelegt wurde, konnte auf den riesigen Weideflächen Rindvieh in großer Zahl gezüchtet werden. Dies wurde jedes Jahr der preußischen Hauptstadt zugetrieben, die um 1800 immerhin schon 170 000 Einwohner hatte. Das Vieh wurde aus allen Teilen des Bruchs in der Nähe von Gusow zusammengetrieben; von dort ging es über Platkow,

Wulkow, Hermersdorf, Buckow, Sieversdorf, Strausberg und Alt-Landsberg nach Berlin. Diese Viehtrift ist über weite Strecken noch erhalten."

Klingt das nicht phantastisch, ein riesiger cow-trail nach Berlin?"

„Ah, deshalb befanden sich früher große Schlachthöfe hinter dem Alex."

„Und noch einen Transportweg hat Frau Griebsch bei Prittwitz entdeckt. Vor der Verlegung verlief die Oder in einem Bogen an Wriezen vorbei, und die dortigen Fischer lieferten auf einem Weg durch den „Blumenthal", ein dichtes Waldgebiet nördlich von Strausberg, bis nach Berlin aus. Prittwitz schreibt:

„Wir laufen jetzt auf einem der ältesten Wege durch die Mark Brandenburg, der 'Alten Berliner Straße', die den Fischhändlern von Wriezen dazu diente, ihre Waren möglichst schnell und frisch nach Berlin zu bringen. Auf dieser Straße fuhren die Fischknechte die Fische in Fässern auf Schubkarren durch den Wald."

„Wie romantisch, da wird bestimmt in finsterer Nacht mal der Deckel aufgesprungen sein und eine Odernixe den verdutzten Fischerburschen in den Straussee oder den Gamensee hinab gezogen haben."

171

Sie liefen vom S-Bahnhof eine Runde durch die Strausberger Altstadt, durch den Fischerkiez mit Rathaus und St. Marien bis zum Fähranleger. Auf der benachbarten Uferpromenade am Fichteplatz würden der Theaterwagen und der Ponton postiert. Die Fähre war bereit zum Ablegen, und sie fuhren die schmale Querung auf die andere Seeseite. Als sie sich nun nach der Stadt umwandten, überfiel ihn ein Déjà-vu.

„Jetzt erinnere ich mich, dass ich schon einmal hier war. Es war im Winter, noch vor der Wende, ein langanhaltend kalter Winter, Dorothea und ich wollten Johannes in Ost-Berlin besuchen und endlich einmal den Müggelsee kennenlernen. Er konnte jedoch aus irgendwelchen Gründen nicht, nötigte Dorothea aber gegen den eisigen Wind seine Fuchstschapka auf. Im Wintergrau und den damaligen Abgasschleiern dehnte sich die schneebedeckte Seefläche wirklich unabsehbar. Wir standen auf dem Eis des Müggelsees, Dorothea schrieb mit einem Rohrstengel Ort und Datum in den Schnee und ich fotografierte sie zum Beweis mit dem Rohrkolben in der Hand und der Tschapka auf dem Kopf. Es herrschten bestimmt minus 20 Grad, wir kamen uns vor wie an der Angara. Tatsächlich fiel dann auch die S-Bahn aus. Wir fanden uns in einem Bus wieder, der aber nach Norden, eben hier nach Strausberg fuhr. Durch die hellklirrenden Wintergeräusche angelockt, kamen wir hier ans Ufer, wo die Leute im Laternenlicht in Scharen auf dem Eis Schlittschuh liefen, so fröhlich, wie wir es vorher und nachher in der DDR nicht mehr erlebt haben. Dorothea hatte gerade eine Seminararbeit über Brockes und Klopstock abgegeben und deklamierte jetzt über die große Kälte in Hamburg und über die Winterwonnen, auf Wasserkothurnen über den Zürcher See und in Fannys Arme zu gleiten. Weit nach Mitternacht knurrten die Zerberusse an der Friedrichstraße zwar, ließen uns aber ziehen, ohne erneut Münzen in den Rachen zu fordern. Wir haben uns am nächsten Tag dann sofort Schlittschuhe für unseren Schlachtensee zugelegt. Johannes' Tschapka ist übrigens bei uns geblieben und bekrönte als ein Stück Sibirien jahrelang den Garderobenständer ihrer West-Berliner Studentenwohnung."

„Schon als du sagtest, dass dir zu Strausberg rein gar nichts einfiele, habe ich mich an meinen immer dann hellhörigen Psychoanalytiker erinnert."

„Du hast eine Analyse gemacht?"

„Ohne Analyse hätte ich das Scheitern meiner Schauspielpläne wohl nicht überlebt. Und ich hatte das Glück, an

173

einen klugen zu geraten."

„Ich bewundere dich auch, Ariane, wie gut du den ganzen Haufen zusammenhälst. Das verlangt ja viele Einzel- und Gruppenanalysen, und ich bin einer der Profiteure."

„Jetzt kein Gerede, sondern Butter bei die Fische, sonst ab mit dir in den Gamengrund. Am Sonntag müssen wir auftreten, bis morgen Abend musst du ein Konzept vorlegen, bis übermorgen Abend die Endfassung. Was kann ich jetzt schon an die Requisite weiterreichen?"

„Hm, also, Feldzeichen, preußische Offiziers- und Mannschaftsuniformen, friderizianisch, dazu eine elegante sächsische Damenrobe mit Perücke, und ein Wolfskostüm, im „Blumenthal" soll ja wieder ein Wolfsrudel leben, und, ach, wie konnte ich es vergessen, biegsame Ruten für eine preußische Analyse."

Am anderen Tag meldete er Ariane, was er zum Textgerüst zusammentragen konnte.

„Strausberg war eine alte Garnisonsstadt im Hinterland von Küstrin, der wichtigsten preußischen Festung an der Oder. Da liegt es nahe, die problematische Militärgeschichte Preußens aufs Tapet zu bringen. Deren herausgehobenes Kapitel im 18. Jahrhundert, der Siebenjährige Krieg, eignet sich aber nicht, um in den davon abgeleiteten preußischen Tugenden und Untugenden unmittelbar die Verbrechen der Nazi-Diktatur zu verankern. Das Textgerüst würde unter einer solchen Anklage zusammenstürzen und die Anklage selber Schaden nehmen. Andererseits können wir das damalige Trommeln für das freudige Sterben für König und Vaterland nicht ganz von der Verantwortung für die spätere Katastrophe freisprechen. Ich weiß uns keinen Rat."

„Nun, dann überlassen wir mit Brecht dem Publikum den Schluss. Ich habe ein erschütternd-schönes Gedicht in deutscher Sprache von einer jungen Frau, einer Jugendlichen noch, gefunden, die von den Nazis und ihren Helfern in Moldawien ermordet wurde. Wir werden einen Programmzettel drucken und dieses Gedicht dort einlegen. So können die Interessierten es lesen und sich einen Reim zu unserem Spiel darauf machen."

Krieg und Frieden

Unter der martialischen Musik von Preußens Gloria betraten zwei Schauspieler mit Schildern in Form von römischen Feldzeichen, beschriftet mit „Krieg" und „Frieden", rangelnd und kämpfend den Steg zur Pontonbühne auf dem Straussee. Sie kämpften weiter, bis beide ermattet zu Boden sanken. Die Feldzeichen wurden auf der Bühne aufgepflanzt.

Nun kam ein wildes Tier herbeigesprungen und machte sich an den Gefallenen zu schaffen.

Ich bin ein Wolf, man nennt mich böse,
Wenn ich vom Leben Leben löse.
Doch ist's oft Aas, was ich verzehre,
Und ob die Bosheit, meine Ehre,
Bei Euch nicht eh'r zu Hause wäre?

Herden und Weiden schließt Ihr mir ab,
Nennt es human, treibt mich ins Grab.
Der Stall ist heilig, nur Isegrimm
Da draußen mordet er – ach wie schlimm!

Ab, er trollte sich.

Nun wurde der bei Kunersdorf verwundete Major Ewald von Kleist auf einer Bahre hereingetragen.

Adjutant:

Es ging heiß her, Herr Major. Nicht wir ihnen, sie eilten

uns nach und drückten in schweren Eisen den Tod tief

unsern Schädeln ein.

Von Kleist:

Ich spüre den Brand schon im Bein.

Feldscher:

Wir werden den Fuß abnehmen müssen.

Von Kleist:

Den Fuß mir abnehmen? Dann wäre ich ja der „gelähmte

Kranich".

Er richtet sich mühsam auf, von zwei Seiten gestützt, und trägt sein Gedicht vor.

Der gelähmte Kranich
Eine Fabel

Der Herbst entlaubte schon den bunten Hayn,

Und streut aus kalter Luft Reif auf die Flur,

Als am Gestad ein Heer von Kranichen

Zusammen kam, um in ein wirthbar Land,

Jenseits des Meers, zu ziehn. Ein Kranich, den

Des Jägers Pfeil am Fuß getroffen, saß

Allein, betrübt und stumm, und mehrte nicht

Das wilde Lustgeschrey der Schwärmenden,

Und war der laute Spott der frohen Schar.

Ich bin durch meine Schuld nicht lahm, dacht er

In sich gekehrt, ich half so viel als ihr,

Zum Wohl von unserm Staat. Mich trift mit Recht

Spott und Verachtung nicht. Nur ach! wie wirds

Mir auf der Reis ergehn! Mir, dem der Schmertz

Muth und Vermögen raubt zum weiten Flug!

Ich Unglückseeliger, das Waßer wird

Bald mein gewißes Grab! - Warum erschoß

Der Grausame mich nicht! - Indeßen weht

Gewogner Wind vom Land ins Meer. Die Schaar

Beginnt, geordnet, jezt die Reis, und eilt

Mit schnellen Flügeln fort und schreyt für Lust.

Der Kranke nur blieb weit zurück und ruht

Auf Lotos Blättern oft, womit die See

Bestreuet war, und seufzt für Gram und Schmerz. -

Nach vielen Ruhn, sah er das beßre Land,

Den gütgern Himmel, der ihn plötzlich heilt.

Die Fürsicht leitet ihn beglückt dahin,

Und vielen Spöttern ward die Fluth zum Grab.

Ihr, die die schwere Hand des Unglücks drückt,

Ihr Redlichen, die ihr mit Harm erfüllt,

Das Leben oft verwünscht, verzaget nicht,

Und wagt die Reise durch das Leben nur!

Jenseits dem Ufer giebts ein beßer Land,

Gefilde voller Lust erwarten euch!

Minna von Barnhelm, von Franziska geführt, tritt auf, mit einem Brief in der Hand.

Ach, er war so gut. Er nannte sich von Tellheim. Jetzt er-fahre ich seinen wirklichen Namen und seinen Tod. Er woll-te sich den Fuß nicht abnehmen lassen. Dabei hat er doch selbst das Lazarett in Leipzig geführt und vielen auf den Tod kranken Kameraden Mut zugesprochen. Den Feinden konnte er stehen, gegen seine Widersacher war er schutz-los. Er ahnte sein Verhängnis, als er mir schrieb, man wür-de mich nicht um einen abgedankten, in seiner Ehre ge-

kränkten Offizier, einen Krüppel, einen Bettler beneiden.

Ich hätte ihn doch auch als Invaliden mit einem Holzfuß

geliebt. Die Soldatenehre tötet das Soldatenglück.

Einer muss doch dieses Gespenst einmal verlachen. Warum

konnte er dieser nicht sein?

Nun nahm das ganze Ensemble Aufstellung und sang das auf die City Preachers zurückgehende Antikriegslied „Der unbekannte Soldat".

Gebt ihm jeden Namen,

hier liegt nur ein Soldat,

und keiner weiß etwas von ihm.

Er war vielleicht ein Deutscher, ein Spanier aus Madrid,

er kam vielleicht aus London oder Wien,

er war vielleicht Franzose, ein Mann aus der Türkei,

ein Sergeant, der einst aus den Staaten kam,

für die Gräser, für das Laub,

für die Steine und den Staub

kommt es darauf überhaupt nicht mehr an.

Er war uns vielleicht feindlich, vielleicht ein guter Freund,
er war vielleicht ein Jude oder Christ,
vielleicht war er ein Moslem,
vielleicht ein Methodist, er war vielleicht ein indischer
Buddhist.
Er kämpfte für die Freiheit,
vielleicht auch nur um Geld.
Er hatte für die Zukunft seinen Plan,

für die Gräser, für das Laub,
für die Steine und den Staub
kommt es darauf überhaupt nicht mehr an.

Er war vielleicht Minister, vielleicht nur Untertan,
vielleicht war er grad' das, was du heut bist.
Er war vielleicht ein Deutscher, ein Spanier aus Madrid,
er kam vielleicht aus London oder Wien.
Er hatte vielleicht Kinder, die längst erwachsen sind,
er war für eine Frau der einzige Mann, doch

für die Gräser, für das Laub,
für die Steine und den Staub,
kommt es darauf überhaupt nicht mehr an.

Melodie und Rhythmus waren so eingängig, dass sie mit Applaus in die Pause gehen konnten. Zuvor schwärmten sie jedoch noch einmal aus und verteilten Flugblätter mit Gedichten der 1942 in Bessarabien umgebrachten jungen Dichterin Selma Meerbaum-Eisinger, die Ariane sehr am Herzen lag.

Nach der Pause bezogen zwei männliche Paare Stellung auf der Bühne.

Der Kahn der verbitterten Leute

Kronprinz Friedrich:

Lass uns fliehn, liebster Katte!

Premierleutnant von Katte:

Es ist nicht recht, Kronprinz. Bedenkt den Zorn Eures

Vaters.

Friedrich:

Schon jetzt schnürt sein Regiment mir das Leben ab, ich

bin schon jetzt tot in meinem Körper, es kann nicht mehr

schlimmer kommen.

Katte:

Wir haben uns voreinander versprochen. Deinen Vater und

die Welt geht es nichts an. Im Verborgenen blühen die

schönsten Blumen.

Friedrich:

Nein, nicht immer nur luziferisch bei Nacht und Fackel-
schein. Ich will mich offen zu dir bekennen. Du sei mein
Mann. Gehen wir nach Frankreich, ins Land der Freiheit.

Katte:

Ich bin der ältere, ich muss für dich mit bedenken.

Friedrich:

Ach, dir fehlt der Mut, weil du nicht genug liebst.

Jochen Klepper:

Sire, haben Sie Erbarmen, wie Gott es mit uns hat.

König Friedrich Wilhelm I.:

Was will Er, was geht Ihn die Affaire an?

Klepper:

Ich bitte um das Leben Ihres Sohnes, weil ich noch jung bin.
Und als ich so jung wie er jetzt war, ich bekenne es, habe
ich dieselbe Sünde begangen. Es war im Internat in Glogau

König:

Schweige Er! Was gehen mich Seine Schweinereien an.
Hier gilt es Höheres, der Staat steht auf dem Spiel, nicht die
Perversionen einiger Particuliers. Die aber freilich die
Gesunden anstecken können, vor allem meine Armee! Wie
habe ich es mir sauer werden lassen, die Verlotterung von

meinem Vater her auszumisten, dieses ganze Französeln,

die Verschwendung, das Effeminieren, und das werde ich

mir nicht durch einen Katte und einen durch jenes Erbteil

Belasteten zerstören lassen, den ich nur noch vor dem

Kriegsgericht meinen Sohn nenne.

Friedrich:

Sie wollen dich hinrichten lassen, Liebster, ich ertrage es

nicht!

Katte:

Mich hinrichten? Mein eigenes Regiment Gensdarmes, mit

dem ich gegen den Feind ziehen wollte? Nein, der König

wird es nicht zulassen. Sein seliger Großvater, der Große

Kurfürst, hat schon den Prinzen von Homburg trotz Insub-

ordination begnadigt.

Friedrich:

Mein Vater ist es, der das Urteil verschärft hat. Ach, hättest

du mich auf der Flucht begleitet, zusammen wären wir

durchgekommen.

Katte:

Und was geschieht dir, Fritz?

Friedrich:

Das Kriegsgericht erklärt sich unzuständig. Der sogenannte

Vater will meinen Tod.

Katte:

O Jammer, welche Schande bereite ich meinen Eltern.

Klepper:

Sire, mein ist die Rache, spricht der Herr.

König:

Misch Er Sich nicht in Sachen der Obrigkeit! Das fordert die Gerechtigkeit: Es geschehe Recht, auch wenn die Welt untergeht! Aber um auch der Gnade ihr Recht zu geben, ordne ich an, dass der Delinquent nicht durch den Strang, sondern durch das männliche Schwert sterbe, und verlange, dass der Verführte der Szene ansichtig gehalten werde!

Klepper:

Als Adam die Schöpfung Gottes verdarb, hat er ihn gestraft, und der Mensch lebte hinfort in seinem Zorn, aber er vernichtete ihn nicht, sondern dachte bei sich, wie er ihn retten könnte. Aller Zeiten Lauf hat von Anfang an unsere Rettung verkündet, die sich für uns in der Geburt und dem Sterben seines Sohnes vollendet.

König:

Ich bin nicht so theologisch ungebildet, als Er wohl meint. Es kommt darauf an, den rechten Sohn zu erkennen. Predi-

185

ge er nicht der Schwachheit das Wort, Christus hat die
Schwäche überwunden und ist männlich am Kreuz
gestorben. Auch ich bin ein fehlbarer Mensch und ringe
unaufhörlich um die richtige Entscheidung, damit nicht
mein schwacher Wille geschehe, sondern der Wille Gottes,
als dessen Vertreter auf Erden der König eingesetzt wurde.
Gebe Er in seinen künftigen Schriften kein falsches Zeugnis
von Seinem König!

Nun betrat ein Erzähler die Bühne:

Jochen Klepper konnte der Theologie seines Königs nicht
widerstehen, auch wenn dessen Nachbeter ihn mit seiner jü-
dischen Frau und seiner Stieftochter in den Selbstmord
trieben. Das war nur ein paar Tage vor dem Tod Selma
Meerbaum-Eisingers im fernen Moldawien, unter dem-
selben als Verhängnis angebeteten Gesetz.

Der Kronprinz Friedrich fiel noch vor der Hinrichtung Kat-
tes in Ohnmacht. Es stand schlecht um ihn, er erholte sich
zwar, wurde aber zeitlebens von Depressionen heim-
gesucht. Im Garten Amalthea in Neuruppin traf er sich mit
neuen Freunden, gedachte auch später in Rheinsberg und
Potsdam des gemeinsamen Flötenspiels mit dem geliebten
Katte.

Doch vor allem wollte er in Zukunft nie mehr der Macht ei-
nes anderen ausgeliefert sein, koste es, was es wolle.

Und Katte? Anders als Klepper hielt er sich nicht für durch
und durch sündig, er wusste sich unschuldig und war über-
zeugt, zum Himmel zugelassen zu sein. Hören wir ihn
selbst.

Premierleutnant von Kattes Abschiedsbrief an den Vater:

„In Thränen, mein Vater, möcht' ich zerrinnen, wenn ich
daran gedenke, daß dieses Blatt Ihnen die größte Betrüb-
niß, so ein treues Vaterherze empfinden kann, verursachen
soll; daß die gehabte Hoffnung meiner zeitlichen Wohlfahrt
und ihres Trostes im Alter mit einmal verschwinden muß,
daß Ihre angewendete Mühe und Fleiß in meiner Erziehung
zu der Reife des gewünschten Glücks sogar umsonst gewe-
sen, ja daß ich schon in der Blüthe meiner Jahre mich nei-
gen muß, ohne vorher Ihnen in der Welt die Früchte ihrer
Bemühungen und meiner erlangten Wissenschaften zeigen
zu können. Wie dachte ich nicht, mich in der Welt empor zu
schwingen, und Ihrer gefaßten Hoffnung ein Genüge zu
leisten; wie glaubte ich nicht, daß es mir an meinem zeitli-
chen Glück und Wohlfahrt nicht fehlen könnte; wie war ich
nicht eingenommen von der Gewißheit meines großen An-

sehens! Aber alles umsonst! wie nichtig sind nicht der Menschen Gedanken: mit einmal fällt alles über einen Hauffen, und wie traurig endiget sich nicht die Scene meines Lebens, und wie gar unterschieden ist mein jetziger Stand von dem, womit meine Gedanken schwanger gegangen; ich muß, anstatt den Weg zu Ehren und Ansehen, den Weg der Schmach und eines schändlichen Todes wandeln [...] Fassen Sie sich demnach, mein Vater, und glauben Sie sicherlich, daß Gott mit mir im Spiel, ohne dessen Willen nichts geschehen, auch nicht einmal ein Sperling auf die Erde fallen kann! Er ist es ja der alles regieret und leitet durch sein heiliges Wort; darum kommt auch dieses mein Verhältniß von ihm her [...] Unterdessen danke mit kindlichem Respekt für alle mir erwiesene Vatertreue, von meiner Kindheit an bis zur jetzigen Stunde [...] Nun ist nichts mehr übrig, als daß ich mit diesem Trost schließe: Haben Sie gleich, mein Vater, nichts Hohes und Vornehmes in dieser Welt an mir erlebet, o! so seien Sie versichert, daß Sie desto höher im Himmel finden werden, Ihren bis im Tode getreuen Sohn. Hans Hermann"

Der Brief

Es war nicht zu erwarten gewesen, dass das Publikum wie in Lanke musikalisch gestärkt und seelisch erheitert kräftig applaudieren würde. Sie werteten es schon als Erfolg, dass nicht gebuht wurde. Der Stoff war einfach zu widrig. Aber sie glaubten, dass das Thema doch so wichtig für den Landstrich sei, dass man es mit einigen Anpassungen und einem geschmeidigeren Spiel noch gewinnender darbieten könne, und entschieden sich für drei weitere Auftritte. Allerdings gab es Besorgnisse, ob es nicht Einwendungen seitens des Hauptgeldgebers, des Landeskulturministers, gegen eine Zweit- und Drittverwertung geben würde. Doch hier beruhigte sie Sylwia. Sie hatte mit dem Beobachter des Ministeriums gesprochen, der bekundete, die Szenen gern noch einmal sehen zu wollen, wie er auch den „Winterkönig" erst beim zweiten Sehen in Oranienburg richtig verstanden habe.

Bei der Manöverkritik wurde der erstmalige Auftritt von Fritz, als Kronprinz Friedrich im Spiel mit dem Rotschopf Katte, besonders gelobt. Ausdeutungen und Mutmaßungen waren Tür und Tor geöffnet, und Ariane lächelte begütigend.

Schon bedauerte er seinen Rückgriff auf das altmodische

Medium des Briefschreibens, klagte über die Saumseligkeit der italienischen Post und zermarterte sich den Kopf über die Gründe für das Ausbleiben einer Antwort, als nach drei langen Wochen endlich ein ersehnter Brief von Vera eintraf.

Mein Lieber,

ich muss mit einem Vorwurf beginnen. Es hat mich gekränkt, dass Du mich für so unsensibel hältst, auf Deine spontane Mitteilung am Telefon nicht reagieren zu können. Ich bin für Dich also eine Kopie meines Vaters, eine Apparatschik reinsten Wassers. Und so eine beteuerst Du zu lieben? Mein Vater hätte Deinem Bereschkow wohl tatsächlich nicht zugejubelt. Aber ich finde die mitgeteilten Texte beeindruckend und bin gespannt auf die Musik. Wie schön hätte ich es gefunden, wenn Du sie mir am Telefon vorgesungen, wenigstens vorgesummt hättest, ein bisschen Näseln hätte mich nicht gestört. Zur Strafe greife auch ich nicht zum Handy, sondern schreibe Dir diesen Brief, der über die Alpen wieder eine Woche braucht.

Pädagogische Strafen darf ich jetzt übrigens verhängen, ich habe die Lehramtsprüfungen in Turin bestanden, ist das nicht toll? Nun kann ich mich nach einer Arbeit umsehen und muss Fina nicht auf der Tasche liegen.

Ich möchte aber nicht weiter mit Anekdoten um den Brei herum schreiben, der Dich interessiert. Du scheinst Dir so sicher: „solange ich lebe". Klingt das nicht orthodox und altkatholisch? In Deutschland ist man doch, glaube ich, zum „solange es gut geht" übergegangen. Wir Italiener – pressappochismo – stehen wohl so zwischen russisch und neudeutsch.

Und könnte es denn wirklich gut gehen? Wir hätten die Chance, uns immer näher kennenzulernen, und würden uns oft verwundert die Augen reiben; unerwartet Übereinstimmungen finden und umgekehrt auseinanderliegen, wo wir es nicht vermutet hätten. Kann ich meinem Gefühl trauen? Ich habe so lange in einer Verstrickung mit Eckhardt gelebt – E.V. hast Du uns an der Ostsee genannt, wie mir Ariane erzählt hat -, dass ich an mir selbst zweifle. Fliehe ich vor mir selbst, wenn ich mich jetzt sofort wieder binde? Habe ich nicht meine Leichtigkeit, meinen sechsten Sinn verkümmern lassen? Ich bin so froh, dass ich jetzt mit Fina sprechen kann. Vielleicht brauche ich einige kurze Beziehungen als Lockerungsübungen, wie mit diesem leichtfüßigen Deutschen, wie hieß er noch, oder mit dem reizenden jungen Vater, der eben vier Pizzen abgeholt hat, oder mit dem blonden Jungen aus dem Lehrerseminar? Bitte, es ist nur Gedankenspiel, kein Ernst, und ich will auch nicht kokett sein. Ich muss immer scherzen, wenn es ernst wird, sieh Dich vor.

Du hast die Nase weit vorn, wenn sie auch noch so angeschlagen ist.

Anche io ti amo.

Vera

Liebste Vera,

ich kann ja nicht schreiben 'liebe Vera', um Dich nicht zu bedrängen, um Dir Zeit zu lassen, Dir nur eine knappe Empfangsbestätigung schicken: Antwort erhalten. Ich bin nicht nüchtern. Ich muss alles auf eine Karte setzen und weiß doch, dass Du ein ganzes Kartenspiel bist und ich keine Trümpfe habe, nur eine Ahnung, dass es unser Glück sein wird. Ich war so unruhig bis zum Wahnsinn im Warten auf Deinen Brief. Als er doch noch eintraf und ich ihn in Händen hielt, bin ich damit durch die Wohnung gesprungen, wie ein Thoraschüler mit der eingewickelten Thora. Dann habe ich ihn überflogen und habe wieder mit ihm getanzt. Jetzt habe ich ihn an die hundertmal gelesen, eben wie ein Thoraschüler auf der Suche nach der verborgensten

Mitteilung, und bin mir sicher, dass meine Liebe nicht absurd ist: Sie hat mir ihr Herz geöffnet, warum hätte sie das tun sollen, wenn es keine Hoffnung gäbe? Also spürt sie meine Liebe, es ist keine Mystik.

Ich bin nicht naiv. Wir haben schon ein Leben gelebt, ob abgeschlossen oder nicht spielt keine Rolle. Es ist nicht mehr so, dass man von der ersten Frühlingswoge erfasst und auf einem Gipfel abgesetzt wird, wo man dann ohne zu fragen eine Hütte baut. Es kommt darauf an, dass die Jugend nicht erloschen ist, oder, mit Majakowski, das Boot der Liebe nicht am Sein zerschellt.

Ich brenne darauf, von Dir zu hören und Dich zu sehen!

Liebe Grüße an Fina. Hoffentlich ist sie nicht die Fürsprecherin des krauslockigen jungen Vaters oder des blonden Seminaristen.

Ciao.

P.s.: Wäre auf dem Brief nicht eine Berlusconi-Marke, hätte ich einen Hausaltar für ihn errichtet.

Der Angriff

Erfolg und Adabei

Nach dem Auftritt in Strausberg hatte die 66-Seen-Truppe publizistische Aufmerksamkeit und unerwartete positive Kritiken erfahren. Ein Reisejournalist aus Frankfurt am Main, der sonst nur aus Schottland, Myanmar und von der Osterinsel berichtete, hatte einen „Selbstversuch märkische Wanderung", zwischen den beiden S-Bahnendhaltestellen Strausberg und Erkner, unternommen und war an ihrem Beginn zufällig auf das Seentheater gestoßen. Zwei Tage später meldete er sich von Erkner aus zu einem Interview mit Ariane im Café an. Noch in der Donnerstagsausgabe erschien sein Reisebericht. Seine Wandereindrücke waren darin verwoben mit den unerlösten geschichtlichen Erinnerungen aus einer Landschaft ohne Grenzen, in der eiszeitliche Rinnen ineinanderlaufen, Sandhügel nie zu Bergen oder Merkzeichen, gar zu Göttersitzen, aufsteigen und die lichten Kiefernwälder kein Hindernis für die struppigen Pferdchen der Mongolen und Kosaken darstellten. Zur Selbstdisziplinierung, um die Wanderung durchzuhalten, hatte er sich offenbar unterwegs Bekenntnissätze aus Kattes Abschiedsbrief und Jochen Ziemsens „als Soldat und

194

brav" aufgesagt.

Die Frankfurter Oder-Zeitung und andere regionale Blätter griffen die Würdigung des Landstrichs gern auf und schickten ihre Reporter am nächsten Sonntag zum etwas abgelegenen Hennickendorf am Strienitzsee. Der kleine Wirbel kam der Aufführung zugute. Das Publikum bemühte sich geduldig zu folgen, und das Spiel war besser gegliedert und wurde prägnanter dargeboten.

Durch die Artikel wurde eine weitere Person angelockt, die zwischenzeitlich von der Bildfläche verschwunden war. Eckhardt wünschte eine Unterredung mit Ariane. Diesmal trat er bittstellerisch auf. Er wollte die Tournee filmisch begleiten. Die verpassten Auftritte könne man unabhängig von der Jahreszeit als Proben nachstellen oder auch im nächsten Winter an Originalschauplätzen wiederholen.

Ariane misstraute ihm, aber sie schwankte und bat sich Bedenkzeit aus. Eckhardt nutzte sie, um unter den jungen Schauspielern für sich zu werben, indem er ihnen ungeahnte Publizität ausmalte. Sie würden die mühsamen Gesellen- und Wanderjahre überspringen und gleich ins Fernsehen kommen können.

Er war strikt gegen die Beteiligung Eckhardts am 66-Seen-Theater, wollte aber sein geheimes Motiv nicht preisgeben.

Von Vera glaubte er zu wissen, dass sie mit Ariane nicht tiefgehend über Eckhardt sprach, vielleicht aus Scham, vielleicht weil sie mit dieser Zeit noch nicht im reinen war und nun ja auch Fina als Vertraute hatte. So wollte er ihr von dessen Erscheinen und Vorstoß vorerst noch nichts schreiben. Bei der einberufenen internen Versammlung trug er schwerwiegende und triftige Gründe gegen Eckhardts Einmischung vor, aber die Vehemenz seines Angriffs schien den anderen durch die Argumente nicht gedeckt. Er ärgerte sich darüber, dass Schauspieler nicht logisch denken können, aber er musste doch ihr Gespür für Zwischentöne, den Subtext der Hintergedanken und die verdeckten Gegenreden bewundern. Sie waren auf dem Wege zu richtigen Schauspielern, und er hoffte, dass dieser nicht zu schnell durch Fernsehberühmtheit abgebrochen würde. Als er dies letztere ungeschickt äußerte, hatte seine Position verloren. Sie vermuteten Missgunst, er habe gut reden, für ihn sei es ja nur ein Zeitvertreib neben einer gutgehenden Apotheke, einer Goldgrube, sie hingegen könnten sich jetzt schon ins Heer der Arbeitslosen einreihen. Und warum müssten sie immer nur Fontane und Preußens Gloria inszenieren, während das Brecht-Weigel-Haus in Buckow ebenso links liegen gelassen werde wie rechts der kommunistische Ge-

denkort Kuhle Wampe am Müggelsee, der von der Dramaturgie gar nicht erst ignoriert würde – oder habe er speziell
was gegen die Gattung Film?

Die Streitfrage war endgültig entschieden, als auch Ariane
die für den „Bau" typische schwankende Haltung zeigte.
Für sie laufen sich doch alle irgendwann wieder über den
Weg, jeder will probieren und auftreten, prinzipielle Feind-
schaften sind da Luxus, und gehörte Eckhardt trotz seiner
menschlichen Schwächen nicht doch auch zu den Künstlern
dazu? Man wolle ihm eine Chance geben, er dürfe seine
Kamera aufstellen.

Er zog sich geschlagen zurück. Zuhause suchte er Trost in
Fontanes Beschreibung der Katte-Affäre. Aber wie entsetzt
war er nun über dessen wortreichen und faktenhuberischen
Opportunismus! Keine rührselige Memoire war ausgelassen
worden, um den Soldatenkönig freizusprechen. Und wenn
er ihm doch einmal das „Schreckensschauspiel – denn ein
solches bleibt es" vorwarf, als Anmaßung der Richterrolle,
wo der König als Begnadiger hätte sprechen müssen, da
nur, um ihm im letzten doch recht zu geben: es sei eben
Majestätsbeleidigung in dessen Leibgarderegiment gewesen, für den König habe „dieser Katt mit der künftigen Sonne tramiret", also ein Komplott geschmiedet, und so den

Tod verdient. Wie hätte er sonst noch auf Gehorsam in der Armee zählen können? Es wäre aber besser, dass er stürbe, als dass die Justiz aus der Welt käme, hatte der König dem Angeklagten zusammen mit dem Urteil ausrichten lassen. Und Fontane, der schon nach der gescheiterten Revolution von 1848 ins Lager der Reaktion und der Kreuzzeitung gewechselt war, beschließt mit durchsichtigem und widerlichem rhetorischen Pomp: „Ein großartiges Wort, das ich nie gelesen habe (und ich habe es oft gelesen), ohne davon im Innersten erschüttert zu werden. Wer will nach dem noch von Biegung des Rechts sprechen!"

Er warf die von ihm so geliebten „Wanderungen" zur Seite und realisierte froh, erst einmal von der Dramaturgie befreit zu sein.

Auf Arianes inständige Bitten überließ er ihnen noch seine Ausarbeitungen für den Flakesee bei Erkner und den Werlsee bei Fangschleuse, über Gerhart Hauptmann, den Wahnsinn des Bahnwärters Thiel, das Versinken des derblustigen Segelmachers Kielblock im Flakesee und Mutter Wolffens gerissenen Handel mit dem „Biberpelz", und nahm sich dann eine Auszeit.

Turin

Vera hatte eine Vertretung in einer Schule in Turin übernommen. Wenn sie bis zu den Sommerferien und ferragosto durchhielte, würde ihr ein halbes Jahr Praxis, eventuell auch mehr angerechnet werden. Sie war also unabkömmlich. Daher bedrängte er seine Kolleginnen, ihm für das erste Brückenwochenende im Mai den Vortritt zu lassen. Vera konnte die Wohnung einer Freundin benutzen, so flog er am Mittwochnachmittag nach Turin, und sie empfing ihn am Flughafen in Caselle.

„Regina ist zu ihren Eltern in Val d'Aosta, es ist nur eine kleine Mansarde, aber in der Nähe der Piazza Vittorio Veneto am Po. Ich freue mich, dass du da bist. Lass dich betrachten: ein großes Lob für dott. Alfieri, man sieht fast nichts mehr."

„Wir haben uns dreimal getroffen, aber dies ist meine erste Reise, um dich zu sehen. Ich bin begeistert, was für einen guten Geschmack ich habe."

„Lusingatore, Schmeichler, oder besser Eigenlober, oder sagt man so nicht?"

„Ich bewundere dein Deutsch sehr, aber kennst du auch „L' inverno è passato" auf Deutsch? Ich habe es während des ganzen Fluges gesummt."

„Der Winter ist vergangen, vorbei ist der April, im Maien angekommen, der Kuckuck bleibt nicht still" -

„Ah, schön, ein Lied, das wir gemeinsam singen können."

Mit der Schnellbahn erreichten sie das gleichnamige Viertel am Dora-Fluss und stiegen am Nordbahnhof aus. Der Abendkorso war in vollem Gange. Unter den eleganten Erscheinungen kam er sich in seiner praktischen Reisekleidung ziemlich deplatziert vor. Er glaubte spöttisch-mitleidige Blicke in Veras Richtung aufschnappen zu können.

„In Turin braucht man starke Nerven", sagte sie. „Sie arbeiten so hart und müssen sich offenbar durch Abschätzigkeit schadlos halten. Sie spüren, dass wir nicht in die Via Principe Amedeo gehören, wo wir nur einen Unterschlupf unter dem Dach haben."

„Weißt du, dass Nietzsche hier auf der Piazza Carlo Alberto seinen Zusammenbruch hatte?"

„Ja, es steht in jedem Reiseführer. Er hat sich einige Monate in dem Dreieck zwischen dem Hauptbahnhof Porta Nuova, der Piazza Castello und der Piazza Vittorio Veneto am Po aufgehalten. Nach dem Essen in einer einfachen Trattoria unternahm er lange Spaziergänge unter den Kolonnaden, blieb immer wieder stehen und schnitt zwanghaft Grimassen. Dann hat er ein Kutschpferd umarmt und ist in den Wahnsinn übergegangen. Unser Essen wird heute auch einfach sein, ich habe einen Auflauf vorbereitet."

Aus der Dachluke sah man noch so eben den Hut, den der nach der Niederlage gegen Radetzky abgedankte König von seinem Bronzepferd herab schwenkte, bevor er dann im Exil in Portugal starb. Sein Sohn Vittorio Emanuele sollte es den Österreichern später mit Hilfe der Franzosen und Preußen heimzahlen.

„Ich dachte, du hättest auch abgedankt, als Dramaturg, aber du steckst ja noch mitten drin in diesen Haupt- und Staatsaktionen, von denen du mir berichtet hast. Die hohen Arkaden hier sind nur noch Staffage, in der das banale Leben der Angestellten und der kleinen Veras und Finas verläppert."

„Entschuldige, ich bin sehr gespannt, dein banales Leben hier kennenzulernen, und auch das „Fenice", in dem Fina gelernt hat."

„Ach, abends besteht es zumeist nur darin, dass ich auf dem Bett liege und durch die Dachluke nach dem Nachthimmel schaue."

„Außer dem Kuckucks-Lied habe ich mir auch die anderen Situationen in Erinnerung gerufen. Auf unserer Nachttour an der Ostsee sprang die Kette ab. Du liefest zum Strand hinunter und kamst mit einer Handvoll Sand zurück. Meine Hände waren wohl voller Schmiere, aber sehen konnte man nichts. Du ließest mir den Sand in die Hände rieseln. Obwohl es nichts bedeutete – wir wollten uns ja nicht umarmen -, habe ich es mir doch gemerkt."

„Es war ein kleiner Zauber, den ich für mich behalten habe, ich erinnere mich. Der Himmel war so schwarz, weil die Sterne als Sandkörner auf den Boden rieselten. Es gab so kleine Ausfluchten aus Eckhardts Welt."

„Du erschienst mir sonderbar, spröde, das hat mich aber doch wohl beschäftigt, sonst hätte mich Bereschkows Lied nicht so gepackt. Beim Tango haben wir aber doch harmoniert, oder bilde ich es mir nur ein?"

„Wir können es retrospektiv ausprobieren, Regina hat einige CDs."

Beim Wiegeschritt stießen sie ans Bett, beim Rück-Seit-ran klapperte das Tablett mit den Rotweingläsern. Für die Konzertwalzer von der CD reichte sein Können ohnehin nicht, so stellten sie sich in freien Rhythmen auf die Musik ein.

Ein Picasso-Poster mit einem rundköpfigen Faun und ein grauer Schimmer in der Ferne, vielleicht von den Alpengletschern, wirbelten im Kreis vor den Augen. Ihre erhitzten Körper drehten sich im engen Raum geschmeidig wie zwei Schneckenwellen. Sie beschlossen im gleichen Moment, sich aufs Bett fallenzulassen. Als sie sich umfingen, wiederholte er sich Zarathustras Rundgesang „Alle Lust will Ewigkeit, will tiefe, tiefe Ewigkeit ...“ - „Ich will dich“, holte sie ihn zurück, sie lachten sich lang und herzlich an.

Das Licht war gelöscht. Sie atmete ruhig an seiner Brust. Zwei-, dreimal zog in großer Höhe ein blinkendes Flugzeug über den kleinen Ausschnitt des Nachthimmels. Alles wirkte unendlich beruhigend. Noch einmal wurde sie wach.

„Schlaf dich aus, mein Lieber, ich muss vormittags unterrichten und werde dabei meine Übernächtigung hinter einer Sonnenbrille verbergen. Gegen halb zwölf hole ich dich ab, und wir gehen ins „Fenice“.“

War das der Vogel, der ihm sein Wiedererwachen verkündete?

Es war normaler Straßenlärm, der durch die geöffnete Dachluke drang und ihn vor acht Uhr weckte. Der Faun sah auf ihn herab und blies weiter auf seiner Rohrflöte. Allmählich fand er sich zurecht. Er rasierte sich sorgfältig, holte ein italienisches Hemd aus dem Koffer und traute sich auf die Straße. Er vertrieb die Tauben aus der Mitte des Platzes, als er sich in die Eckfiguren des Reiterstandbildes vertiefte. Nach einem Espresso und Hörnchen nahm er die Wanderung unter den Kolonnaden auf. Die Konditoreien quollen über von feinsten Süßigkeiten, aber die Leute waren sehr schlank. Jetzt müsste er sich Notizen machen, auch wenn es nicht zu „Aphorismen zur Lebensweisheit", nicht mal zu „Menschlichem, Allzumenschlichem" taugen würde. Zweimal gab es Hinweise auf den Spaziergänger Nietzsche, sogar den Namen des Kutschpferdes behauptete man zu kennen. Beim Wechsel über den Fahrdamm sah er die Fluchten der großen Straßen, die nach Norden in den Alpen zu münden schienen. Sie kamen nicht von dort, sie gingen von der Stadt aus, von ihrer Zentralperspektive, die Nietzsches durch die Migräne und die Syphilis gemarterten Sinnen etwas Linderung versprochen hatte. Die großen dreisprachigen Buchhandlungen, von denen er in seinen Briefen geschrieben hatte, fand er nicht mehr, dafür viel Skiausrüstung und Schulhefte mit Micky-Maus-Umschlägen. Wurden die gerade jetzt Vera in die Hand gedrückt? Wie mochte sie aus dem Bett gekommen sein? War sie eine Nachteule oder eine Frühaufsteherin? Er wusste von ihr kaum mehr als von jener Wera Matweewa.

„Hier verfehlen wir einander ...

Mögen euch viele Tage beschieden sein,

Vom Allmächtigen euch zugeteilt ..."

Das verrückte Foto fiel ihm ein, dass Nietzsche von sich, von Dr. Rée, seinem Verehrer, aber auch Rivalen, und von der klugen und attraktiven Russin Lou von Salomé, ihrer beider Zankapfel, hatte machen lassen: Nietzsche und Rée ziehen angeleint einen Karren, auf dem Lou ein Peitschchen schwingt. „Gehst du zum Weibe, vergiß die Peitsche nicht", mal anders. Es gibt keine Wahrheit, nur die Macht der Triebe, jeder Trieb verfolgt seine Perspektive, hatte er geschrieben, es ist Heuchelei und Selbstbetrug, die Lebenskräfte hemmen zu wollen. Die Religiösen zielen nur auf verfeinerte, ausgedünnte Triebe und auf die Ersatzbefriedigung durch trockene Macht. Keine Gewissensbisse, man muss den Schmerz wollen, der mit dem Leben verbunden ist. Da capo. Da capo.

Lou von Salomé hatte Dr. Rée den Vorzug gegeben. Ob die Frau, bei der der zwanzigjährige Bonner Student sich angesteckt hatte, damals noch lebte und wie lange noch gelebt hat, wird nirgendwo erwähnt.

Er trat aus dem Schatten der Bögen, als Vera ins Haus gehen wollte.

„Ich wollte beobachten, ob du eilig herankommst oder dich nur so herschleppst."

„Daraus hättest du nichts schließen können. Der Unterricht war sehr anstrengend, die Schüler sehr laut, und ausgerechnet heute musste mein bester Schüler ein Eichendorff-Gedicht interpretieren und erwartete besondere Aufmerksamkeit. Uffa!"

Es war noch früh, sie waren die ersten Gäste. Einige Tische wurden noch eingedeckt für die Stammgäste, die Beamten und Angestellten von der Piazza Vittorio.

Fina hatte noch von der Comtessa erzählen hören, ein adliges Fräulein von über neunzig Jahren – bis vor kurzem war das ja eine Besonderheit, heute ein Gendefekt, wenn man nicht so alt wird, Chromosomenspindel, oder wie heißt dieses Instrument der Parze? - jedenfalls die Comtessa kam jeden Mittag und aß ihre spezielle Tomatensuppe und trank ein Glas Champagner, sie wurde sehr hofiert und verehrt. Einmal hatte man aber den falschen Stuhl an ihren Platz gestellt, auf dem ein Gast vom Vortag sein ausgebautes Autoradio liegengelassen hatte. Gerade als sie das Gerät mit ihren feinen schwarzen Spitzenhandschuhen, sie fror immer leicht, hochhielt, kam der Besitzer herein. Es gab einige Verwirrung, man versuchte ihr die Funktion zu erklären, aber sie gehörte doch noch der Welt der Kutschen und der Platzkonzerte an.

„Erzähle mir etwas über Turin, ist es deine Stadt?"

„Das wäre zu viel gesagt, aber die Leute in Bologna haben immer auf Turin geschaut, natürlich nicht auf das Turin deines Nietzsches. Er hat sich ja nur in der beschaulichen Pracht des Residenzviertels aufgehalten, von der beginnenden Industrialisierung hat er nichts wahrgenommen, nichts von der Vielfalt der Menschen und ihrer Schicksale. Stell dir vor, die am weitesten entwickelte Region Italiens hing ja mit der zurückgebliebensten in einem Königtum, Piemonte und Sardegna, zusammen. Und die Fischer von der Küste und die Hirten aus dem Innern Sardiniens kamen als arme Landeskinder auf Arbeitssuche in die Hauptstadt. Einige von ihnen sind zu gebildeten Fürsprechern ihrer Klasse geworden, denke nur an Antonio Gramsci oder noch an Gavino Ledda. Aus dem Zusammenstoß in seiner eigenen Lebensgeschichte ist er von einem Schafhirten zum Linguisten geworden und hat die „Lingua della falce", die Sprache der Sichel, geschrieben."

„Auch ich träumte als Schüler vom Eurokommunismus und vom compromesso storico zwischen Enrico Berlinguer und Aldo Moro. Welch ein erhebender Moment, als ich zum ersten Mal eine „Unità" in Händen hielt, obwohl ich fast kein Wort verstehen konnte."

„Ich habe mir gedacht, dass du ein Parteiromantiker bist, aber das es so schlimm ist … Ich durfte ja auch die Innengeschichte kennenlernen. Fina hat dir, glaube ich, darüber geschrieben."

„Und darüber, dass sie begonnen hat, den Vater nicht nur einseitig abzulehnen."

„Das ist wahr, wir haben viel über die Familie, die Verwandten und über uns gesprochen. Es war zum Glück vielschichtig. Die Milieus haben sich seither aufgelöst, das ist unterm Strich zu begrüßen. Aber die heutige Abhängigkeit der Individuen von Markt und Medien ist keine Alternative."

„Wie hast du dich von Eckhardt getrennt? Wie ist dein Verhältnis zu ihm?"

„Ab und zu ruft er noch mal an, aber ich reagiere nicht. Ich war sehr lange loyal zu meinem Vater, das hatte Eckhardt erkannt und ausgenutzt. Dann gab er sich den Anschein des Außenseiters und Durchblickers, das hat mich verführt.

Eigentlich hat mir erst Fina die Augen dafür geöffnet, was für ein Egoist er doch schon immer gewesen ist. Aber als Frau muss ich auch sagen, er hatte ein hübsches Gesicht und konnte hochfliegend und sehr charmant sein."

„Ich versuche ihn zu kopieren."

„Bitte nicht. Nun werde ich zahlen und dir den Fluss zeigen."

Sie schlenderten über den Platz zum Po hinunter, der von Süden herkommend bei Turin seine große Schleife um den Monferrato macht. Am anderen Ufer umrundeten sie die Kirche der Gottesmutter, die als Pantheon für die Gefallenen des Ersten Weltkriegs dient, und liefen mit dem Fluss immer am Panorama der Stadt vorbei. Bei der übernächsten Brücke, dem Ponte di Sassi, kehrten sie in die Stadt zurück und folgten nun der Uferpromenade der Dora Riparia. Unbehelligt überquerten sie die Piazza Fontanesi, wo erst kürzlich die apulische Mafia, die 'ndrangheta, in einer blutigen Abrechnung den Clan der Catanesi, also die sizilianische Mafia, ausgeschaltet hatte. Ein paar Straßen weiter, im Giardino Reale, gönnten sie sich eine Ruhepause.

„Möchtest du ganz nach Turin ziehen und hier arbeiten?"

„Ich weiß es nicht. Du hast jetzt gesehen, dass es nicht nur diese etwas einförmigen Kolonnaden gibt, es ist eine sehr bunte, vielfältige Stadt, mit Menschen von überallher, das gefällt mir. Aber es ist nicht leicht, eine Stelle zu finden, noch immer steckt die Stadt in der Krise nach dem Wegzug von FIAT zu Chrysler in Michigan. Hier am Stammsitz in Lingotto und Mirafiori werden keine Autos mehr gebaut, sondern Auto-Disney vorgeführt."

„Dann komm doch nach Deutschland."

„Um das gewiss ehrenwerte Heer der Berlusconi-Flüchtlinge zu vermehren? Gramsci hat uns doch gelehrt, dass wir Intellektuelle dem Volk dienen sollen."

„Ich habe eine Idee. Du könntest zwischen Italien und Deutschland pendeln. Viele deiner Landsleute besuchen doch jetzt Berlin. Bei deinen Kenntnissen könntest du doch Seminare, Vorträge für solche Reisende anbieten, sie hätten dann viel mehr davon, eventuell würdest du auch für Reiseleitungen engagiert. Du müsstest die einschlägigen Reisebüros in Bologna, Mailand und Turin anmailen und die Universitäten und Volkshochschulen, wenn es die hier gibt. Und in Berlin organisieren wir dasselbe für Reisen nach Norditalien."

„Du bist ein merkwürdiger Mensch, philosophisch verstiegen und gleichzeitig pragmatisch."

„Am Boden bin ich nicht zu Hause und in den Lüften auch nicht."

„Also ein hüpfender Antäus oder Massai oder ein minimal schwebender Buddha?"

„Ja, dem die Fluss- und Erdgöttinnen Wasser und Fladen reichen und die Apsaras den Soma-Trank der Unsterblichkeit."

„Eckhardt ist so etwas nie eingefallen. Ich beginne dich zu mögen, schwebender Buddha."

„Gehe diesen Weg ohne Ablenkung, ohne Anhaftung weiter, es wird der achtfache Weg deiner Erleuchtung sein. Hier ist Sarnath, der Gazellenhain, hier werde ich ein Rad der Lehre schlagen."

Die Pfauen, die sie beobachtet hatten, wichen zurück, als er jetzt auf dem königlichen Rasen ein nur halbgeglücktes Rad schlug.

„Bravo, pavone, das unscheinbare Pfauenweibchen bedankt sich ebenfalls."

Sie schlug fünf perfekte Räder hintereinander. Alle Passanten klatschten.

„Uffa, wo hast du das gelernt?"

„In der Scuola elementare di Bologna Borgo Panigale."

Sie liefen zur Piazza della Repubblica hinüber und beobachteten die Vorbereitungen für die am Abend beginnende Festa della Musica. Am Rande des Platzes waren im Umkreis sechs Podeste errichtet, auf denen ganz verschiedene Orchester ihre Instrumente stimmten und, während der Verkehr noch rollte, ihr Zusammenspiel mit den Nachbarorchestern übten. Ziel war, eine umlaufende musikalische Welle zu erzeugen, ein „Cyclotron". Die Trompeten schienen die Tempi und die Kurvenbeschleunigungen zu übernehmen. Von einem Podest in der Mitte des Platzes dirigierten drei Spielleiter über Headsets und Monitore die Einzelorchester. Links und rechts davon, in den Mittelpunkten eines Ovals, konnte man Platz nehmen und das akustische Spektakel am besten verfolgen. Noch vor der Dämmerung kamen Lichteffekte, die sich im Kreise jagten, hinzu. Als die Musiker, Dirigenten und Beleuchter sich auf einander eingestellt hatten, begann man die Aufführung oder besser den Versuch. Zunächst wurden umlaufend die einzelnen Instrumente vorgestellt und dann ihre Klangbänder miteinander verflochten. An- und Abschwellen, Hall und Echo, knatternde Vorstöße, Sirren und seufzendes Verebben, vieles wurde ausprobiert, um zu einem Klangfluss zu kommen, der sich in einem wellenartig tanzenden Seil abbilden lässt.

Die Ernsthaftigkeit und die Spielfreude der Akteure steckten auch das Publikum an. Man warf die Köpfe herum, um sich in der Klangfülle zu orientieren, um musikalische Fetzen, Gesten und Verläufe aufzufangen. Nach etwa zwei Stunden verließen sie den magischen Kreis und spürten, dass die Eindrücke sie noch bis in den Traum begleiten würden.

„Bist du enttäuscht, dass wir uns nicht im Teatro Regio Verdis „La Traviata" angehört haben?"

„Keineswegs, das Klangspektakel war ja mutig und ebenso verrückt wie die Traviata und hat mich an Gershwin und New York oder Chicago oder an die „Sinfonie der Großstadt" denken lassen, auf die wir Berliner so stolz sind."

Die romantische Idee, noch einmal zum großen Strom hinunterzugehen, mussten sie fallenlassen, so pflasterlahm wie sie waren, konnten sie nur noch einen Blick auf das schwarze Wasser der Dora Riparia werfen und dann zur Piazza Carlo Alberto zurückschlendern. In der kleinen Wohnung gab es keine Dusche, nur eine große Schüssel, in der sie gemeinsam ein Fußbad nahmen, mit einem Weinglas auf den Knien.

Noch tönten Klänge vom „Cyclotron" durch seinen Halbschlaf, in den sich nun ein Klappern mischte. Dann flutete

Kaffeeduft den Raum. Sie überraschte ihn mit einem deutschen Frühstück.

„Guten Morgen, una bella mattina di maggio, carino, du hast dich herumgewälzt wie die Kesselpauken gestern abend. Wenn wir heiraten, bestehe ich auf einem Queen-size-Bett, aber so weit sind wir ja noch nicht. Heute Morgen haben wir viel zu tun. Ich möchte deine Pendelidee aufgreifen. Auf, auf, Morgenstund' hat Gold im Mund."

„Wie kann man schon so munter sein? Wenn wir also wirklich heiraten sollten, wünsche ich mir für die Morgenstunden eine Verbindung der zwei Geschwindigkeiten."

„Ich werde alle Reisebüros in Veneto, Lombardia und Piemonte mit meiner Anfrage bombardieren, und du schreibst mir ein Konzept, wofür ich die Italiener in Berlin interessieren soll."

„Da gibt es zum Beispiel die „Stille von Berlin", man verbringt die Nacht auf einer Yacht auf dem Wannsee und darf sich ungestört ausschlafen, von den Wellen geschaukelt wie Moses im Weidenkörbchen, und dann steigt die Tochter des Pharaos aus den Wellen, anmutig schüttelt sie ihr ebenholzschwarzes Haar und ihr Blick fällt entzückt auf den Knaben …"

„Also ein Besuch bei der Nofretete im Neuen Museum, ich

verstehe. Und weiter?"

„Sie möchte das Kind retten, doch schon hat ein Krokodil den Leckerbissen entdeckt. Sie ruft die gutmütigen Nilpferde zu Hilfe."

„Nun gut, ich schicke sie zu den Krokodilen in den Tierpark Friedrichsfelde und zu den Nilpferden hinter der Panzerglasscheibe im Zoologischen Garten."

„Moses wächst in der Obhut der Prinzessin heran, und Joseph, der hohe Beamte am Hofe, bringt ihm die jüdischen Bräuche nahe."

„D'accordo, ins Jüdische Museum in der Lindenstraße, und wer etwas über Joseph und die Frau des Potiphars erfahren möchte, den schicke ich ins Kupferstichkabinett oder ins Deutsche Theater, wo sie Szenen aus Thomas Manns Roman spielen."

„Du bringst mich ins Schwitzen. Zum Finale versammeln sich alle zu Verdis „Nabucco" in der Lindenoper."

„Da könnten sie ja auch gleich hier in Turin oder Mailand oder Verona bleiben. Und wie komme ich dann an Geld?"

Bevor er am nächsten Tag wieder zurückfliegen musste, wollte sie ihm noch Turin aus mittlerer Höhe zeigen. Sie fuhren im Fahrstuhl zur Aussichtsplattform des Turiner

Wahrzeichens, der Mole Antonelliana, hinauf. Unter ihnen lag das steile, merkwürdig überlängte Dach des Bauwerks und das strenge Straßenraster der Stadt.

„Die Mole ist eigentlich nicht schön, aber die Turiner lieben sie, und Gramsci schrieb seine Kolumnen unter der Überschrift „Sotto la mole". Na, du wirst bei der berühmten Superga-Kirche von Juvarra mehr auf deine Kosten kommen."

Sie liefen über das Silberband des Po, das sie eben von oben gesehen hatten, zu den Vorbergen des Monferrato und erreichten verschwitzt die freistehende Kirche auf der Anhöhe. Neben ihnen gingen einige männliche Jugendliche, die aus altmodischen Transistorradios eine Fußballübertragung verfolgten.

„Ich glaube, es ist eine Nostalgiebewegung", erklärte Vera. „Sie hören eine alte Reportage. Hier am Berg ist nach dem Krieg einmal eine ganze Turiner Fußballmanschaft mit dem Flugzeug zerschellt."

Sie bewunderten den eleganten Kuppelbau der Superga und ließen sich die Berge der Alpen am nördlichen Horizont aufzählen.

„Ich überlege krampfhaft, wie ich dich von hier ins Flachland locken könnte. Wenn du nicht auch einen Sinn für Mecklenburg und die Ostsee hättest, müsste ich ganz verzweifeln. Aber aus verschiedenen Gründen darf ich auch die Eckhardt-Erinnerungen nicht aufrühren. Ahimè."

„Versuch es doch einfach."

„Meinst du? Nun denn.

Als Gott das große Land Asien geschaffen hatte, sprach er bei sich, es ist vollbracht, den restlichen Baustoff will ich nach Lust und Laune verarbeiten und dann ruhen. So baute er um ein Wasser, das nannte er Mittelmeer, einige gar zierliche Länder und Inseln, bekrönte sie mit anmutigen Bergen, setzte Friedensbäume in die Gärten und Tauben in die Lüfte. Doch es dämmerte bereits, so beschloß er, die übrige Kleie nur noch so hinzustreichen, ohne auch darauf acht zu geben, das Feste vom Wasser sicher zu scheiden. Hier würde es ohnehin nie richtig hell werden, da machte es ja nichts. Dann ruhte er. Am nächsten Tag wollte er die Länder verteilen. Die ihm zunächst standen, die mit den feurigen Augen und den schwarzlockigen Haaren, bekamen die zierlichen Länder und die munter krähenden Gallier bekamen immerhin noch die Loire und die Rheinlande. Aber die abseits stehenden, etwas schwerfälligen, verhagelten Wesen, die sollten mit den nassen Streifen unter der Abendsonne vorlieb nehmen. Die Italiener und die Gallier klatschten Beifall, und die Deutschen und die Lappländer trollten sich. Nun verschwand Gott, und die Welt geriet mit der Zeit immer mehr ins Trudeln. Im Süden klagten sie dann über zu große Hitze oder über eine Sintflut, während die nördliche Scholle unter den Äquator rutschte. Da wuchsen plötzlich Palmen aus den Flechten, es blühten die Zitronen über dem Granitboden, und an den sonst kargen Stränden bauten Korallen den wärmeverwöhnten Fischchen unter Wasser die schönsten Städte. Leider konnte es nicht immer so bleiben. Die Erde schaukelte für die Deutschen und die Lappländer in die alte Trübnis zurück. Nur ab und zu, wenn sie etwas graben oder wenn sie am Strand die Augen aufhalten, dann finden sie plötzlich vor ihren Füßen etwas aus der alten Zauberzeit: die rötlichen Korallenbruchstücke aus den warmen Meeren und honigschimmernde elektrische Steine mit glücklich gestorbenen zierlichen Tierchen darin."

Sie küsste ihn.

„Ich zeige dir die giardini, zeigst du mir jenes Zauberland?"

Eckhardt Impresario

Zu Hause fand er eine Mail von Hendryk. Er bat um ein Gespräch über die 66-Seen-Wanderbühne. Sie trafen sich am Montag darauf in Sylwias Wohnung.

„Ich urteile als Außenstehender nach dem, was Sylwia mir berichtet, und habe den Eindruck, dass etwas schief läuft, seit dieser Eckhardt aktiv geworden ist."

„Ich habe Hendryk erzählt", übernahm Sylwia, „wie er ins Programm eingreift. Es wird oberflächlicher, effekthascherisch. Bei den letzten vier Auftritten wurden die Texte der Gefangenen, die politischen Gedichte weggelassen. Es wird mehr zu einer Folkloreschau und Städtewerbung. In Rangsdorf und in Zossen wurden Heinz-Rühmann-Filme nachgespielt, weil er in der Nazi-Zeit dort eine Villa am See hatte. Es gab kein kritisches Wort gegen dessen damalige Ablenkungskomödien, die doch Goebbels zuarbeiteten, wenn sie nicht sogar vom Propagandaministerium bezahlt waren."

„Und Ariane, wie kann sie das zulassen?"

„Wir wissen es auch nicht. Hast du mal mit ihr gesprochen?"

„Nein, nur einmal rief sie in Turin an, ob sie sich die Fontane-Ausgabe ausleihen könne. Ich erklärte ihr, wo sie im Bücherregal steht und dass sie sich den Wohnungsschlüssel in der Apotheke holen könne. Mehr haben wir nicht gesprochen."

„Sie ist einsilbig geworden. Wir haben den Verdacht, dass sie unter Druck gesetzt wird."

„Wie ist das möglich?"

„Eckhardt verbreitet, dass er im Besitz von Rechten ist, zunächst an den Filmaufnahmen und deren Vermarktung. In der Vorabendschau gibt es Zusammenfassungen. Davon werden die Schauspieler nun zusätzlich bezahlt, er hat sie auf seine Seite gezogen. Vielleicht hat sich Ariane durch einen Vertrag über den Tisch ziehen lassen. Mit der Medienaufmerksamkeit sind auch die Ansprüche gestiegen und neue Forderungen entstanden. Das Fuhrunternehmen will mehr Geld. Rheinsberg verlangt jetzt eine Leihgebühr für die Kostüme, und die Näherinnen machen nichts mehr unentgeltlich."

„Hm, das klingt alles sehr unschön. Aber was soll ich da machen?"

„Du warst ja aus Liebhaberei dabei, aber ich muss die Sachen gegenüber dem Bezirkskulturamt verantworten. Daher muss ich wissen, woran ich bin. Kennst du Eckhardt schon länger? Ich habe deine Skepsis ihm gegenüber geteilt, aber dachte auch, dass ihr beiden vielleicht noch ein altes

Hühnchen miteinander rupft."

„Nein, ich kenne ihn noch nicht lange und hätte ihn auch nicht kennen gelernt, wenn nicht ein Hendryk eine Sylwia oder eine Sylwia einen Hendryk erwählt hätte."

„Wie hängt das zusammen?" wollte Hendryk wissen.

„Nun, nach Sylwias Absage bin ich mit Ariane bekannt geworden. Eckhardt ist ein alter Bekannter von ihr aus der Zeit an der Schauspielschule. Jetzt waren sie erneut in Kontakt über ein Filmprojekt an der Ostsee, da bat sie mich, sie zu begleiten. Eckhardt kam mir sehr wichtigtuerisch vor, dann erfuhr ich von Ariane, dass er für die Stasi gespitzelt hat. An der Ostsee wurde er noch von einer Italienerin begleitet, die er als studentischer Betreuer einer ausländischen Komsomolzengruppe damals kennen gelernt hatte. Wie ihr wohl wisst, habe ich diese Vera jetzt in Turin besucht."

„Ach, die Angelegenheit wird ja immer dichter, da müsste sich wohl bald der Nebel lichten."

„Es gibt gar keinen Zusammenhang und keine Angelegenheit."

„Sei nicht beleidigt, wir machen uns nur Sorgen um Ariane."

„Ich glaube, ich habe genug getan, als ich vor ihm warnte.

Es geht natürlich nicht, dass ich zu ihm Kontakt aufnehme, und ich möchte auch nicht, dass Vera etwas von seinem Treiben hier erfährt."

„Das versteht sich. Wir vertrauen dir, glaube mir, wir haben häufiger über dich gesprochen, wir sind irgendwie doch auch mit dir verbunden. Du darfst uns auch vertrauen."

„Nun, dann war es kein vergeblicher Abend."

Das Gespräch beschäftigte ihn sehr. Ariane tat ihm leid und er wollte sie vertraulich sprechen.

„Wir können uns im Café unterhalten. Eckhardt ist kurz entschlossen für einige Tage irgendwohin verreist. Du kannst vorbeikommen."

Sie wirkte sehr angespannt. Er äußerte ihr ganz allgemein seine Sorgen.

„Du hast recht, es ist nicht wie am Anfang. So richtig vertrauen kann ich jetzt eigentlich nur dem Rotschopf und natürlich Fritz. Aber vielleicht ist das nicht alles Eckhardts Schuld, sondern ein normaler Prozess von Euphorie und Erwachen."

„Ariane, du machst dir etwas vor. Es muss nicht notwendig so sein, dass eine vielversprechende und enthusiastisch begonnene Unternehmung in Zwietracht endet."

„Nun ja, natürlich ärgern mich seine Übergriffe. Jetzt hat er durchgedrückt, dass wir uns mehrere Wochen auf Potsdam konzentrieren und die Zwischenstationen auslassen werden. Allmählich können wir uns 20-Seen-Theater nennen. Finanziell sei es nicht anders zu bewältigen. Potsdam und das Ministerium sind zufrieden, aber die Idee ist zerstört."

„Wie konnte es dazu kommen?"

„Ich habe etwas unterzeichnet für die Filmaufnahmen und jetzt hält er mir ein juristisches Gutachten vor die Nase, demzufolge er eine Mitsprache über das Ganze habe. Es geht nur um Geld."

„Wirklich? Vielleicht geht es auch um Macht oder um etwas anderes aus eurer Vorgeschichte?"

„Nein, das kann ich mir nicht vorstellen. Sicher hat er sich geärgert, als ich ihn an der Ostsee abgewiesen habe."

„Willst du nicht einen Anwalt einschalten?"

„Wovon sollte ich ihn bezahlen? Nein, es geht nicht, und bestenfalls wäre es nur eine Meinung mehr. Wir werden es schon zuende bringen, aber die Freude an der Sache habe ich verloren."

„Wie schade. Für Teupitz hatte ich mir etwas sehr Schönes herausgesucht, eine Segeltour von Fontane, die er wie eine Weltumseglung beschreibt. Im Hintergrund hätte man die

Bemühung des Großen Kurfürsten um Kolonien in Westafrika mitlaufen lassen. Im Golf von Guinea im heutigen Ghana erschienen sie mit eigenen Fregatten und gründeten den Stützpunkt Großfriedrichsburg. Wusstest du, dass die Brandenburger über Holland beim Sklavenhandel mitmischten? Als Antwort darauf hätte man an einer späteren Station Alexander von Humboldts Kampf gegen die Sklaverei darstellen können."

„Ja, schade, aber vielleicht können wir etwas im nächsten Jahr nachholen."

Sie wirkte so resigniert. Nein, das war nicht die wütende Kali, die er an der Ostsee so lebensstrotzend kennengelernt hatte. Es war ein Jammer. Über welche Künste verfügte dieser Meister Eckhardt, seinen Opfern jegliche Kraft aus den Körpern zu saugen? Seine einzige Hoffnung war nun Fritz, und das sagte er ihm auch, bevor er sich traurig von Ariane verabschiedete.

Erst die kleine Spanierin, dann Vera, dann Ariane, oder Ariane auch schon früher, vor Vera? Und wie war es möglich? Durch blindmachende Liebe? Durch die Spiegelneurone eines autoritären Vaters? Und sind Frauen stärker gefährdet als Männer? Wohl kaum, wenn man an die männliche Liebe zum Großen Führer denkt. Er war froh, dass seine Tochter nun zehn Tage bei ihm blieb, während Dorotheas Urlaub. So konnte er beobachten, ob sie durch die Trennung gelitten hatte, ob sie stabil war, ob irgendwann einmal jemand auch solche Macht über sie gewinnen könnte, wie dieser Eckhardt über jene ihm nächstnahestehenden. Mit einem autoritären Vater hatte er seine Tochter nicht vorbelastet, aber eine Lusche mit vielleicht ähnlich fatalen Auswirkungen war er auch nicht, sondern etwas dazwischen, pressappochismo eben.

Am Freitag kamen noch zwei Schulfreundinnen dazu. Man hatte eine Radtour an die Oder geplant, von Strausberg aus, mit einer Übernachtung. Sie verließen die S-Bahn und rollerten zum See hinunter. Mit Wehmut erzählte er ihnen, dass sie hier auf dem See noch vor gar nicht langer, jetzt so ferner Zeit Theaterszenen aufgeführt hätten. Sie waren ungläubig begeistert, und er musste versprechen, ihnen beim nächsten größeren Stopp Gelegenheit zum Theaterspielen zu geben. Ohne diesen Ansporn hätten sie ihr Ziel, Wilhelmsaue im Oderbruch, wohl kaum erreicht. So traten sie ehrgeizig in die Pedalen und konnten schon nach zwei Stunden bei Ringenwalde eine theatralische Pause einlegen. Autoritär bestand er zunächst auf Nahrungsaufnahme und Ausruhen, bevor sie sich dann in Rollenspiele stürzten, die alle mit Lehrern und Mitschülern zu tun hatten und ihn nichts angehen mussten. Nein, die Mädchen schienen nicht gefährdet. Sie konnten miteinander spielen, Rollen einnehmen und aneinander überprüfen. Mit erheblicher Verspätung, geschlaucht, aber stolz und vergnügt, trafen sie vor der Nacht im Landheim Wilhelmsaue ein. Mit letzter Energie wurden die Betten bezogen und die restlichen Brötchen verzehrt, und beim ersten Flöten der Nachtigallen waren sie schon eingeschlafen. Er erstattete den anderen Eltern Bericht und genoss dann noch einsam auf der nächtlichen Landstraße die würzige Luft aus Raps- und Obstdüften und einen gewaltigen Sternenhimmel.

Auch ihr Widerspruchsgeist war ausreichend entwickelt. Hätte er ihnen nicht für Groß Neuendorf ein Eis und, wie ihm noch einfiel, die großen Schaukeln versprochen, wäre der Zeitplan völlig durcheinandergeraten. Die Schaukeln hingen an der hohen Brücke zwischen einem Maschinenhaus und dem Krantor am kleinen Oderhafen. Während die Mädchen sich lachend in die Lüfte schwangen, betrachtete er von oben den breit dahinziehenden Strom und die Schilfwiesen auf der polnischen Seite.

Nach einem einfachen Mittagessen besichtigten sie in Wilhelmsaue noch die voll betriebsfähige Bockwindmühle. Sie durften selbst die Mühle nach dem Wind drehen. Die Flügel sausten durch die Luft. Die Mühlenleute zeigten die verschiedenen Gewerke, die drehenden Mühlsteine, die Rüttelsiebe, die Förderbänder, alle waren begeistert, wie es klapperte und stäubte. Sie traten die Heimfahrt an, und die Mädchen wollten beim nächsten Halt eine Mühlengeschichte in ihr Spiel einbauen, vielleicht auch Rumpelstilzchen. Auf der Hälfte der Strecke hatte sich der Himmel aber so grau bezogen, das alle so schnell wie möglich zurück wollten. So wurde das Spiel auf einen anderen Nachmittag verschoben.

Seine Tochter war aufgeweckt und munter, die Aufteilung zwischen den Eltern schien ihr nicht zu viel auszumachen, noch weniger jetzt, wo die Freundinnen wichtiger wurden. Wegen ihrer Entwicklung brauchte er sich keine Sorgen zu machen. Zu Panik bestand kein Anlass.

Eckhardt blieb einstweilen verschwunden. Ariane hatte das Spiel am Seddiner See, der letzten Station vor dem Standquartier Potsdam, organisiert und war leidlich zufrieden. Man hatte einige märkische Sagen inszeniert, ausgehend von Erzählungen um den ortsnahen Backofenberg und den Wietkikenberg, und die Gründungsgeschichten vom Kloster

Lehnin herübergezogen. Die Stimmung schien besser zu sein. Theater ist eben eine Kunst des Augenblicks.

Die nächsten Termine wurden noch besprochen, als plötzlich Eckhardt erschien. Über welche Macht er in diesem Kreis inzwischen verfügte, konnte er daran feststellen, dass sich die Unterhaltung nun ganz auf ihn orientierte, wie Eisenfeilspäne um einen Magneten. Eckhardt ging sofort zum Angriff über.

„Ist der alte Dramaturg wieder eingesetzt und hat er schon über die nächsten Aufführungen entschieden?"

„Du weißt genau, wie es steht, auf dein Einwirken hin wurde ja demokratisch gegen mich abgestimmt."

„Ach, wer wird denn nachtragend sein, was neben Beleidigtsein übrigens der allerbühnenunwirksamste Affekt ist. Ich jedenfalls freue mich, dich mal wiederzusehen."

„Die Freude wirst du dir nicht zu oft erkünsteln müssen, ich war ohnehin im Aufbruch."

„Ja, es ist bekannt, dass du mal hier und mal da im Aufbruch bist. Bei so viel Selbstverwirklichung muss man ja Angst haben, dass du dir Ärger einhandelst."

„Wenn du mir etwas mitzuteilen hast, dann komm mit mir vor die Tür."

„Lass man gut sein, ich muss meinen Freunden hier nichts

verbergen.“

Er verließ augenblicklich das Kaffeehaus. Eckhardt hatte sich nicht schlecht in Szene gesetzt. Er spielte den Offenen, den Kümmerer ohne die unlauteren Machenschaften seines Gegners. Seine alte Beziehung mit Vera würde er dort jetzt nicht auftischen, sondern ihn auf anderen Gebieten anschwärzen. Das war ärgerlich, aber nicht zu verhindern. Aber wie hatte Eckhardt überhaupt von Vera und ihm erfahren? Nun müsste er Vera doch darauf ansprechen.

Hatte sie nicht von ein paar Tagen schulfrei wegen der Abiturprüfungen gesprochen? Sie konnten sich doch irgendwo treffen, nicht sogleich wieder in Italien, das würde dramatisch erscheinen, aber auch nicht hier in Berlin. An einem Stück der Ostsee, das sie noch nicht kannte, etwas mit einem besonderen Zauber, ja, die Bernsteinküste. Er könnte Hendryk nach Ermland und Masuren fragen, Frauenburg vielleicht. Nein, noch exotischer wäre Litauen, die Kurische Nehrung, und, anders als Samland, ohne Visum erreichbar.

Augenblicklich begann er mit der Reiseplanung. Da die Arztpraxis des Ortes schon wegen Urlaub geschlossen war, konnte er sich auch eine Woche in der Apotheke frei nehmen. Könnte Vera nicht nach Wilna fliegen, wo er sie dann abholen würde? Keinesfalls sollte sie hier diesem Eckhardt in die Arme laufen. Schon am folgenden Abend rief er sie an.

„Hast du mich schon vergessen?"

„Sind Sie nicht der junge Mann, der sich für meinen Fiat Cinquecento interessiert?"

„Genau der. Als ich ihn sah, war ich schon begeistert."

„Sie haben sich also entschieden?"

„Ja, aber wir sollten noch eine gemeinsame Spritztour unternehmen."

„Würde das nicht eine Zweideutigkeit in den Autokauf bringen?"

„Da hilft es nur, eindeutig zu werden. Ich würde mich sehr freuen, mit dir eine Spritzfahrt zu unternehmen."

„Wann und wohin?"

„Hast du nicht in der nächsten Woche schulfrei? Ich würde dir die baltische Sahara empfehlen."

„Davon habe ich noch nie gehört."

„Drum. Es ist die Kurische Nehrung, nun zur Hälfte in Litauen. Thomas Mann hat dort seine Ferien verbracht. Du könntest an Ort und Stelle einen Deutsch-Literaturkurs vorbereiten."

„Klingt vielversprechend. Ich muss überlegen. Aber von hier ist es schrecklich weit weg."

„Seit Marconi und Caproni gibt es überhaupt keine Entfernungen mehr. Von Bergamo aus bist du in zweieinhalb Stunden in den litauischen Wäldern. Ich würde dich dort suchen."

„Ich würde verlorengehen. Gibt es dort nicht Wölfe, Bären und Bisons?"

„Du versteckst dich in einem hohlen Baumstamm oder einer Waldkapelle und wartest, bis der Ritter Jagiello dich findet. Wir werden uns nicht verfehlen."

Fahrt zur Kurischen Nehrung

Vera hatte sofort zugesagt. Wie gut, dass sie so flexibel ist, dachte er. Jetzt musste er sich eilig um die Vorbereitungen kümmern. Er selbst wollte einen Tag früher mit dem Auto vorausfahren. Als er eine junge Polin aus der Kirchengemeinde, die aus Pommern stammte, nach der schnellsten Verbindung nach Danzig oder Allenstein fragte, ergab sich, dass sie mit der kleinen Tochter eine Mitfahrgelegenheit zur Mutter nach Kościerzyna suchte. Da müsse er zwar einen kleinen Schlenker fahren, aber er könne ja dort übernachten und sich dann weiter nach Masuren aufmachen. Es war ihm sympathisch, dass man auch spät noch dort eintreffen könne. So konnte er die Woche stramm durcharbeiten und am Freitagnachmittag losfahren.

Es ging auf die weißen Nächte zu, so erreichten sie Wałcz, Deutsch Krone, auf der Hälfte der Strecke, noch im Hellen. Bis dahin hatte er sein Autofahrer-Polnisch mit Goschas Hilfe wesentlich gesteigert: wyjazd, opony, blacharstwo, uwaga, wypadki, also Ausfahrt, Reifen, Karosseriewerkstatt, Achtung, Unfall.

Sie war seit einigen Jahren in Deutschland verheiratet und ging regelmäßig zur Kirche. So kannte sie auch ihre Landsfrau Sylwia, was ihm Gelegenheit zu einigen Nachfragen bot. Wo sie sich in der Unterhaltung schon nähergekommen waren, teilte er ihr auch mit, dass er gar nicht zu einem einsamen Wochenende in den Masuren unterwegs sei, sondern eine Reisebegleiterin vom Flughafen in Wilna abholen wolle. Gegen elf Uhr abends sahen sie das beleuchtete Stadtwappen von Kościerzyna, einen Bären unter einem fünfblättrigen, gebogenen Eichenstamm. Goscha erklärte, einst habe ein gewaltiger Bär die Bewohner des Ortes terrorisiert, bis der mutige Sohn eines Schmiedes ihn mit dem Spieß im tiefen Wald aufgestöbert und in einem Kampf auf Leben und Tod besiegt habe.

Seine wortreich beginnende Entschuldigung bei Goschas Mutter über den späten Einfall scheiterte natürlich: uwaga, wypadki, blacharstwo – Achtung, Unfall, Blechschmiede. Am anderen Morgen nötigte sie ihn, noch länger zu bleiben. Ab der Oder wird genötigt, und wer nur dreimal nötigt, gilt als knauserig. Aber Goscha unterstützte nun sein frühes Aufbrechen.

„Was wollen sie dort?" fragte die Mutter ihn scherzhaft.

„Ach, Pani, auch dort haben die Töchter junge Mütter und die Mütter junge Töchter."

Er gab den Courmacher sehr pomadig.

Nachsichtig nahmen sie Abschied. Nach gut sechsstündiger

Fahrt erreichte er den internationalen Flughafen südlich der litauischen Hauptstadt. All die Schönheiten, die er unterwegs links liegengelassen hatte – die Kaschuben, die Weichselbrücke bei Dirschau, die Marienburg über der Nogat, das Labyrinth der masurischen Seen, die Störche, das Land Sudauen oder die Seenlandschaft von Suwałki, durch die die schwarze Hancza fließt - , all das würde er Vera einmal mit viel Ruhe zeigen müssen. Inmitten der vielen bleichen Menschen, die die Abfertigungshalle verließen, stachen die wenigen dunkelhaarigen Italiener hervor, unter denen ihm Vera erleichtert zuwinkte. Sie verabschiedete sich wortreich und gestikulierend von den Landsleuten, die offenbar ihre Besorgnis geteilt hatten, und lief auf ihn zu.

„Du bist wirklich da, ich kann es kaum glauben, mein Handy funktioniert hier nicht, was hätte ich nur tun sollen, einmal lobe ich die deutsche Pünktlichkeit."

„Ich bin froh und glücklich, dich zu sehen, kein Reifen geplatzt, keinen Storch überfahren, der Tatze des Bären ausgewichen, die Götter wollten, dass wir uns hier in den Armen halten können."

Auf der langweiligen Autobahn nach Kaunas hatten sie Gelegenheit, sich über die Reiseumstände auszutauschen und sich zu synchronisieren. Erst hinter Kaunas nahm Vera die

Landschaft am Njemen wahr. Bei Jurbarkas hatte sich der in der Eisschmelze offenbar gewaltige Fluss tief eingeschnitten. Sie folgten nun einer untergeordneten Straße bis Šmalininkai, wo sie übernachten wollten. Hier erreicht der Njemen, die Memel, das Kaliningrader Gebiet, Schmalleningken war die östlichste Stadt des später als Memelgebiet oder Kleinlitauen abgetrennten Teils von Ostpreußen. Nachdem sie die Pension bezogen hatten, spazierten sie durch den hübschen, sehr ruhigen Ort zum Fähranleger, wo es seit Litauens Beitritt zum Schengen-Gebiet keine Verbindung mehr zur russischen Seite gibt.

„Für die Deutschen ist Ostpreußen so mit Melancholie überfrachtet, und dies ist ein besonders melancholischer Ort, dass ich mir gewaltsam vorstellen muß, dass du ja heute Morgen noch im Land warst, wo die Zitronen blühn."

„Ich war in den Voralpen, wo wir Italiener die Qualen der Hölle verorten: Voi patire gli strazi dell' inferno – Feltre nell' estate e Trento nell' inverno. Möchtest du die Qualen der Hölle erleiden – Feltre im Sommer und Trient im Winter. Aber natürlich empfinde ich hier eine andere Stimmung, schon durch die Birken und das dünne Licht, das hindurchrieselt, und durch die langen Schatten."

„Erzähl doch bitte, wie es dir seither ergangen ist."

„Was gibt es da zu erzählen? In der Schule sind sie zufrieden mit mir und von den Berlin-Reisebüros habe ich tatsächlich auch schon einige positive Anfragen. Es kann also sein, dass ich irgendwann bei dir vor der Tür stehe."

„Wie schön, nicht unbedingt mit einer großen Rentnerschar."

„Nein, die schicke ich weiter nach Ostpreußen."

„Ja, hinter Insterburg gab es einen Adligen, der hatte eine große Sammlung von antiken Gipsabgüssen. Das könnte sie interessieren."

„Du bist perfekter als der Google-Amazon-Browser: „Das könnte Sie noch interessieren ...""

Švyturys, Leuchttum, hieß hier das Bier, und damit stießen sie nun lachend an.

„Und du? Langsam verstehe ich mich auf den untergelegten Sinn deines Sprechens. Das klang so ernst, als du mich so fröhlich nach hier einludest."

„Warum ist mir nicht eine schöne, aber einfältige Frau über den Weg gelaufen? Nun ja, Eckhardt hat sich beim 66-Seen-Theater gemeldet und sich inzwischen zu seinem Quasi-Chef aufgeschwungen. Er hat auch eine aggressive Stimmung gegen mich erzeugt, worauf ich mich von aller Mitarbeit zurückgezogen habe."

„War das schon vor deinem Besuch in Turin so?"

„Ja, ich wollte dich aber nicht beunruhigen."

„Du hast kein Vertrauen zu mir. Dann bin ich doch wohl so eine Einfältige, wie du sie dir wünschst."

„Entschuldige, Vera, ich hab mich ja inzwischen besonnen und möchte dich fragen, wie du das Auftreten von Eckhardt einschätzt. Ariane habe ich nicht wiedererkannt, sie hat ihm das Feld überlassen."

„Er hat das Zeug zum großen Zampano. Aber, obwohl wir zusammen waren, weiß ich nicht, wie mächtig seine Tatze ist, ich durchschaue ihn nicht ganz."

„Die Suggestion macht die Wirkung, darsi l'aria, sich den Anschein geben, ist so ein schöner Ausdruck im Italienischen. Wir müssen aber auch nicht über ihn sprechen. Schon lachst du nicht mehr. Was habe ich angerichtet."

„Doch, mein Lieber, du musst auch wissen, dass er uns in Italien besucht hat."

„Wann? Wirklich? Ach, du hast kein Vertrauen zu mir."

„Ich wollte dich auch nicht beunruhigen. Ich hatte Angst, du könntest glauben, dass irgendetwas von mir noch an ihm hinge. Das ist aber nicht so, nicht im geringsten. Er hat sich aufgedrängt. Erst hat er ja nur hinter mir her telefoniert. Dann ist er aber selbst gekommen und hat mich gefragt, was ich mit dir hätte."

„Wie konnte er denn davon wissen? Wir haben ihm nicht und niemandem davon erzählt."

„Vor allem hat er mir gedroht. Kann er dir mit etwas schaden? Erinnerst du dich an eine frühere Verwicklung? Mir ist eingefallen, dass er mir mal begeistert einen Revolver vorgeführt hat. Als ich ungläubig reagiert habe, hat er es nicht wiederholt."

„Nein, ich bin ihm nie begegnet, und er kann mir auch nicht schaden. Er ist ein Angeber, das war mein erster Eindruck in Klütz. Du solltest dich aber ganz von ihm fernhalten. Es gibt keine Verpflichtungen aus einer annullierten Beziehung. Darf ich das jetzt so taktlos sagen?"

„Ja, das darfst du, und ich weiß auch, woran ich bin. Aber jetzt wollen wir wirklich nicht mehr über ihn sprechen. Gehen wir noch ein bisschen am Ufer spazieren."

Im Westen, über dem breiten Strom, bog das letzte sehnsüchtige Licht nach Norden.

„Ich bin kein naiver Romantiker. Aber bei diesen Lichterscheinungen habe ich doch das Gefühl, mit offenem Herzen dazustehen. Und wenn es dann kühler wird und das Licht verschwindet, wird es nicht besser, denn dann muss ich an eine Kindheitsszene denken. Der Vater und mein älterer

Bruder waren mit einer Fuhre weggefahren, meine Mutter und ich warteten auf dem Feld auf ihre Rückkehr. Wir saßen mit dem Rücken zu den Kartoffelsäcken und schauten in die Nacht, wo in der Ferne ganz selten mal ein Fahrzeug aufleuchtete. Es war fröstelig und finster, wir kuschelten uns aneinander. Ich, nein wir fühlten uns unendlich einsam und unendlich geborgen."

Sie drückte sich an ihn.

„Du bist ein unheilbarer Romantiker. Aber ich kenne dieses Gefühl auch. Glaube nicht, dass mich nur Eckhardt an den Norden gefesselt hätte."

Betont sachlich begann er ihr beim Frühstück den Tagesplan auszubreiten.

„Wir werden heute nach Willkischken am Flüsschen Jura kommen, wo der in Tilsit, auf der gegenüberliegenden Memelseite, geborene Dichter Johannes Bobrowski bei der Großmutter und Tante seine Sommerferien verbracht hatte, bis die Familie – der Vater war Bahnbeamter – nach Berlin umzog. Als er aus russischer Kriegsgefangenschaft zur Familie nach Berlin zurückkehrte, war er sich der Endgültigkeit des Heimatverlustes bewusst.

Es reifte in ihm der Gedanke, das Verhältnis der Deutschen zu den Völkern Osteuropas vor dem Hintergrund dieses schuldhaften Verlustes dichterisch zu gestalten. So entstanden die Gedichtbände „Sarmatische Zeit" und „Schattenland Ströme", worin er die mit dem alten geographischen Namen Sarmatien gemeinten Landschaften und Völker des Ostens aufruft und in magisch-poetischen, aufgeladenen Bildern um ein gemeinsames Erinnern bittet. Seine Frau war übrigens eine Litauerin hier aus Motzischken."

„Uffa, eine Literaturvorlesung im Urlaub um neun Uhr am Frühstückstisch! Ist hier in der Nähe nicht auch Kant, der Philosoph der strengen Pflicht und des Sittengesetzes, geboren?"

„Ja, und sein kritischer Schüler Herder, der die Sinnlichkeit und Lebenswirklichkeit in der Transzendentalphilosophie des Lehrers vermisste."

Sie fuhren durch den verspäteten litauischen Frühling mit frisch grünenden Birken, Zitterpappeln und schaumigen Wiesen. Auf der Brücke über die Jura hielten sie kurz an und kamen dann nach Willkischken. Die alte evangelische Kirche und Schule wurden gerade renoviert, und ein junger Orgelbauer aus Rheine in Westfalen, der ganz selbstlos mit anpackte, erzählte ihnen, dass er mit einer Kirchenmusikerin aus Klaipeda eine Bobrowski-Ausstellung hier in Willkischken organisiere. Er habe dafür sogar die Möbel seines

Arbeitszimmers in Berlin-Friedrichshagen kaufen können und wolle sie demnächst auf eigene Rechnung herschaffen. Sogar eine Straße im Ort war nach dem Dichter benannt: J. Bobrovskio gatvė. In der Nähe war die alte deutsche Inschrift des Kriegerdenkmals erneuert worden: „Vergiss mein Volk die teuren Toten nicht!" Bobrowski und die anderen waren hier in den dreißiger Jahren jeden Tag vorbeigelaufen. Sie hatten sie damals nicht nur vergessen und die dumme Begeisterung von 1914 nicht beklagt und den Wert eines Menschenlebens nicht gewürdigt, sondern sollten ihnen noch weit mehr Hekatomben von Soldaten und Zivilisten hinterherschicken, so dass man nun nur ebenso zustimmend wie ratlos vor der zweisprachigen Tafel der Kirchengemeinde Willkischken stehen konnte: „Zum Gedenken an alle Toten der Kriege, der Vertreibung und fern der Heimat".

Vera und er fuhren weiter zur Memelschleife um den Rombinus, den heiligen Berg der alten Litauer. Da oben aber alles zugewachsen war, sparten sie sich den Aufstieg und machten ein Picknick in den breiten Triften an der Memel.

„Darf ich dir einige Strophen aus Bobrowskis Gedicht „Die Sarmatische Ebene" vorlesen, ich bin gespannt, wie du es findest."

Ebene, riesiger Schlaf,

riesig von Träumen, dein Himmel

weit, ein Glockentor,

in der Wölbung die Lerchen,

hoch -

Ströme an deinen Hüften

hin, die feuchten

Schatten der Wälder, unzählig

das helle Gefild,

da die Völker schritten

auf Straßen der Vögel

im frühen

Jahr ihre endlose Zeit,

die du bewahrst

aus Dunkel. Ich seh dich:

die schwere Schönheit

des ungesichtigen Tonhaupts

- Ischtar oder anderen Namens -,

gefunden im Schlamm.

„Es klingt rätselhaft, wie eine schamanische Litanei, und ebenso einprägsam, du musst es mir noch einmal vorlesen. „Ströme an den Hüften der Steppe", also ist sie eine Göttin und die Flüsse umschmeicheln sie, oder sie ist die große geschmeidige Jägerin mit den Flüssen als ihren Begleitern."

Sie hielten Ausschau nach den Städten Neman und Sovetsk und mussten sich mit dem Anblick von einigen grauen Industrieanlagen und einigen Villen an den Ufern von Alt-Ragnit und Alt-Tilsit zufriedengeben. Bei der Weiterfahrt erreichten sie die durchaus weltgeschichtliche Kreuzung, an der seit kurzem ein Denkmal zur Erinnerung an die „Wolfskinder", die in den Wirren des Krieges elternlos in den Wäldern zurückgebliebenen ostpreußischen Kinder, steht. Von hier gelangt man nach links und südlich zur Königin-Luise-Brücke von Tilsit und kann sich dort in der Flussmitte das Floß von 1807 mit Napoleon und Zar Alexander vorstellen. Nach rechts und in nördlicher Richtung führt die Straße zur Mühle von Tauroggen, wo die Preußen unter Graf Yorck zum Jahresende 1812 von Napoleon abfielen.

„Lass uns nun zum Meer fahren, bat sie. All diese Zeugnisse einer fatalen Geschichte sind doch bedrückend, besonders wenn man sieht, dass sie noch anhält. Ein so breiter Fluss ohne ein Hin und Her der Menschen, Nachrichten und Waren! Warum gibt es nicht eine Euroregion Memel mit einer Weißen Flotte zwischen Šmalininkai und dem Kurischen Haff?"

Je näher man zum Delta kommt, um so unsinniger wird die Idee eines hermetischen Grenzverlaufs. Die Memel hat sich wie eine indische Gottheit immer wieder neue Verläufe und Mündungsarme gegeben, die mitunter unversehens nach dem alljährlichen Eisgang und Frühjahrshochwasser zutage treten. Die Fließgeschwindigkeit nimmt ab, und die Teilungsneigung des Stroms nimmt zu. Erst teilt er sich in Ruß rechts und Gilge links. Vor der Ortschaft Rusnė teilt sich dann der Ruß-Strom in den nördlich verlaufenden Hauptarm Atmath und den südlichen Skirwieth-Strom. Der Atmath mündet dann ins Haff, wenn er nicht durch starken Westwind einen Rückstau erfährt und in Minge und Krakerorther Lank ausweichen muss. Der hier im Marktort Šilutė, Heydekrug, geborene Schriftsteller Hermann Sudermann hat diese amphibische Landschaft in seinen Novellen, denen auch Bobrowski und die heutigen Schriftsteller Kleinlitauens viel verdanken, meisterhaft beschrieben.

„Heydekrug? Das habe ich doch vorhin gelesen. Ach ja, auf dem Textblatt zu den Alexandra-Cassetten, die wir gehört haben. „Alexandra wurde am 19. 5. 1942 als Doris Wally Treitz in Heydekrug, heute litauisch Šilutė, geboren."

Endlich erreichten sie die große Hafenstadt Memel, Klaipeda, und reihten sich am Fährhafen in die Schlange zum Übersetzen auf die Kurische Nehrung ein.

„Das schönste Zeugnis der Stadt werde ich dir heute Abend in Nidden vortragen. Es ist das Gedicht von Simon Dach auf seine Verlobte, das Ännchen von Tharau. Auf dem Theaterplatz haben sie den Brunnen zu Ehren des Dichters wiedererrichtet. Da steht sie hoch oben auf dem Pfeiler, hält eine Rose und leuchtet jedem ins Herz. Wie das zugeht, sagt das Gedicht."

Nach einer kurzen Passage waren sie auf der Nehrung, in einer der seltensten Schöpfungen der Erde. Sie fuhren durch Buchen- und Kiefernwälder, Erlenbrüche, Heiden und über offene Sanddünen, links nach dem Haff, rechts nach dem Meer Ausschau haltend.

„Wie gut, dass du mich beim Fahren ablöst. So kann ich dir eine Beschreibung aus dem Reiseführer vorlesen."

Im 18. Jahrhundert hatte man die Nehrung abgeholzt, der Sand begann zu wandern, wurde von der Meerseite durch den Wind weiter aufgetürmt und bedrohte und bedeckte unaufhaltsam mehrere Ortschaften. Ganze Dörfer wurden verlegt, einige mehrfach. Der rieselnde, wirbelnde Sand, der überall eindrang, liegenblieb, sich aufhäufte, zerrte an den

Nerven, bedrückte das Gemüt der an Entbehrungen gewöhnten Menschen. Ab der Mitte des 19. Jahrhunderts begann man mit Aufforstungen, die schließlich den Sand zum Stehen brachten. In jener Zeit kamen auch die ersten Königsberger Landschaftsmaler als Sommerfrischler in diesen abgelegenen Landstrich, und ihre frühesten Bilder bezeugen noch den düsteren Eindruck der lebensfeindlichen Wanderdünen. Erst später, mit Beherrschung dieser Naturgewalt, hellte sich deren Ansicht auf und gab Raum zu Vergleichen mit milderen, südlicheren Landschaften. Der „Italienblick" vom Schwiegermutterberg bei Nidden wurde berühmt und lockte auch Thomas Mann hierher, der sich 1929 mit dem Geld des Literaturnobelpreises ein prächtiges reedgedecktes Ferienhaus in diesem inzwischen zu Litauen gehörenden Teil der Nehrung bauen ließ.

„Ah, deshalb hast du mich hierher geführt, ich bin sehr gespannt auf den Blick vom Schwiegermutterberg."

Jetzt in der Vorsaison konnten sie noch aussuchen und fanden ein hübsches Zimmer. Die Vermieterin Frau Aušra empfahl ihnen schon mal vorsorglich einen Ausflug über das Haff mit ihrem Motorboot „Aistis" und wies ihnen den Weg zum Thomo-Manno-Namelis auf dem Schwiegermutterberg. In der vorgerückten Dämmerung konnte Vera den

„Italienblick" nicht „verifizieren", aber sie würden ja bei Tage wieder herkommen. Die günstige Lage erkannten sie aber auch bei dieser Beleuchtung.

„Durch deine langen Vorträge habe ich unseren Eckhardt schon fast vergessen", sagte sie beim Abstieg zur Uferpromenade am Haff.

„Das ist gut so."

Nachts schreckte sie auf. Sie ging zum Fenster, schloss es. „Ich hatte einen Albtraum. Ein Mechaniker fuchtelte mit diesen Zeichen von den Kähnen, aber eigentlich waren es die Flaggen eines Flugzeuglotsen, der eine Maschine nach der Landung erwartete. Das Flugzeug hielt aber nicht, raste auf ihn zu, er sah aus wie du!"

„Ich bin hier. Ich habe das Flugzeug im letzten Moment gestoppt, wie der schmächtige junge Mann mit der Aktentasche, der die Panzer vor dem Tienanmen-Platz aufgehalten hat, er war ein Held. Gott bewahre seine Seele. Schlaf weiter."

Am Morgen stiegen sie zur Aussichtsdüne hinauf. Dort hatte man eine riesige Sonnenuhr gebaut, mit den litauischen Monatsnamen auf den Stundensegmenten. Dann liefen sie die Dünen hinab ins „Todestal", hier befand sich im Ersten Weltkrieg ein berüchtigtes Gefangenenlager. Etwas weiter südlich stießen sie an die Absperrung des russischen Teils der Nehrung.

„Wir können jetzt hier sitzen bleiben und langsam mit der Düne wandern oder zum freien Strand laufen."

„Alles bewegt sich ohnehin, dann lass uns schon mal zum Strand vorlaufen."

Sie querten die Nehrungsstraße und gelangten kurz darauf zum Strand.

„Jetzt müsste ich dir Bernstein mit eingeschlossenen Insekten zeigen, aber er ist leider sehr schwer zu finden, eigentlich nur nach einer herbstlichen Sturmflut."

„Ich bin auch so glücklich. Weißt du, dass ich vor der Zeit in Wismar noch nicht am Meer gewesen war? Ich hatte großen Respekt vor der Ostsee."

„Und hier ist sie nicht ungefährlich, man sollte nicht weit hinausschwimmen."

Sie suchten sich eine windgeschützte Sandmulde, und er zog seinen Reiseführer hervor.

Die Nehrung war Durchzugsgebiet und Verbindungssaum vieler Völker. Die Ordensritter hatten hier ihren Melde- und Postweg von Königsberg nach Memel eingerichtet, und der

Meeresstrand der Nehrung wurde ein wichtiges Stück der Poststraße aus Deutschland ins Baltikum und nach St. Petersburg. Man ritt auf dem festen nassen Sand, und die Kutschen rollten mit einem Rad auf dem Sand, mit dem anderen in den Wellen der Ostsee.

„Haltet Euch an dieser Stelle gut fest!
Dort unten liegt die feuchte Heimstatt der Tritonen.
Hier gewaltige Dünen von ödem, dürren Sand.
Zwischen beiden läßt ein enger Paßpfad
dem Wagen gerade Platz; ihm folgten wir bei Nacht."
So begann Denis Diderot im Jahre 1773 seinen Bericht von einer Nehrungsfahrt. Düsterer und auswegloser sind die Schilderungen des jungen Juristen Christian Müller, der im März 1812 von St. Petersburg nach Königsberg reiste:

„Öde war alles, was wir erblicken konnten, eine endlose Sandfläche; kein entblätterter Baum, kein erstorbenes Gestrüpp erfreute das Auge in der greulichen Wüste, nichts unterbrach harmonisch das tobende, betäubende Brüllen des Meeres, nichts erinnerte an das Daseyn einer organischen Schöpfung. So fuhren wir sieben schreckliche Stunden lang. Es war unmöglich ein Wort zu reden, denn die Brandung überschrie jeden Ton, es war unmöglich einen Augenblick zu schlafen bey dem furchtbaren Getöse, es war unmöglich eine Reihe von Gedanken zu fassen, weil man sich ganz betäubt fühlte. Ich glaube, man könnte diese Existenz als einen Torturgrund gebrauchen, und er würde vielleicht bey vielen Menschen die bezweckten Wirkungen weit sicherer haben, als körperliche Schmerzen; ich wenigstens will lieber die härtesten ertragen, als diesen Zustand schmerzlicher Spannung, diese fruchtlose Bemühung der Seele sich aus dem betäubenden Chaos herauszureißen, noch einmal empfinden."

„Was für eine schreckliche Schilderung! Und wir liegen hier und erfreuen uns am Anblick des Strandes. Aber natürlich können wir auch jederzeit den Blick nach rechts zum grünen Waldsaum wenden."

„Vielleicht war es nicht nur eine Beschreibung der Reisestrapazen, sondern auch eine Stimmung der Ausweglosigkeit unter der Napoleonischen Herrschaft."

„Das eben verstehe ich nicht. Hat man denn in der Modernisierung durch Napoleon, zum Beispiel im Bürgerlichen Gesetzbuch, nicht auch eine Chance gesehen? Es gab den Anstoß zur Emanzipation der Juden. Aus eigener Kraft war man vorher ja nicht sehr weit gekommen. Für die Frauen jedenfalls wurde nichts gewonnen."

„Wahrscheinlich sah man nur die auferlegten Kriegslasten

und scharte sich um die Fürsten, die ihnen dann den mittelalterlichen Pomp der Heiligen Allianz bescherten. Aber es ist schon merkwürdig, dass wir angesichts einer so weiten und freien Natur auf solche Gedanken kommen."

„Ja, komm, wir sollten die Füße ins kalte Wasser halten. Damals haben sie wohl im Spiegel der Natur ihr politisches Elend gesehen oder einen imaginären Fluchtpunkt gesucht. Erst Heine hat damit gebrochen, wie gern habe ich seine Gedichte gelesen. Einmal reißt er einen Doktor davon zurück, sich über Bord in die Tiefe zu stürzen, ein andermal fasst er das Fräulein am Meere an der Schulter, sie möchte nicht so traurig nach dem Sonnenuntergang schauen."

Sie lief voraus, spritzte ihn voller Mutwillen nass und jagte davon. Sie war eine gute Läuferin, zudem barfuß und ohne Ballast. Als sie einen Priel vor sich sah, glaubte er sie zu stellen, aber sie stieg mutig hindurch. Das Wasser störte ihn nun nicht mehr, er folgte ihr mit dem Rucksack auf dem Kopf. Das Päckchen warf er jetzt fort, und da sie durch die nasse Kleidung stärker gehandikapt war, holte er sie nach hundert Metern ein. Lachend und nach Luft schnappend rollten sie nun über den Sand.

„Jetzt bringen wir uns Frau Aušra als ein Paar panierte Flundern mit, zum Aufwärmen in der Pfanne."

„Und dazu gibt es Zeppelinchen."

Bis zur Pension war die Panade getrocknet und abgefallen. Sie kamen noch pünktlich zur Abfahrt der „Aistis". Vom Haff aus sahen sie die kleinen Orte, die sich in den Schatten der Dünen duckten. In Minge machte man Station, um eine sehr erwünschte Fischsuppe zu essen, das Brot dazu schmeckte nach Kümmel und Kalmus. Dann fuhren sie ein Stückweit in die Mündung der von Schilfinseln begleiteten Memel und kamen auf dem Rückweg an der tückischen Windenburger Ecke vorbei, wo Sudermann in der „Reise nach Tilsit" sein Fischerpaar in den nächtlichen Fluten umkommen ließ. Es schwankte ordentlich, aber ein böses Schicksal blieb ihnen erspart. Als es zu regnen begann, nahmen sie unterdeck neben einem alten Mann Platz, der ihnen schon aufgefallen war, weil er sich an Bord so sicher bewegte, obwohl er offenbar von einem Schlaganfall her das Bein nachzog. Er wohne in Bremerhaven und sei Hochseefischer gewesen, erzählte er, stamme jedoch hier aus der Gegend. Als Zehnjähriger habe er dem Vater im Kurenkahn beim Fischen geholfen. Er erklärte ihnen, wie diese merkwürdigen Boote funktionierten. Gesteuert wurde mit Ruder und Seitenschwert und sogar ein Öfchen gab es vorn in der kleinen Kajüte am Bug. Am Ende des Krieges sei er durch die Kinderlandverschickung nach Bayern gekommen, und erst Jahre später auf hoher See, auf einem Trawler vor Grönland, habe er erfahren, dass sein Vater aus Sowjet-Litauen ausreisen durfte.

Während die „Aistis" mächtig schaukelte, und der Kapitän hin- und herkreuzte und die frontale Fahrt gegen die Wellen vermied, erzählte ihnen der alte Seemann von den Gefahren auf dem untiefen Haff. Als er ihre Verunsicherung bemerkte, schob er nach, dass das natürlich nur in den Herbststürmen und bei Eisgang problematisch sei. So richtig glaubten sie es erst, als sie durch die vollgespritzten Scheiben das Ufer näherkommen sahen. Sie verabschiedeten sich herzlich mit einem selbstgebrannten Fünfziggrädigen, den der Kapitän der „Aistis" nach der glücklichen Rückkehr in den Niddener Hafen noch spendierte. An der Hafenmole feierte eine neureiche Gesellschaft Hochzeit, und abends sollte eine französische Folkrockband spielen.

„Also werden wir heute nochmal nach bretonisch-internationaler Musik tanzen, bevor du dich morgen im Thomo-Manno-Archiv einschließen darfst."

Vom Schwiegermutterberg sah man tatsächlich einige Kiefernkronen, die bei bestimmtem Licht für Pinienschirme durchgehen konnten. In der kleinen Kopien-Ausstellung im ehemaligen Künstlerhaus Blode und im Niddener Museum hatten sie schon studiert, was die Freiluftmaler angelockt und wie ihre Eindrücke auf der Leinwand Gestalt gewonnen hatten. Während er am Strand bis Purwin lief, blieb Vera noch länger im Thomas-Mann-Haus, um sich Notizen für eine Unterrichtseinheit zu machen. Es faszinierte sie besonders, dass der Schriftsteller hier mit Blick auf Haff und Dünen an seinem ägyptischen „Josephs"-Roman gearbeitet hatte.

Ein Tag blieb ihnen noch für Strandwanderungen, für das Verliegen und Einschlafen in Sandkuhlen, für das Beobachten des wechselnden Lichts auf ihren Gesichtern, dann würden sie über Nacht mit der Autofähre von Klaipeda aus nach Rügen zurückkehren. Am Vorabend fragte sie ihn beiläufig, wie er denn zu seiner Apotheke gekommen sei. Er wehrte zwar ab, dass das eine zu langweilige Geschichte sei, nicht annähernd so interessant wie die Vorgeschichte eines Nobelpreises oder die Einheirat in eine reiche Münchener Familie von Pringsheim. Aber sie ließ nicht locker. „Die Treuhand hat nach der Wende die bestehenden Apotheken, die nicht von Ost-Kollegen übernommen wurden, ausgeschrieben, und da habe ich mich halt beworben, weil mir im Moment nichts Besseres eingefallen ist. Eine der zweifelhaftesten Entscheidungen meines Lebens, da die nächsten Jahre sich als sehr mühevoll herausstellten und mir wohl auch meine Ehe mit Dorothea ruiniert haben. Ihr fehlte da oft die Einsicht in die alltäglichen Notwendigkeiten, oder bei mir war sie zu stark ausgeprägt."

„Aber wie ging der Verkauf vor sich?"

„Apotheke und Haus wurden getrennt verkauft, man musste jeweils Gebote im verschlossenen Umschlag einreichen. Es hat schon ein paar Tricks gebraucht, um an beides heranzukommen. Die konkurrierenden Apotheken fingierten, dass sie mitbieten würden, um das Ganze zu torpedieren. Ich musste auch einigen natürlich aussichtslosen Kollegen „empfehlen", nicht mitzubieten."

„Das Haus ist schon älter?"

„Ja, ich fand später Unterlagen, dass es mal einem Hermann Sternberg gehört habe, bevor es zu DDR-Zeiten an die Kommunale Wohnungsverwaltung fiel. Von der kam es an die Treuhand und von dort an mich.

Im Arzneikeller fanden wir ein altes Schild mit der Aufschrift „КОМЕНДАТУРА– KOMMANDANTUR".

Jemand wusste auch, dass hinter dem Haus der Vorarbeiter

des Gartenbaubetriebs hingerichtet worden war, weil er Zwangsarbeiter aus Sachsenhausen drangsaliert hatte. Der Chef war natürlich geflohen. Ich nehme mal deine Neugier als Vorfreude auf die kommenden Tage?"

„Genau, ich bin gespannt zu sehen, in welchem Gehäuse deine Seele wohnt."

„Ach, das Gehäuse aus Fleisch und Blut genügt dir nicht mehr." Sie kratzte, kniff und knuffte ihn.

„O, das macht meiner Seele nichts, im Gegenteil, aber im Haus werde ich einen Kratzbaum für dich aufstellen."

Sie standen an der Reling und verfolgten die Ausfahrt aus dem Kurischen Haff, nach Backbord mit Blick auf die Nehrung und nach der Abendseite auf den langgestreckten Hafen von Klaipeda.

Als sie das Memeler Tief erreicht hatten, drehte die Fähre in weitem Bogen in Richtung des fortströmenden Abendlichts auf die offene Ostsee hinaus. Obwohl es sie zu frösteln begann, stießen sie noch einmal mit Švyturys-Bier an und gingen dann in ihre Bullaugenkabine hinunter.

„Was für eine gute Idee von mir, dich zu nötigen, mich hierhin einzuladen!"

„Und was für ein schöner Zug von dir, mich zu lieben."

„Und was für eine winzige Kabine."

Das Ende?

Vorpommern, Mecklenburg und Brandenburg empfingen sie mit den leuchtendsten Sommerfarben, aber beide waren in nachdenklicher Stimmung. Er überlegte, wie er sie dafür gewinnen könne, sich zunächst in seiner Wohnung aufzuhalten. Er wollte erst herausbekommen, woran er mit diesem Eckhardt wäre und ob er wirklich nur ein lästiger, gehässiger Angeber sei. Erstaunlicherweise ging sie gleich auf seinen Vorschlag ein, sich auch nicht sofort bei Ariane und den anderen im Café zu melden. Sie wolle sich in seinen vier Wänden noch ein wenig von der Seeluft erholen und dann nach Italien zurückfliegen.

Am Tag der Ankunft lernte sie auch gleich seine Tochter kennen. Er war sehr erfreut, dass sie offenbar etwas miteinander anfangen konnten. Seiner Tochter musste er versprechen, dass sie auch irgendwann einmal die hohen Dünen von Nidden hinunterlaufen könne, und bestimmt würde sie in diesem Sommer noch in der Ostsee baden. Vera nannte die anderthalb Stockwerke über der Apotheke einen prächtigen Elfenbeinturm, wo es ihr an nichts fehlen würde. Während er sich im Geschäft nach allem erkundigte, kochten die beiden Frauen eine spaghettata mit litauischen Fischkonserven.

Dann spielten sie einige Runden „Uno" und „Hans von Bickenbachs Reise um die Welt".

Am nächsten Vormittag rief er Ariane von der Apotheke aus an und erfuhr, dass Eckhardt verreist sei, wohl nach Italien. Schon am Sonntag, beim Spiel auf dem Caputher See, habe er sich durch einen anderen Kameramann vertreten lassen. Der hätte einige Male über ihre „Einstein in Caputh"-Sketche lachen müssen und dabei bestimmt die Aufnahmen verwackelt und die Tonspur ruiniert.

Bevor er sich zusammen mit Vera anmeldete, wollte er Ariane jedoch noch unter vier Augen sprechen und verabredete sich mit ihr am frühen Nachmittag.

„Dir scheint ja die Eremitage zu gefallen, oder verabredest du dich heimlich mit anderen Liebhabern?" warf er Vera zu, als sie ihn ohne Protest zu seinen „Besorgungen" ziehen ließ. Er schwang sich aufs Fahrrad und war in einer Viertelstunde am Café, das Ariane ihm öffnete. „Eckhardt ist euer Impresario und wichtigster Mann und ständig auf Reisen?"

„Das gleiche gilt von unserem früheren Dramaturgen, der uns so schnöde im Stich gelassen hat."

„Ariane, du weißt, dass ich mich zurückziehen musste, und denk noch mal an den heftigen Streit, wo ich hier ohne jegliche Rückendeckung dastand."

„Ich weiß, es hat keine gute Entwicklung genommen. Das ganze Rechnungswesen habe ich ihm nun auch überlassen, nachdem eine Medienfirma mit unklaren Forderungen an mich herangetreten war. Ich kümmere mich nur noch „um das Künstlerische"."

„Hat er Drohungen ausgesprochen?"

„Gegen wen? Wieso? Er ist im Gegenteil sehr freundlich und verbindlich."

„Hm. Und woher vermutest du, dass er nach Italien gereist sei?"

„Nur so ein Gefühl. Einmal hörte ich ihn auf Italienisch telefonieren."

„Mit einer Frau? Mit einem Mann?"

„Warum willst du das wissen? Keine Ahnung. Du scheinst eine fixe Idee zu verfolgen, mit Kripo-Methoden. So spielt jeder sein Theater."

„Ja, vielleicht hast du recht, ich wünsche es mir sogar. Es ist nur, weil Vera mich nach Nidden begleitet hat und jetzt noch ein paar Tage bei mir wohnt. Und sie hat mir erzählt, dass Eckhardt sie in Alessandria aufgesucht hat."

„Aha, aber was ist daran verwunderlich oder kriminell? Sie waren doch lange zusammen. Ihr seid euch jetzt näher ge-kommen, das verändert natürlich den Blick, nicht unbedingt zum Objektiven oder Unparteiischen hin."

„Ich mag ihn subjektiv und objektiv nicht."

„Dein gutes Recht, aber du konntest nicht erwarten, dass die Schauspieler dir darin folgen würden."

„Und du?"

„Ich mag ihn auch nicht, aber wir können trotzdem etwas zusammen veranstalten, vielleicht wird er doch meinen Film drehen. So ist das in unserm Metier. Einem eingetragenen ehrlichen Kaufmann wie dir muss es davor natürlich grauen. Da kommt Fritz, er scheint mehr auf deiner Seite zu stehen."

„Hallo. Ihr habt Eckhardt zergliedert? Da kann ich nicht viel beitragen, vielleicht dass er mir nervöser vorkam als sonst, aber wir haben ihn in letzter Zeit wenig gesehen."

„Da es dich nicht zu beunruhigen scheint, soll es mich auch nicht beunruhigen. Ich fahre nach Hause und werde später mit Vera vorbeikommen. Reserviert bitte einen Tisch."

„Bei der momentanen Nachfrage reservieren wir dir das ganze Café."

Als er zur Apotheke zurückkam, wunderte er sich, dass er sein Auto nicht sah. Sollte Vera weggefahren sein? Die Angestellten hatten nichts bemerkt. Da ging er nach oben in die Wohnung.

Er fand sie unverschlossen, niemand war da. Er rief seine Tochter an, sie war bei ihrer Mutter. „Nein, alles in Ordnung." Dann versuchte er Vera zu erreichen. Sie ging nicht ans Telefon, er sprach aufs Band, dass sie sich melden solle. Jetzt fiel ihm auf, dass er sein Handy nicht sah. Hatte er es verlegt? Hatte Vera es mitgenommen? Wozu? Auch unter dieser Nummer keine Reaktion. Er wurde nervös, schaute aus den Fenstern. Er rief Ariane im Café an, um die Handynummer und Adresse von Eckhardt zu erfahren.

„Du hast Vera nicht angetroffen? Sie wird eine Besorgung machen oder spazieren gegangen sein."

„Aber mein Auto ist auch weg, ohne eine Notiz, das würde sie nicht tun."

Ariane erschien nach einigen Minuten. Von ihrem und seinem Telefon aus versuchten sie Eckhardt zu erreichen. Niemand reagierte.

„Darf ich mit deinem Auto zu seiner Wohnung fahren und nachschauen, während du hier auf das Telefon aufpasst?"

„Aber es ist doch im Süden von Berlin?"

„Du hast recht, ich rufe Günter an, er wohnt in Steglitz um die Ecke, er soll mir den Gefallen tun."

Der Freund war auch bereit dazu. Nach einer Viertelstunde rief er zurück:

261

„Es öffnet niemand. Ich kann auch nichts Verdächtiges entdecken. Im Briefkasten stecken mehrere Zeitungen, der scheint wirklich verreist zu sein. Erzähl mir später unbedingt, worum es sich handelt. Keine Ursache. Tschüss."

Er sank auf einen Stuhl.

„Sie wollte die Wohnung nicht verlassen, und jetzt meldet sie sich nicht. Ich bin sehr besorgt. Nichts ist in der Wohnung verändert, es hat kein Einbruch oder Überfall, keine Rangelei stattgefunden. Es ist gespenstisch."

„Ich war ja nur einmal hier, ach, da fällt mir ein: mit Eckhardt."

„Mit Eckhardt?"

„Ja, entschuldige, ich habe es vergessen, ich hatte mir nichts dabei gedacht. Damals habe ich doch die Fontane-Ausgabe ausgeliehen, Eckhardt war zufällig dabei. Es war aber nichts Besonderes, nur ein Brief da auf dem Tisch hat ihn interessiert."

„Veras Brief, er ist weg!"

„Er sagte, dass er die Schrift kenne, und drehte ihn um. Mehr war nicht."

„Ariane, woher weißt du das? Die Fontane-Ausgabe stand doch drüben im Arbeitszimmer. Du hast ihn hier allein gelassen? Er war doch bei der Stasi!"

„Bei der Stasi? Er war doch nur ein kleiner Zuträger."

„Vera sagte, dass er ihr einmal einen Revolver gezeigt hat."

Jetzt war auch Ariane besorgt. Sie plädierte dafür, die Polizei anzurufen.

Er ging noch einmal durchs Zimmer, dann wählte er die Nummer.

„Was haben sie gesagt?"

„Lieber Mann, wenn wir jede seit zwei Stunden vermisste Freundin suchen wollten, könnten wir morgen zumachen. Sie sagen doch selbst, dass keine Auseinandersetzung stattgefunden hat. Warten sie ab, es wird sich schon aufklären."

„Das ist ja unmöglich, wozu bezahlt man denn Steuern?"

„Ich bezahle wirklich Steuern, und es spielt offensichtlich keine Rolle."

Nach einer unendlich langen halben Stunde, in der sie Fritz vergeblich um Rat gefragt und sich das Hirn zermartert hatten, klingelte das Telefon. Die Nummer war von seinem Handy. Es war Vera.

„Es geht mir gut. Unternehmt nichts, verstanden. Es ist noch etwas zu klären. Ich melde mich wieder. Ecco, ciao."

„Ariane, nichts ist gut! Nie sagt sie ecco, ciao. Ecco – das ist Eckhardt!"

Mit dem Zeigefinger an den Lippen bedeutete er ihr zu schweigen und winkte sie in die hintere Ecke des Flurs hinaus.

„Wenn er einmal hier war", flüsterte er, „kann er auch ein zweites Mal dagewesen sein und Wanzen verlegt haben. Vielleicht hat er Helfer. Alles wichtige hier in der Ecke flüstern! Wenn sie sich innerhalb von zwei Stunden nicht erneut meldet, rufen wir die Kripo an."

Ariane nickte.

Es war ein jammervolles gefrorenes Bild. Sie saßen in der Ecke des Flurs auf dem Boden, unter höchster Anspannung, hielten sich umarmt, mit den Köpfen aneinander. Untätig und ohne einen rettenden Gedanken.

Vera hatte auf Eckhardts Anruf gewartet. Als sie abhob, war jedoch nicht er dran, sondern Sylwia. Sie wussten voneinander und machten sich schnell miteinander bekannt. Sie spürten, dass sie sich vertrauen konnten, und Sylwia schilderte ihr, dass Eckhardt zuletzt einen gehetzten Eindruck gemacht habe. Zweimal schon hatte eine Film- und Vermarktungsfirma beim Bezirksamt die Begleichung dubioser Rechnungen verlangt. Sie wusste von ihrer Nidden-Fahrt und habe sie warnen wollen. Sie gab Vera ihre Handynummern, ermahnte sie auch, möglichst ein zweites Handy zur Verfügung zu halten. Als es an der Tür klingelte, legte Vera auf.

„Ich habe die Dokumente", sagte Eckhardt bestimmt. „Es ist eindeutig, dass die Angehörigen von Hermann Sternberg die rechtmäßigen Eigentümer dieses Hauses sind. Offensichtlich ist der Verkauf am Amt für offene Vermögensfragen vorbei gelaufen. Er muss sehr gerissen vorgegangen sein, ein typischer Mantelmensch. Wie die Heuschrecken sind diese Spekulanten nach 1990 hier eingefallen."

„Ich habe eine ganz andere Version gehört."

„Kann ich mir vorstellen. Aber ich möchte mich hier nicht lange aufhalten. Komm mit, ich beweise dir alles. Es gibt noch eine Möglichkeit, die er sich aber etwas kosten lassen muss. Am besten, du fährst sein Auto, wir haben einen weiteren Weg." Die vage Möglichkeit, Schaden von ihm abzuwenden, und vor allem ihr Glaube, Einfluss auf Eckhardt zu haben, veranlassten Vera, sich auf dessen Aufforderungen einzulassen. Unbemerkt verließen sie das Haus und fuhren mit seinem Auto davon. In einer offenbar fremden Wohnung mit zugezogenen Vorhängen legte Eckhardt ihr die Dokumente vor, den Kaufvertrag mit einem Hermann

Sternberg und einen älteren Grundbuchauszug vom Sommer 1944. Ohne dass sie mit deutschen Aktenformularen vertraut war, schienen ihr die Papiere doch echt zu sein und deckten sich mit dem, was sie schon wusste.

„Bei allen Eigentumsübertragungen zwischen '33 und '45, natürlich nur bei uns hier im Osten, muss überprüft werden, ob es sich um Arisierungen gehandelt hat. Ausgehend von einem Brief in den Akten habe ich aber eine alte Frau ausfindig gemacht, die mit Sternberg verlobt war und weiß, dass er kein jüdischer Deutscher war. Sie und ihre Familie sind durch Sternberg um den Besitz geprellt worden. Anhand eines Testaments und anderer Unterlagen kann sie das alles bestätigen. Ihr Recht möchte sie jetzt nicht mehr durchsetzen, verlangt aber eine erhebliche finanzielle Entschädigung. Wir sind später mit ihr verabredet."

„Warum kann er nicht dabeisein? Du behauptest doch, dass du in seinem Interesse handeln willst."

„Ja und nein. Ich bin kein Samariter. Mein Einsatz nützt ihm, aber auch uns. Ich kann dir an dieser Sache zeigen, was für ein zwielichtiger Typ er ist. Wollte man die Dokumente bis zur höchsten Instanz durchfechten, würde man feststellen, dass er nachträglich und wissentlich entweder von Arisierungen profitiert hat oder von den betrügerischen Machenschaften eines Heiratsschwindlers. Es ist mein Verdienst, diese Frau gefunden zu haben, sie wird bestimmt nicht mehr sehr lange leben, und ich verlange ein Honorar, was übrigens nur ein geringer Teil davon sein wird, was ihm die Apotheke über die Jahre unrechtmäßig eingebracht hat."

„Ich weiß nicht recht."

„Du sollst auch gar nichts machen. Verhalte dich ruhig und vertrau mir. Du sollst ihm nur ganz kurz diese Nachricht mit deinem Handy übermitteln."

„Als SMS? Nein, ich will ihn sprechen!"

„Nun gut, aber nur diese kurze Mitteilung. Ich möchte auf gar keinen Fall, dass die Sache verdorben wird. Es hängt sehr viel davon ab, dass du richtig mitmachst."

Während sie sprach, hielt Eckhardt das Handy und entzog es ihr sofort nach dem kurzen Abschiedsgruß.

„Jetzt wirst du eine kurze Fahrt unternehmen, bei der dir aber zum eigenen Schutz die Augen verbunden werden. Kein unnötiges Misstrauen, du wirst es nachher verstehen. Der Fahrer ist übrigens ein Landsmann von dir, aber er wird kein Wort sprechen. Wir müssen das jetzt knallhart durchziehen, das Vergnügen kommt später."

Er haderte mit der eigenen Festlegung auf zwei Stunden Untätigkeit. Aber was hätten sie denn tun können? Die Polizei hatte doch schon abgewinkt, und der kurze Anruf klang nach außen nicht bedrohlich, nur nach einer privaten Auseinandersetzung, einer üblichen Eifersuchtsgeschichte. Sie telefonierten ihrerseits, ob jemand Bekannte von Eckhardt kenne oder jemandem etwas aufgefallen sei in der letzten Zeit, das Ergebnis war jedoch Fehlanzeige.

Noch vor Ablauf der zwei Stunden klingelte es wieder mit einem Anruf von seinem Handy.

„Vera!" schrie er in den Hörer.

„Na, nicht so heißblütig", antwortete Eckhardt scharf, „erst möchten wir mal wissen, ob du dich an die Instruktion gehalten hast: keine Polizei, unter keinen Umständen! Nun gut. Es würde die Sache sehr verkomplizieren, es könnte sogar sehr böse ausgehen, ich bluffe nicht, verstanden? Jetzt hör genau zu. Du besorgst bis morgen Abend eine Million. Das geht nicht? Und ob das geht. Ich weiß, dass du mehrere Konten hast, ich kenne sogar die Kontostände. Heute Abend wirst du online noch Anweisungen tätigen. So kommst du bis morgen Abend auf 500 000 in bar. Den Rest weist du auf folgendes Konto an, mit einer Bestätigung über die unwiderrufliche Verfügung, die ich morgen abrufen werde, du wirst mir die Codes mitteilen. Wiederhole jetzt die Nummer! Morgen gegen Mittag werde ich mich wieder melden. Veras Wohl hängt davon ab, dass keine Polizei im Spiel ist und du deine Hausaufgaben machst. Verstanden? Dein Haus und die Wohnung werden beschattet. Ende."

Sie vermochten nicht beim Flüstern zu bleiben. In panischen Entladungen jagten die Gedanken durch den Kopf. Nein, er würde tatsächlich erst die Bankanweisungen tätigen, um keine Zeit zu verlieren, und dann könnten sie die Kripo einschalten. Jetzt hatten sie keine Ausrede mehr. Ariane schaute stier vor sich hin, als er mit Nummern und Konten jonglierte. Er musste zumindest seinen „guten Willen" zeigen, auch wenn er die Summe nicht zusammenbringen würde. Dann schlich er hinaus, um von außerhalb mit Arianes Handy die Polizei anzurufen, während sie in der Wohnung seine Anwesenheit vortäuschte. Draußen fiel ihm nichts Besonderes auf.

Ein Polizeiwagen las ihn an der Bundesstraße auf und fuhr mit ihm zur Wache in der Kreisstadt. Allmählich hatten die Beamten den Eindruck, dass trotz oder gerade wegen seiner Verwirrung an der Geschichte etwas dran sei. Sie besorgten ihm ein Leihfahrzeug und wiesen ihn an, sich morgen früh zu einem Treffen mit den Kripo-Beamten zur Verfügung zu halten. Jetzt müsse er versuchen zu schlafen.

Ariane hatte die Zwischenzeit ganz allein durchstehen müssen und sich nicht getraut zu telefonieren. Er überprüfte nun nach den Anweisungen der Beamten, ob der Apparat verwanzt sei. Es gab Entwarnung, zumindest hier hatte Eckhardt geblufft.

Eine halbe Stunde mochten sie gefahren sein. Zweimal hatte sie versucht, die Augenbinde abzunehmen. Der Fahrer hatte sie angeschnauzt, und sie kannte nun wohl schon die Hälfte seines Wortschatzes: finiscila! basta! Sie glaubte, ihn nach Norditalien stecken zu können. Sie sah die Behaarung auf seinem Handrücken beim Schalten, ein Testosteron-Typ. Dann wurde sie in ein Zimmer mit einem Zementboden und einem Behelfsbett, einer Feldliege, geführt. Wenn sie zur Toilette müsse, solle sie es sagen. Die Tür wurde geschlossen. Sie könne die Binde abnehmen. Sie solle sich vernünftig verhalten, er und sein Kollege würden alles mitbekommen.

Es gab nur eine 10 Watt-Beleuchtung und ein verbrettertes Fenster. Sie fühlte sich elendig. Sollte sie schon das Handy benutzen? Aber was hätte sie angeben können, sie wusste jetzt, woran sie war, aber nicht, wo sie war. Der Aufpasser machte den schlechtesten, brutalsten Eindruck auf sie.

Sie ließ sich zur Toilette führen, fünf Boxen in Reihe, davor ein Waschraum mit einer Art Trog, alles sehr schundig. War das eine alte Kaserne?

Man gab ihr etwas zu essen, eingeschweißte Brötchen und Wurst, Mozzarella und Tomaten. Nochmals wurde sie gewarnt, auch in der Nacht würde man alles mitkriegen, con noi non si scherza! Jetzt hatte sie Zeit zum Nachdenken.

Eckhardt war noch einmal alle Details des Planes durchgegangen. Nach einer letzten Zigarette löschte er das Licht.

Wie ich sie hasse, alle diese Gutmenschen mit ihrer überspannten Moral. Wie freudlos sie leben, wenn sie nicht schadenfroh über den herfallen können, der sich etwas traut, der sich aufschwingt. Wie leicht es ihnen fällt, andern das Leben schwer zu machen. Wenn es allen schlecht oder so mäßig geht, dann fühlen sie sich wohl. Dann brauchen sie sich über ihr konventionelles Dasein keine Rechenschaft zu geben. Wie gern gehen sie als Durchschnittsexistenz im Mittelmaß unter. Sie sind unfähig sowohl zur Freude als auch zum Leiden.

Das wirkliche Leben in jedem Augenblick ist ihnen zu anstrengend. Ich bin anders und werde mich nicht beugen. Ich habe gelitten und ich kann ein erhabenes Evangelium der Wollust niederschreiben. Wenn man aber den Glauben nicht hat wie sie, wenn man nicht den Absprung nehmen kann von diesem Leib und diesem Ich in seiner endlichen Zeitspanne, dann ist man ihnen suspekt, ein Störenfried. Aber alles Leben ist so, vita violenta. Ihr ewiger Refrain ist die höhere Gerechtigkeit, die für alle sorgt, allen ein Krümchen zukommen lässt. Wenn es euch reicht, bitte. Für mich sorgt keine höhere Gerechtigkeit. Das Leben ist individuell gemischt und drängt nach Äußerung. Dieses Schicksal nicht zu verraten ist der erhabenste Grundsatz. Über Werte und Ideen sind sie sich ohnehin nicht einig, aber darunter, auf der pragmatischen Ebene, wo das Leben spielt, da setzen sie das moralische Messer, den sozialen Rasenmäher an. Sie können nicht aushalten, dass wir nur dieses Leben haben, und verfolgen die freien Geister mit ihren armseligen Vorstellungen. Er kommt und macht mir meine Vera, nach der mich dürstet, abspenstig, und ich soll dazu opferlammfromm nicken und sagen: ja, trage du die Flamme des Lebens und der Liebe weiter, ich krümme mich derweil zurück in den Rinnstein, Amen, halleluja. Dazu bin ich nicht schlicht genug. Meine Natur befähigt mich zu mehr.

Ariane und er nächtigten in einem Raum. Nachdem er durch die Erschöpfung wie ausgeknipst ein paar Stunden geschlafen hatte und jetzt wieder aufgeschreckt war, schlich er ins Arbeitszimmer hinüber und starrte vor sich hin.

Was bezweckte Eckhardt? Konnte er glauben, dass er mit seinem Coup durchkäme? Was wollte er von Vera? Sie hatten telefoniert, hatte er daraus den doch falschen Eindruck gewonnen, dass er sie noch umstimmen könne – wie er damals gegenüber Sylwia und Hendryk, aber unter starkem Wodka-Einfluss? Unter welchem Einfluss stand er? Er war in einer finanziellen Klemme. An das 66-Seen-Theater hatte er sich angehängt. Er hängte sich immer an und saugte andere aus. Oder wollte er gar zerstören, weil er selber hohl war? Das machte ihn dann gefährlich, er hatte offenbar keine inneren Hemmungen. Wenn man ihm vermitteln könnte, dass zwischen Vera und seinem Rivalen nichts festes sei, würde das seine Bosheit vielleicht beschwichtigen und Vera aus der Gefahr herausholen. War ihr Brief damals nicht interpretierbar gewesen?

Als es dämmerte, gesellte sich Ariane zu ihm. Trotz der Übernächtigung erschien sie ihm kräftiger als vor kurzem.

„Ariane, ich weiß nicht, was ich ohne dich gemacht hätte

und machen würde."

„Ach, ich werfe mir vor, dir diesen Eckhardt eingebrockt zu haben."

„Sogar eingebrookt", versuchte er einen Scherz, „und dazu noch mit seiner zickigen italienischen Freundin."

„Glaubst du, dass er ihr etwas antun könnte?"

„Um mir zu schaden, vielleicht. Wir brauchen ein Lebenszeichen von ihr!"

Sie frühstückten zerstreut, verabredeten, dass er ihr Handy übernehmen könne, während sie unter dem Café oder dem Handy von Fritz zu erreichen wäre.

Um halb acht Uhr instruierte ihn die Kripo Neuruppin zu einem verdeckten Treffen. Er solle am Vormittag die möglichen Geldbeträge abheben, aber in der Wohnung verstecken. Die Kripo würde drei Fünftel der Summe in nummerierten Scheinen liefern. Zusätzlich solle er Eckhardt drei Kilobarren Gold anbieten, die die Kripo präparieren würde. Er müsse unbedingt auf einem Lebenszeichen und der Freilassung der Geisel bestehen.

Sie hielt es nicht aus auf der Liege in dem öden Gefängnis. Sie verlangte eine weitere Decke. Die Wächter verweigerten jedes Gespräch. Sie lief im Kreis herum. Dann bellten sie, dass sie endlich Ruhe geben solle.

Irgendwann überfiel sie die Erschöpfung und sie schlief bis zum hellen Morgen, den sie erst bemerkte, als der Wächter ein Frühstück hineinschob.

Nachdem sie sich notdürftig gewaschen hatte, verlangte sie ultimativ, Eckhardt zu sprechen. Sie riefen ihn an. Angestrengt versuchte sie durch die Wand etwas aus ihrem Flüstern aufzuschnappen. Um sie nervös zu machen und ihrer Forderung Nachdruck zu verleihen, rief sie laut dazwischen. Aus dem wenigen, das sie mitbekam: autostrada, macchina, vecchia, reimte sie sich zusammen, dass es eine Fahrt über die Autobahn zu der alten Frau geben solle. Auch zwei unbekannte Wörter oder Namen merkte sie sich: leste, feben. Eckhardt würde kommen, wurde ihr hingeworfen.

Zumindest gab es keine Verschärfung der Aggression. Man gewöhnt sich aneinander, dachte sie zynisch.

Um halb ein Uhr meldete sich Eckhardt, offenbar aus einem Auto. Er verlangte die Codes der Überweisungen, er würde sich wieder melden. Nach fünfzehn Minuten klingelte ein anderes Handy, er saß offenbar wiederum im Auto, diesmal mit stärkerem Hintergrundrauschen. Mit dem Gold war er einverstanden. Die Summe müsse aber noch um 50.000 erhöht werden, egal wie, drei Stunden gebe er ihm Zeit. Dann solle er sich mit dem Auto – er nannte ihm die Nummer seines Leihfahrzeugs! - und einem verabredeten Handy bereithalten.

„Wo ist Vera, ich will ein sicheres Lebenszeichen. Ohne sie geschieht nichts!"

„Du wirst sie sehen. Ende."

„Wo bleibt Eckhardt?"

Sie hatte gegen die Tür gebollert, geschrien und getobt. Ein Wächter hatte ihr eine heftige Ohrfeige verpasst. Dabei war sein Gesicht kurz zu sehen gewesen. Es kam ihr irgendwie bekannt vor. Sie ging zur Liege zurück und dachte, dass sie vorsichtiger sein müsse.

Endlich erschien er. Sie überschüttete ihn mit Vorwürfen. Er blieb eiskalt.

„Du wirst es später verstehen. Wir sind nah am Ziel."

„An welchem Ziel? Glaubst du, dass man darauf etwas aufbauen kann?"

„Er hat sich eine bequeme Existenz auf seinem Betrug aufgebaut, und du verschließt die Augen. Du wirst es einsehen. Es ist unser Recht. Verhalte dich diszipliniert, ich hole dich gleich ab. Reiz die Leute nicht."

Nachdem er fort war, gab es keinen Grund mehr zu warten. Sie kroch unter die Decke und fingierte zu heulen. Die angezeigte Nummer, die sie in der Verwirrung wählte, war die von Sylwia. Schnell berichtete sie ihr die Situation und die bevorstehende Fahrt.

„Gibt es die Orte Leste und Feben?"

Weiter kam sie nicht. Der Wächter riss ihr das Handy fort und versetzte ihr einen weiteren Schlag.

„Ti costa caro, puttana", ging er wütend hinaus.

Es ging jetzt sehr schnell. Aus Angst vor einer Handyortung wollten die Wächter den Unterschlupf verlassen. Sie verpflasterten ihr die Augen, sezten ihr eine Sonnenbrille auf und stießen sie ins Auto. Man fuhr herum. Sie hielten Funkkontakt und irgendwann auch Blickkontakt zu Eckhardt. Dann wurde angehalten, sie vernahm Geräusche von einer Art Lieferfahrzeug, es roch nach Diesel und Farbe.

Er erhielt einen vorzeitigen Anruf. Dass er die Summe noch nicht zusammen hatte, spielte nun keine Rolle. Er solle alles in einer unauffälligen Reisetasche verstauen und diese in einen blauen Müllsack stecken. Um Punkt vier Uhr würde man sich am Bahnhof Werder treffen. Und keine Tricks! Auf dem Bahnhofsvorplatz bekam er einen weiteren Anruf.

Er müsse nun zügig auf den Autobahnring in Richtung Hamburg fahren.

Es war die Autobahnauffahrt Phöben. Den Beamten in der Leitstelle war nun der Plan klar. An der nächsten Abfahrt Leest müsse etwas passieren. Eines der Fahrzeuge, das ihn verdeckt beschattete, wurde vorausgeschickt. Noch vor der Abfahrt fiel den Polizisten auf dem Rastplatz Leest ein seitlich abgestellter blauer Plastikmüllsack ins Auge. Er enthielt einen leeren Reisekoffer. Sofort konzentrierte sich die Leitstelle auf diesen Übergabeort. Durch einen weiteren Anruf von einem neuen Handy kurz vor der Raststelle wurde er aber von Eckhardt aufgefordert, mit erhöhter Geschwindigkeit weiterzufahren.

Eckhardt legte jedoch nicht auf, sondern wies ihn hinter der nächsten geschwungenen Kurve an, jetzt die Autobahn zu verlassen und in Gegenrichtung wieder aufzufahren. Hinter sich bemerkte er im Seitenspiegel irgendeine Rauchentwicklung, die zu einer Blockade auf der Abfahrt führte. Nun sollte er zügig Richtung Magdeburg fahren.

Am Ende der geschwungenen Kurve erschien die Tafel mit den Abfahrten Phöben, Groß Kreutz und Dreieck Werder. Hier hatte er sich immer auf die wunderbar weite Aussicht von der Phöbener Havel Brücke über das Meer aus Großem und Kleinem Zernsee gefreut. Jetzt war ihm nur flau und düster zumute. Die Funksprüche der Polizei, die in sein rechtes Ohr drangen, klangen nervös und unbestimmt. Unmittelbar vor der Brücke kam Eckhardts Anweisung, unauffällig vor dem Straßenwärterfahrzeug zu parken. Tatsächlich stand in der Mitte der Brücke dicht an der rechten Leitplanke ein orange-farbenes Fahrzeug mit gelben Warnblinkleuchten.

Als er ihn allein und ohne ein beschattendes Fahrzeug erblickte, stieg Eckhardt aus, riss den Müllsack vom Rücksitz und orientierte sich schnell über den verabredeten Inhalt. Er war auch ausgestiegen, fasste Eckhardt und schrie nach Vera. Unbemerkt hatte sie ein weiteres Auto überholt und vor den beiden anderen angehalten. Eckhardt wies mit dem Kopf dorthin. Zwei Männer stiegen aus und hielten Vera in der Mitte. Jetzt entstand ein Tumult. Eckhardt gab ihnen ein Zeichen, dort stehen zu bleiben, aber die Männer liefen auf sie zu, während er an Eckhardt vorbei zu Vera, die offenbar nichts sehen konnte, gelangen wollte. Er stieg auf die Leitplanke, es gab eine Rangelei mit Eckhardt, dann mit einem der Männer, die nach dem Müllsack griffen. War es durch einen gezielten Schlag oder durch einen unabsichtlichen Stoß, dass er das Gleichgewicht verlor und hin-

279

tenüber fiel?

Er fiel und konnte gar nicht so schnell schreien. Nie wäre er freiwillig hier hinunter gesprungen, nie hatte er sich am Bungee-Jumping beteiligt. Jetzt fiel er.

Es war nur ein Rauschen der Luft und ein Rauschen der Angst zwischen Herz und Kopf. Es dauerte nur ein paar Sekunden. Wie er fiel, streckte er sich und machte sich steif. Dann tauchte er ein und alles schlug über ihm zusammen.

Vita nuova

Als sie seinen Schrei gehört hatte, sprengte sie ihre Fesseln auf und riss sich die Pflaster von den Augen. Sie begriff nicht sogleich, was sie sah. Ein Polizist mit gezogener Waffe war an sie herangetreten. Ihn dagegen sah sie nicht. Am Geländer stand Eckhardt und hielt sich etwas an den Hals, um sie herum in einem wirren Halbkreis Polizisten mit der Waffe im Anschlag. Eine dünne Frauenstimme klang von unten herauf: „Er hat ihn." Sie machte sich frei und sprang ans Geländer. Jetzt begriff sie und rief: „Per dio!" Reflexartig richtete Eckhardt den Revolver auf sie. Ein Polizist schoss. Der Revolver fiel, und Eckhardt sackte wimmernd zu Boden.

Von oben sahen sie, wie dort unten in einem Boot ein Retter jemandem Wasser auszupumpen schien. Wieder rief die dünne Frauenstimme hinauf: „Er lebt." Es war Sylwia.

Von Polizeifahrzeugen abgeschirmt saßen sie auf Campingstühlen unten am Zernsee zusammen. Eckhardt und er waren von der Ambulanz, natürlich in getrennten Fahrzeugen, ins Krankenhaus nach Potsdam gefahren worden.

Vera würde ihn nach der kurzen Vernehmung sehen können. Die Beamten wollten wissen, wie es zu dem Hergang gekommen war.

„Wie kam es, dass Sie nach dem Telefonat mit der tapferen jungen Signora, von dem Sie uns berichteten, hierhergekommen sind?" wurden Sylwia und Hendryk gefragt.

„Vera hatte „feben" verstanden", antwortete Hendryk, „und da habe ich gedacht, dass es Phöben sein müsste."

„Sie sind Sprachlehrer. Lernt man so etwas bei Ihnen? Aber woher kannten Sie denn den Ort?"

„Nach der Universitätsausbildung hätte es auch Athen oder Eisenkraut bedeuten können. Aber wir sind ja schon hier unter der Brücke auf dem See gewesen, als wir Pani Ariane begleiteten, die für ihr berühmtes 66-Seen-Theater die neuen Spielorte auskundschaftete. Der Platz hat uns damals so gut gefallen, dass Sylwia und ich später noch einmal zum Angeln hier waren. Daher kannte ich auch schon den Bootsverleih."

„Wir haben übrigens das Handy geortet, mit dem Sie, Signora, aus ihrem Gefängnis angerufen haben. Wir kamen allerdings zu spät. Es war wirklich eine stillgelegte Kaserne bei Kremmen. Aber zurück, wie kam es denn, dass Sie sich gezielt hier nach der Brücke begeben haben? Natürlich sehen wir solche Eigenmächtigkeiten bei anderem Ausgang sehr ungern."

„Es war nur so ein Gefühl. Die lange Autobahnbrücke, der

weite Blick über das Wasser, wenn jemand noch schwankt, ob er einen anderen umbringen will oder ihm nur einen Denkzettel verpassen möchte, ist das genau der richtige Ort. Und wir wollten etwas tun, wir konnten nicht nur rumsitzen und warten. Ich bin doch Rettungsschwimmer."

„Alle Achtung, Lateinlehrer, die Rettungsschwimmer sind, und Rettungsschwimmer, die Lateinlehrer sind."

„Lateinlehrer sind selten, aber die Kombination ist nicht so selten."

„Jetzt bitte noch eine entscheidende Angabe: Wie kam es denn, dass Sie im genau richtigen Moment unter der Brücke waren?"

„Da müssen Sie die Schuldige hier, Frau Ariane, fragen", schaltete sich Sylwia ein. „Aber dürfen wir dabei auch erfahren, warum sie beim Polizeieinsatz dabei sein durfte und wir nicht?"

„Das darf ich, glaube ich, erzählen. Ich sollte mich für den Eventualfall bereithalten, dass eine Bekannte mit Eckhardt zu sprechen hätte. Und da saß ich hinten im Einsatzwagen und habe euch die Positionen der Fahrzeuge weitergesimst. Als sich Leest als eine Finte herausstellte, war euch ja schon klar, dass es um Phöben ging."

„Ja, wir haben uns dann sehr beeilt, unter die Brücke und

auf das Boot zu kommen. Umkleiden musste ich mich nicht. Wir tragen für solche unbestimmten Fälle immer Rettungsschwimmerzivil, das legt sich eng an, wie man sieht, und saugt sich nicht voll."

Alle bewunderten Hendryks Trainingsanzug.

„Wir beobachteten die Bewegung oben auf der Brücke, und als wir den Körper fallen sahen, war ich in sieben Zügen an der Eintauchstelle. Noch wussten wir nicht, wer es war. Dann hat mir Sylwia beim Herausholen geholfen."

„Also, wie gesagt, eigentlich ist es unsere Aufgabe, aber Sie haben sie glänzend gelöst. Vielen Dank. Wegen des G8-Außenministertreffens in Berlin standen uns hier leider nicht so viele Beamte zur Verfügung. Davon hat das Trio bestimmt gewusst. Dort ist bislang übrigens alles ohne größere Komplikationen abgelaufen. Die Außenminister dinieren jetzt auf Schloss Meseberg."

Vera wurde von der Polizei zum Ernst von Bergmann Klinikum begleitet. Sie ließen sich durch den Unfallarzt informieren.

„Es ist glimpflich abgegangen. Der linke Unterarm ist im Gelenk angebrochen.

Das Kinn ist auf den Brustkorb geprallt und beide sind stark gestaucht, aber die Wirbel scheinen in Ordnung. Einige

Muskelspasmen werden sich später lösen. Wir haben schon Wasser aus der Lunge gepumpt. Er ist wohl so tief eingetaucht, dass er nicht genug Luft fürs Hochkommen hatte. Aber die Tauchtiefe ist ja ein Glück an dieser Stelle. Gönnen wir ihm noch zwei Stunden Ruhe."

Man nahm mit Vera im Potsdamer Präsidium ein Protokoll auf. Es war ihr erst peinlich, über ihre Beziehung zu Eckhardt zu sprechen, aber sie machte sich allmählich frei. Er hatte ein letztes Doppelspiel versucht und war gescheitert.

Die Beamten waren besonders interessiert, die Verbindung zu den beiden Italienern aufzuklären.

„Sie haben übrigens nach zwanzig Kilometern, hinter Lehnin, aufgegeben. Wir mussten gar nicht auf unsere Goldpräparate zurückgreifen. Sie werden auch hier im Gebäude vernommen, aber heute werden wir Ihnen noch keine Gegenüberstellung abverlangen. Nach den mitgeführten Papieren stammen sie aus Alessandria in Norditalien."

„O dio, ich hatte so eine Ahnung. Meine Schwester betreibt in Alessandria ein Ristorante. Eckhardt hat uns vor etwa zwei Wochen dort besucht und sich wohl noch länger in der Stadt umgehört.

Mein Freund ist vor einigen Wochen in Alessandria von einigen kleinen Mafiosi zusammengeschlagen worden. Sie sind dann selbst von ihren Chefs in die Mangel genommen worden.

Da könnten sie eine Gelegenheit zur Rache ergriffen haben, als sie irgendwie mit Eckhardt zusammentrafen. Und heute wollten sie sich gegenseitig reinlegen."

„Sie sind Deutschlehrerin, aber Sie scheinen recht gute Einblicke in bestimmte Milieus zu haben."

„Als jemand, der mit offenen Augen durch die Welt geht, schon, zumindest was Italien angeht, über die Verbindungen der Mafia hier in Deutschland weiß ich aber nichts."

„Wir möchten Sie bitten, über etwaige Verbindungen von Ex-Stasi und Mafia nichts gegenüber der Presse zu verlauten. Die Journalisten werden versuchen, da einen fetten Fisch aus dem Wasser zu ziehen."

„Seien Sie beruhigt, ich habe an Aufregungen erst einmal genug. Aber Sie hindert ja nichts daran, in dieser Richtung zu ermitteln."

Sie bestand darauf, ihn kurz sehen zu können. Er wirkte erschöpft, war aber vor allem erleichtert über den Ausgang, sowohl unter der Brücke als oben auf der Brücke. Den Schuss hatte er nicht gehört, erst jetzt berichtete man ihm davon, eine Gefahr habe aber nicht bestanden. Wie auch immer, aus allem sprach, dass es ein Wunder war, dass sie sich jetzt hier gegenübersaßen und an den Händen hielten.

„Was mich angeht, wird es ja schon bald langweilig, immer diese Zusammenbrüche, chronisch fallsüchtig vielleicht. Aber um dich haben wir die größte Angst gehabt und haben nichts tun können. Was ich vage befürchtete und auf jeden Fall verhindern wollte, ist passiert."

„Beruhige dich jetzt, wir sind mit blauen Augen davongekommen, so sagt man doch."

„Ich liebe deine schwarzen Augen, aber es gibt ja Lombarden mit blauen Augen. Warum hattest du mir von Eckhardts Intrige nichts gesagt?"

„Ich dachte, ich könnte dir helfen. Er wollte dich ruinieren. Ariane und ich sind ja ein bisschen verantwortlich für ihn."

„Ja, alles ist Erziehung, und ihr habt ihn nicht richtig erzogen."

„Wir sollten Sie jetzt in Ruhe lassen", schaltete sich der Beamte ein. „Morgen sind wir wieder bei Ihnen. Da haben Sie auch mehr Kraft. Sollten Sie schon entlassen werden können, möchten wir gern noch ein Protokoll mit Ihnen aufnehmen."

Tatsächlich konnte er am nächsten Tag das Krankenhaus mit einer Armschiene und einem hübschen Dreieckstuch verlassen. Mit Vera zusammen wurde er befragt, und dann konnte sie ihn nach Hause fahren, auf ausdrücklichen Wunsch der Beamten jedoch nicht über die Autobahn, sondern ein Stück über die Landstraße.

Sie waren weiter hartnäckig bemüht, den genauen Hergang zu rekonstruieren. Am Nachmittag gesellten sich Ariane, Fritz und der Rotschopf zu ihnen, das Café war „aus dringendem Anlass" geschlossen.

Fina hatte berichtet, dass die Entführung im Borgo große Aufregung ausgelöst habe, und die Zeitungen schrieben, dass die Polizeiführung intensiv mit den Behörden in Potsdam zusammenarbeiten würde. Fina habe schon eine Extraflasche Likör für den caffè corretto bereitgestellt.

Die nächsten Auftritte des 66-Seen-Theaters waren abgesagt worden, eine Wiederaufnahme stand sehr in Frage. Da es außer der Pontonbühne aus alten NVA-Beständen nichts zu pfänden gab, mussten sich auch die Gläubiger gedulden, bis ein Wirtschaftsdezernent Aufklärung in Eckhardts Praktiken bringen würde. „Wir hätten den Eisthron einlagern sollen", witzelte der Rotschopf, wurde aber mit Hinweis auf die Rippenprellung gebremst.

„Aber Vera lacht doch auch, obwohl sie sogar zwei Kinnhaken hinnehmen musste", verteidigte er sich.

„Silence, Katte, sonst wird Er erneut geköpft", schaltete sich Fritz ein.

„Lacht nur, das tut mir gut. Es tut mir aber leid, dass eine große Sache so schmählich enden muss. Nun werden die jungen Schauspieler wohl nur noch zu regionalen Talkshows ins Fernsehen eingeladen."

„Ja, es ist bitter, schon vor Beginn der Karriere diese Erfahrung machen zu müssen, nicht erst am Ende. Aber sie sind nicht ganz unschuldig daran."

„Wer weiß, wenn Eckhardt in einem Jahr wieder draußen ist – oder schon aus dem Gefängnis heraus -, kann er mit ihnen einen Film über die Entführung drehen. Und Vera könnte sich nach dem Verkauf ihrer wahren Geschichte zur Ruhe setzen."

„Ihr seid so grausam."

Sylwia rief an und wünschte gute Genesung. Er und Vera bedankten sich auch bei Hendryk, der mithörte, für die Lebensrettung, ohne seine Hilfe wäre er wohl nicht aus dem Wasser gekommen. Hendryk habe nicht nur den sechsten Sinn, er wisse schon, sondern auch den siebten. Falls er wasserdichte Ohrstöpsel verwende, könne er sie in der Apotheke bis ans Lebensende in hundert Jahren gratis beziehen.

Bevor sie aufbrachen, erzählte er noch von seinem gestrigen Besuch in der Krankenhauskapelle.

„Ich ging in den Fluren spazieren, um den Kreislauf in Schwung zu halten, und kam an der Kapelle oder „Raum der Stille" vorbei. Es hat mich wirklich berührt, als ich mich in dem unbestimmt sakralen Raum mit seiner etwas abgestandenen Luft befand und selbst kein Schatten war und niemanden betrauern musste. Dann habe ich ein Dankgebet gemurmelt. Auf dem Tisch am Ausgang lag ein Bilderbuch mit Dantes Beatrice-Geschichte. Die habe ich mir ausgeborgt und gerührt durchgeblättert."

„Ja, auch in einem undeklarierten Sakralraum ohne ewiges Licht kommen die Erzkatholiken nicht von ihrem Kinderglauben los", kommentierte Ariane. „Für das nächste Jahr plane ich übrigens ein internationales und überkonfessionelles Jakobsweg-Theater."

Bei allem optimistischen Zureden und aufmunterndem Scherzen spürten Vera und er doch, wie sehr ihnen der Schrecken in die Glieder gefahren war. Zur Ablenkung begleitete er sie in ein Kaufhaus, wo sie etwas schickes Nicht-Italienisches fand. An den folgenden Tagen schlenderten sie durch den Tiergarten. Er zeigte ihr ein paar Lieblingsplätze, das Café im obersten Stockwerk des Tele-funken-Hochhauses, den orientalischen Innenhof der Hoch-schule der Künste, den Glienicker Park. Vielleicht könnte es ihren Reiseführungen zugutekommen. Aber der Schock war nicht so leicht abzuschütteln.

„Heute Morgen habe ich mein zehntes graues Haar ent-deckt, bestimmt kommt es von dem Sturz her."

„Und ich habe von dieser Gruft mit der Liege und dem Ze-mentboden und den beiden Zerberussen geträumt. Ich möchte nie mehr in einem Zimmer ohne einen Schimmer der Nacht schlafen. Das Ganze ist für mich auch so bedrü-ckend, weil ich Eckhardts Motive nicht nachvollziehen kann. Ich weiß ja, aus Liebe kann Hass werden und aus Eifersucht wird gemordet, aber wahrscheinlich hat er nie geliebt, auch mich nicht. Da ist ein Riss, den anzuerkennen mir schwerfällt. Ich bin ein Mensch, und doch ist solches Menschliche mir fremd."

„Sei idealista incorriggibile, eine unverbesserliche Idea-listin."

Nach sechs Tagen musste sie zurückfliegen. Es drängte sie auch, ihre Schwester wiederzusehen.

„Sie ist ja an allem schuld, weil sie mich gegen Eckhardt aufgehetzt hat."

Sie würden sich nur für kurze Zeit verabschieden, aber sie spürten beide, dass sie dem Schicksal begegnet waren.

Neben den Telefonaten und Tagesmails schrieben sie sich weiter Briefe.

Liebste Vera,

sie haben Eckhardts Revolverhand zusammengeflickt. Er hat auch alles zugegeben. Vielleicht bedurfte es dieses Beweises seiner Verwundbarkeit. Dem Schützen sei ewiger Dank.

Ich hatte ja nun Zeit zum Nachdenken, zum Beispiel wenn ich wach wurde, weil ich mal wieder auf die olle Armschiene zu liegen kam. Wenn er nie geliebt hat, weil er nie geliebt wurde oder sich einbilden konnte, nicht genug geliebt worden zu sein, dann kann er mit diesem ganzen Idealismus auch nichts anfangen. Was es auf Erden nicht gibt, kann es auch im Himmel nicht geben. Auf Beatrice zu verzichten und sie in der Ewigkeit zu suchen, wie Dante, kann ihn nicht befriedigen, besonders wenn er sich nicht mit schönen Gedichten aufputschen kann. Seine Bedürftigkeit, die er ja merkt, ärgert ihn. In Nietzsches Briefen habe ich gelesen, wie er sich seiner problematischen Art durchaus bewusst war und charmant um einen Freund warb: „Daß ich mit meiner vielfachen Zerrissenheit, mit meinem wegwerfenden oft frivolen Urteile noch einen solchen lieben Menschen an mich ziehen konnte, befremdet mich einesteils, doch hoffe ich aus demselben Grunde" (an Hermann Mushacke, 30. 8. 1865). Aber auch in diesem Freundschaftswerben folgte er seinem dominierenden Verlangen: du musst meinem Bedürfnis dienen! Sonst könnten sich diese Charaktere nicht autonom fühlen, und das ist für sie das Schlimmste. Ich bin ja selbst nahezu zusammengeklappt, als Sylwia knallhart und unmissverständlich abgesagt hat. Aber sie war nicht meine Mutter, sie durfte nein sagen. Sogar eine Mutter kann überfordert sein (Väter sowieso), und bestimmt ist die Ambivalenzerfahrung unsere früheste. Es kommt wohl darauf an, dass wir überzeugt sein können, dass die Mutter doch meistens und grundsätzlich für uns da ist. Und unter wildfremden Menschen ist es ja noch viel unwahrscheinlicher, dass die wechselseitigen Projektionen sich decken. Es gibt keine Gewähr, aber wir haben das Recht zu hoffen. Heute Morgen beobachtete ich die Blätter am Baum – du merkst, ich werde wunderlich. Sie haben sich heraus getraut und der Wind bewegt sie. Vieles kann passieren, aber sie können doch ohne das Lebenselement der Luft nicht existieren. Für Eckhardt war diese Abhängigkeit, diese Bezogenheit nur ein Makel, Beleidigung seiner vermeintlichen Autonomie. Auch ein Geschenk konnte er nicht annehmen.

Ihr habt mir erzählt, wie er am Geländer hockte und wimmerte. Vielleicht hat er noch eine Chance.

Wahrscheinlich hast du diesen Brief eines schwächlichen, bedürftigen Menschen schon längst beiseitegelegt. Es gibt ja auch Wichtigeres, gar die stahlblauen Augen dieses Seminaristen oder die ebenholzschwarzen Locken dieses jungen Familienvaters. Aber ich würde es doch ein wenig, nun ja, schon erheblich, also gewaltig und unendlich bedauern, wenn du mich nicht mehr lieben würdest.

Ti amo!

P.s.: Bitte antworte mir, per express!

Zwei Anhänge

Zwei Gedichte von Selma Meerbaum-Eisinger sollen hier nachgetragen werden, die mit dem Fortgang der Erzählung nicht mechanisch und also nicht zwingend verbunden waren, aber doch zu ihrem Geist dazugehören, und den geneigten Lesern bislang vorenthalten wurden. Sie wurden von Ariane eingebracht, und so soll sie die Dichterin auch vorstellen.

„Als wir dramaturgisch nach Texten für unser 66-Seen-Theater suchten, haben uns über Wochen die Gedichte von Selma Meerbaum-Eisinger begleitet, obwohl sie mit unserer Landschaft gar nichts zu tun hatte. Da hier aber die Hauptstadt des Reiches war, hat auch alles, was in seinem Namen irgendwo geschehen ist, auf ihre Geschichte zurückgeschlagen. Wir beschäftigten uns bei den Proben auch mit dem Einwand, ob diese extremen und herzzerreißenden Gedichte überhaupt in irgendeine Art von Theater integriert werden könnten, und fanden keine Lösung. Es wäre aber falsch, nicht an sie zu erinnern, da sie, auf Deutsch geschrieben, die größte Anklage gegen die deutsche Geschichte jener Jahre darstellen.

Selma Meerbaum-Eisinger wurde in der Bukowina geboren. Soweit bekannt, begann sie mit fünfzehn Jahren auf Deutsch Gedichte zu schreiben. Man ließ ihr nur ein kurzes Leben von achtzehn Jahren. Nach dem Überfall auf die Sowjetunion am 22. Juni 1941 besetzten die Deutschen und Rumänen die Bukowina, Selma musste mit ihrer Familie in das in Czernowitz errichtete Getto. Am 18. Dezember 1942 starb sie in einem Arbeitslager westlich des Bug an Entkräftung und Flecktyphus."

Selma Meerbaum-Eisinger (1924-1942)

Rote Nelken

Ich habe Angst. Es drückt auf mich das Dunkel jeder
schwülen Nacht.
Es ist so still, und mich erstickt des großen Schweigens
schwere Pracht.
Warum, warum bist du nicht da? Ich hab' gespielt, ich weiß
- verzeih.
Ich hab' mit meinem Glück gespielt - es ging entzwei
- verzeih.
Es tut so weh, allein zu sein. Drum komm, ich warte ja.
Wir lachen uns ein neues Glück, so glaub es doch und
komm zurück - es ist ja so viel Lachen da.

Schau mich doch an. Ist wohl mein Bild noch da in deinem
fernen Blick?
Ich will dich, wie die Traube will, daß man sie, wenn sie
reif ist, pflückt.
Mein Haar, es wartet. Und mein Mund will, daß du wieder
mit ihm spielst.
Sieh - meine Hände bitten dich, daß du sie in die deinen
hüllst.

Sie sehnen sich nach deinem Haar und sehnen sich nach
deiner Haut,
wie nach dem Traum sich sehnt ein Kind, das ihn auch nur
einmal geschaut.
Schau, es ist Frühling. Doch ist er blind, er weint ja immer-
fort.

Solange wir nicht beisammen sind, so lange weint er wie
der Wind, dem der liebste Wald verdorrt.
Sieh, alles wartet nur auf uns: es warten alle Wege, alle
Bänke.
Es warten alle Blumen nur, daß ich sie pflücke und dir
schenke.
Du hältst die Sterne, die auf unsrer Schnur noch fehlen, in
der Hand.
Du hast sie keiner anderen umgehangen.
Und findest du für sie nicht bald ein neues Band,
so hast du mit den vollen Händen nicht was anzufangen.
Sieh - unsre Schnur, sie wartet noch. Ich hab' sie zärtlich
aufgehoben.
Es fehlt auch nicht ein einz'ger Stern und's ist kein fremder
mit verwoben.

Wir müssen nicht um neue Schnüre fragen. Die alte ist noch

schön und lang.

Und hast du auch noch tausend Sterne in der Hand – sie

kann noch zehnmal tausend tragen.

Du bist so stark. Ich möchte mich so gern in deine Arme

lehnen. Wenn du mich führst, so geh ich schnell.

Entsinnst du dich noch jener Nacht, der Schnee war weich

und klingend hell,

in der dein Arm mich stark umfing und ich so schnell und

sicher ging, als wär' ich groß wie du?

O, komm und führe mich so gut von Hindernis zu Hinder-

nis. Ich will gewiß nicht müde sein,

ich bin dann sicher nicht mehr klein

und brauche keine Ruh'.

Und dann - in unsrem Liebeszelt, o dann, dann werfen wir

der Welt das hellste Lachen zu.

Nicht wahr, du kommst? Ich wein' nicht mehr. O nein, ich

bin ja nicht mehr leer,

du kommst gewiß, du kommst geschwind, o du mein starker,

schöner Wind -

du wirst zum Sturm und reißt mich mit in deinem heißen,

wilden Ritt.

Ich bin noch hier. Der Traum ist aus. Ich bin allein – wie

roter Wein, so kocht mein heißes Blut.

Du bist nicht da - und warst so nah, und warst so süße, wil-

de Glut.

Der Frühling weint. Er weint um uns. Wirst du ihn ewig

weinen lassen?

Du bist so gut. Drum komm zurück - du sollst mich um die

Schultern fassen,

wir wollen glühn so wie im Traum, wir wollen blühn wie

Baum nach Baum aufblühen werden dicht bei uns.

Ich will dann lachen. Und dann klingt die ganze Luft – die

Sonne klingt. Das Wasser klingt, es klingt die Nacht -

so hör, ich hab' für dich gelacht!

Tragik

Das ist das Schwerste: sich verschenken

und wissen, daß man überflüssig ist,

sich ganz zu geben und zu denken,

daß man wie Rauch ins Nichts verfließt.

23.12.1941

Mit rotem Stift hinzugefügt:

Ich habe keine Zeit gehabt zu Ende zu schreiben ...

Gedichte der Wanderdüne

Chołpino

Toter Oktoberstrand,

Windböen hetzen das Meer auf,

wie ein Torero, wie Wotan,

der den Wisent jagt,

siegestrunken, wild.

Der Himmel will seine Milch loswerden

aus tiefen Regenwolken,

wälzt sich über das Wütende.

Forellen tun so über Steinen,

um zu laichen.

Tausend Stürze des Wassers

über den eingegrabenen Stubben,

toter Asket, schwarz glänzend,

bis zur Vernichtung weiter

Schlag auf Schlag.

Auf den Strand geworfen anderes Holz,

in einem agonalen Krampf

ausgehauchte Lebensspur

oder der Anschein von Resignation

im Abscheiden einer Geste.

Über den Strand fegt

Sand gegen Sand, gegen

Kiesel, Hartgras, totes Holz,

schmirgelnd scharfe Garben,

Zersetzung säend über die Bleiche.

Gischt, fliegender Schaum,

stiebendes Licht, jagende Schatten.

Das Tau der Schwerkraft

hält die Düne, die wandern will,

so spät im Jahr.

* * *

In der Mitte des Lebens

befand ich mich an einem öden Strand.

An diesem Küstenstreifen in Pommern

würde ich mit mir allein sein.

Doch hatte ich mich schon an mein Spiegelbild gewöhnt,

seit sie eine neue Beziehung eingegangen

und das Kind selbständiger geworden war.

Ich hatte Freunde, ich hatte friends,

ich war nicht hagestolz.

Eine Möwe glitt übers Wasser.

Poddąbie

Sturm war aufgekommen,

der Fahrweg hinab zum Strand überspült.

An der Reihe der Pöller mit vier Stümpfen

brach sich Welle auf Welle.

Dem Schauspiel hingegeben -

wie hätte ich die Frau hören können,

die für ein Foto

ins anlaufende Wasser trat.

„Fantastyczne, to wszystko!"

grüßte ich die Gleichgesinnte.

Durch die wattierte Kapuze

und den Lärm des Meeres

war ihr der fremde Akzent entgangen.

Sie antwortete begeistert und muttersprachlich schnell ...

„Przepraszam, niemcy, stumm, bin ich!"

Sie wandt sich, winkte, sagte noch im Drehn „Bye, bye".

Das Tosen schluckte ihre Schritte.

Ich sah den Schaum der neuen Wellen

und sah sie in der blauen Jacke,

und ihre Worte waren Englisch.

* * *

Ich antwortete mir selbst

und stapfte über den nassen Sand:

Sie kehrt nicht zu dir zurück,

was darin gut war und auch schlecht,

wird nicht fortgeführt.

Beim Umwenden überraschte mich,

wie sehr von der gedachten graden Linie

meine Fußspur abgewichen war,

um nicht durch kaltes Wasser zu tappen,

das fächerartig den Strand bestrich.

Orzechowo

Dort unten windet sich ein Bach,

die Orzechówka, und will ins Meer.

Das weist sie schnöde ab, zwingt sie zurück im Lauf

und achtet ihre junge Haut für nichts.

Hier fließen Arethusa und Alpheus nicht zusammen.

Betteln und Drängen ihr Los, bis die Düne

höher mit ihr wandert, vielleicht nach Osten,

zur schwarzen Hancza, Bug und Dnjestr,

und sie abspringt vom weinbewachsenen Felsen

in die offenen Arme schwarzlockiger Freier.

(Anm.: 'Orzech' bezeichnet im Polnischen die Nuss, 'orzech włoski' die aus Italien stammende Walnuss, die 'welsche' Nuss.)

* * *

Hier und an gleichen Orten waren wir zusammen.

Ein Stöckchen lag bereit für einen Schlussstrich,

feingezogen in den Sand.

Ich stieg hinüber,

noch immer ich.

Wie lagert man Erinnerungen?

Im Stick, den man am Herzen trägt,

Schatzkästlein, drum die Wehmut kreist?

Das Alte fällt, verlängerst du die Reihe der Affären.

Die Düne lehrt Vergessen.

Dębina

Standhalten dem stetigen Ziehen, kurzen Stößen,

Klatschen der körnigen Gischt – welch guter Boxer,

und doch nur Ausschütteln der Kraft,

die da vorn das Meer peitscht.

Ein Heben, Stemmen, Stürzen von Gewichten

allein durch Lungenpressen, Backenpusten.

Gegen den Wind verschlägt es der Sprache den Atem,

bleibt ihr die Spucke weg.

Wie kann sich die Möwe da oben halten

und warum sucht sie es jetzt?

Der Sturm treibt Wasser an zum Stehen

und Türmen auf dem Steiß, ein Kick,

dann taucht die Welle, ein Delphin,

in vollem Bogen ein,

wo andre strudeln, mittenmang.

Nicht eine, hundert Wellen, Wellenfronten,

in Panik Bisonherden mit geschwellten Rücken

die Erde stampfen, Beben, vorwärts stürzen

ins grüne Wogen, Gischt aus Samenwolken

löscht das Licht.

Noch immer schwebt die Möwe oben,

tariert mit Federkraft,

ist Teil des Ganzen und der Blick darauf.

In gefügiges Leisten die Riesenkräfte einzuspannen?

Wie krank! Sie lacht darüber.

Wer sollte dann alles Geschaffene,

tapfer oder kleinlich sich Haltende

umstürzen, zermörsern, mahlen

zum feinen Sand der Düne, zum Nichts des Neuen?

Tod ist Ewigkeit, Leben der Augenblick.

* * *

Ich ließ das Ufer liegen,

wo die Orzechówka

ihr süßes Wasser reicht,

und riss ein graues Haar mir aus.

Für Brot und Lachen werde ich

mit Bernsteinen bezahlen

und für die Gaben mich bedanken.

Der Wald war von Flechten überzogen

und doch anmutig.

An der Straße hielt ich den Daumen raus.

Ustka

Man strebt zur Mole,

wo das Land ins Meer, das Meer ins Land mündet.

Ustka-55 und Darłowo-47 bringen ihren Fang herein.

Ungerührt vom Wellengang legt der Fischer die Netze zu-

sammen.

Eine Kunstinstallation zwischen dem Kapitanat Portu

und dem Gedenkstein für die Meeresleute verkündet,

dass wir uns ein wenig vor der Liebe fürchten,

auch wenn sie herrlich ist.

Die Uferlinie scheint nicht aufzuhören.

Man kann sich nicht sattsehen.

(Anm.: 'Ustka' bedeutet Mündung, Mündung der Stolpe in
die Ostsee.)

Quellen

Selma Meerbaum-Eisinger, „Ich bin in Sehnsucht einge-
hüllt. Gedichte eines jüdischen Mädchens an seinen
Freund", hrsg. u. eingeleitet von Jürgen Serke, Hamburg:
Hoffmann und Campe, 1980.

Uwe Johnsons Roman „Zwei Ansichten", erschien in
Frankfurt/M.: Suhrkamp Verlag, 2. Aufl., 1979.

Das italienische Herbst-Gedicht stammt aus Giuseppe Un-
garetti, „Vita d'un Uomo. 106 Poesie 1914-1960", Milano:
Arnoldo Mondadori, (I ed.,1966), XIII ristampa Oscar
Mondadori, 1982.

Hendryk summt beim Blaubeerpflücken das Lied „W lesie
co jest blisko sadu" der polnischen Musikgruppe Brathanki.

Die Gedichte der Gefangenen in Ravensbrück kann man in
folgenden Büchern nachlesen:

„Der Wind weht weinend über die Ebene. Ravensbrücker
Gedichte", zsgest. u. bearb. von Christa Schulz, hrsg. von
Mahn- und Gedenkstätte Ravensbrück / Stiftung Branden-
burgische Gedenkstätten, 1995.

Constanze Jaiser, Jacob David Pampuch (Hg.), „Europa im
Kampf 1939-1945. Internationale Poesie aus dem Frauen-
Konzentrationslager Ravensbrück", Berlin: Metropol Ver-
lag, 2. Aufl., 2009.

Mit dem polnischen Gedicht über die „Fische, Frösche und Krebse" hat es eine eigene Bewandtnis. Es wird weder in der Gedichtsammlung Jan Brzechwa, „Wiersze wybrane", Warszawa, 1981, noch von ihm selbst in seiner Autobiographie in Gedichten „Liryka mego życia", Warszawa: Czytelnik, 1968, aufgeführt. Der Kanon mit seinen strengen Forderungen an die Lyrik als höchste Form der Wortkunst im Polnischen tut sich schwer mit einem Gedicht, das „na aby-aby", gerade eben so, zwischen Kinder- und Erwachsenen-Gedichten steht. Es erschien hingegen 1958 bei Czytelnik, Warschau, in der „Märchenausgabe": Jan Brzechwa, „Sto bajek". Die Tiere, denen die Rückkehr zum Wasser versagt blieb, finden zu ihren Lesern heute in zahlreichen populären Kinderbüchern, „Wiersze dla dzieci", z. B. Jan Brzechwa, „Ryby, żaby i raki", Warszawa: Wilga, 2008.

Die angeführten Lieder Wladimir Bereschkows sind festgehalten auf seiner CD: „My vstretilis' v rayu" (Wir trafen uns im Paradies): stichi i musika Vladimira Berezhkova, studija „Ostrov", Moskau, 1998. Die Liedertexte erschienen in der gleichnamigen Veröffentlichung im Verlag Vita Nova, Sankt Petersburg 2002.

Sie wurden aus dem Russischen übersetzt von Andreas

Weihe, Berlin 2002 (unveröff. Manuskript).

Zu Theodor Fontane wird insgesamt verwiesen auf die Fontane Bibliothek in den Taschenbuchausgaben der Bibliothek Ullstein. Der Roman „Vor dem Sturm", (übernommen vom Carl Hanser Verlag, München), erschien bei Ullstein als Nachdruck der 2. Aufl., Frankfurt/M. u. Berlin, 1986. Die „Katte-Tragödie", einschließlich des Abschiedsbriefs Hans Hermann von Kattes, behandelt Fontane in seinen „Wanderungen durch die Mark Brandenburg", 2. Teil: Das Oderland, im Kapitel: Jenseits der Oder, Bibliothethek Ullstein, (übernommen von der Nymphenburger Verlagshandlung, München), Frankfurt/M. u. Berlin, 1990.

Als weiteres ortskundliches Buch wurde zu Rate gezogen: Johannes C. Prittwitz „Mark Brandenburg. Wanderbuch 1 und 2", und aus den Kapiteln Spreeland und Oderland des 2. Buches zitiert, Berlin: Stapp Verlag, 1991.

Die Fabel „Der gelähmte Kranich" von Ewald Christian von Kleist findet sich in den „Sämtlichen Werken", Stuttgart, 1971.

Das Antikriegslied der Hamburger Band Die City Preachers „Der unbekannte Soldat", Text: Michael Kunze, Musik: Ralph Siegel, wurde 1969 für die zweite Rot-Kreuz-Schallplatte „Lieder unserer Welt in Licht und

Schatten" eingespielt.

Johannes Bobrowskis Gedicht „Die Sarmatische Ebene" wurde entnommen den „Gesammelten Werken in sechs Bänden", hrsg. von Eberhard Haufe, Erster Band: Gedichte, Berlin: Union Verlag, 1987.

Historische Reiseerinnerungen hat Nijolė Strakauskaitė gesammelt in „Die Kurische Nehrung – die alte Poststraße Europas", Klaipėda, 2006.

Friedrich Nietzsches Briefe wurden zitiert nach Band IV der aus dem Carl Hanser Verlag, München, im Verlag Ullstein nachgedruckten Ausgabe der „Werke", hrsg. von Karl Schlechta, Frankfurt/M., Berlin, Wien, 1977.

Autorenporträt

Reinhard Reichstein, geb. 1956 in Paderborn, studierte in Münster/Westf. Pharmazie und in Berlin, wohin er 1980 umzog, Romanistik und Philosophie. Neben der Leitung einer Apotheke, schrieb er verschiedene Aufsätze in Sammelbänden und wissenschaftlichen Zeitschriften: „Die Mummenschanz im Faust II – Intermezzo als Schlüsselszene" (Köln 2000), „Über himmlische und irdische Liebe – Betrachtungen zur Bergschluchten-Szene in Goethes Faust" (Tübingen 2001), „Bornholm im Werk von Hans Henny Jahnn" (Kopenhagen, München 2006). Als jüngste Veröffentlichung erschien in der Indo-Asiatischen Zeitschrift, Berlin 2016-2017: „'Diwan-i-Khas' – das Haus des Einsäulenthrones von Fatehpur Sikri".

Eine Buchveröffentlichung liegt vor: „Imagination in Gérard de Nervals Erzählerischem Werk" (Würzburg 1992). „Das Kaffeehaus – eine Liebe in Brandenburg" ist sein erster Roman. Der Autor lebt seit 1997 in Borgsdorf bei Oranienburg.

Aus dem Verlagsprogramm

www.anthea-verlag.de

edition Europa 2^{go}

Mihai Eminescu
Großer Mond im Laub
Broschur, 12,0 x 17,0 cm,
234 Seiten, 12,90 €
ISBN 978-3-943583-55-7

Carmen Sylva
Prosa des Lebens
Broschur, 12,0x 17,0 cm,
192 Seiten, 12,90 €
ISBN 978-3-943583-35-9

Adelheid Bandau
Bilder aus Rumänien
Broschur, 12,0 x 17,0 cm
282 Seiten, 12,90 €
ISBN 978-3-943583-22-9

Christoph Martin Wieland
Koxkox und Kikequetzel
Eine mexikanische Geschichte
Herausgegeben von Bernd Kemter
Broschur, 12,0 x 19,0 cm
202 Seiten, 9,90 €
ISBN 978-3-943583-91-5

Florian Wolf- Roskosch
Orpheus in Prag
Reiseerzählungen und Gedichte
Broschur, 12,0 x 19,0 cm
184 Seiten, 9,90 €
ISBN 978-3-943583-57-1

Amant Kumar
Ostdeutschland ist Vielfalt
Essays- Reportagen- Gedichte
Broschur, 14,8 x 21,0 cm
172 Seiten, 14,90 €
ISBN 978-3-943583-19-9

edition Lessinghaus|eL

Werke von
Gotthold Ephraim Lessing

Herausgegeben von Martin A. Völker
Mit Illustrationen von Franz Peters

Emilia Galotti
ISBN 978-3-943583-68-7

Minna von Barnhelm
ISBN 978-3-943583-69-4

Nathan der Weise
ISBN 978-3-943583-67-0

Unsere BÜCHERSTUBE

Nikolaikirchplatz 7, 10178 Berlin
(Nähe S-Bf. Alexanderplatz)

Öffnungszeiten: Mo- Fr 12.00- 18.00 Uhr

Tel.: 030/ 993 9316
Email: info@anthea-verlag.de

In der Altstadt von Berlin befindet sich unser Ladengeschäft.
Hier im Lessinghaus können Sie gern unsere Bücher der
ANTHEA VERLAGSGRUPPE
kennenlernen und mit einem Mitarbeiter
ins Gespräch kommen.

Wir freuen uns auf Ihren Besuch!

www.anthea-verlagsgruppe.de